ウィッチ・ハンド・クラフト
Witch Hand Craft
2
〜追放された王女ですが
雑貨屋さん始めました〜
富士伸太

characters
登場人物紹介
イオニア
ジル
キャロル

エミリー夫人
カラッパ
マシュー
ブランドン

【濃霧】【乾燥】
ジルは、本来であれば数日を要する
金継ぎの工程を一瞬で終わらせる。
割れたカップが復活していく様子が、
ジルの心に火を付けていた。

course 1

雑貨店
ウィッチ・ハンド・クラフト
開店します!

Witch Hand Craft

シェルランドの町の近くに、誘惑の森と呼ばれる不思議な森がある。

その森の中の小道の先には煉瓦《れんが》を積み上げた堅牢《けんろう》な壁、そして仰々しい門があった。

地面からは鬱蒼《うっそう》した草花が生え、蔦《つた》が縦横無尽に絡みついており、とてもではないが人が行き来する場所には見えない有様だった。

ほんの一時間ほど前までは。

「ちょっと草刈りするだけでだいぶ見違えましたね」

「まったくだ。さっきまでは勇者を待ち受ける魔王の城みたいだったのによぉ」

長身の男と、その隣の肩幅の広い男が額の汗を拭いながらうんうんと頷《うなず》いている。

「こら兄貴、ガルダ。こんな美人がいる屋敷になんて言い草だい」

「おっかねえメイドもいたっけな」

「おや、茶菓子はいらないようだね」

ガルダと呼ばれた男が苦笑しながら振り向いた。

そこには、シックなメイド服姿の女性が盆を手にして微笑《ほほえ》んでいる。

「おいおい、そう言うなよモーリン。前と比べたら今はこんなに綺麗《きれい》だって話だよ。看板を立てるにゃ絶好の場所だ」

「職人なら口じゃなくて手を動かしな」

モーリンと呼ばれたメイドは、怒りながらも休憩の支度をしていた。

ガルダの方も肩をすくめつつ作業に戻った。蔦を取り払った外壁を、つぶさに調べている。

「つたく、マシューよ。お前の妹は職人の親方よりもおっかねえな」

「頼れる妹ですから」

ガルダが小声で呟くと、長身の男――マシューが苦笑いしながら答えた。

「ガルダ、ここを見てください」

「おっ、砂と土で半分埋まっちゃいるが……穴だな」

「あると思ったんですよ。昔は秘密のレストランの表札がありましたから。恐らくここに貼り付けていたのでしょう」

「ジルさんよ。どうする？」

ガルダとマシューが尋ねると、オレンジ色の髪の少女が嬉《うれ》しそうに答えた。

「では予定通り、その穴を再利用して看板を取り付けましょうか」

ガルダとマシューが取りかかっていたのは、看板の取付作業であった。

看板は大きな木の板でできており、大の大人二人でようやく持ち上げられるほどだ。

「よーし、いいですねー。あ、いや、ズレてます。マシューさんの方、もうちょっと上です」

オレンジ色の髪の少女――ジルが少し離れた場所で細かい指示を出している。じりじりと暑い日差しが照りつける中、拭ったはずの汗が再び額から吹き出す頃、ようやく作業は完了した。

「よし、オッケーでーす！　ありがとうございました！」

ジルの言葉に、全員が嬉しそうな顔をした。

皆、ジルと同じ位置に並んで出来栄えを眺める。

看板の材質はヒノキだ。やや白の強い薄茶色が太陽の光に照らされ、直線的で美しい木目を強調している。その看板には焼印で文字が描かれていた。

『雑貨店ウィッチ・ハンド・クラフト　本店』と。

「よし、これで名実ともに正式開店ですね。お祝いにちょっとお茶でもしましょうか」

course 2

覆水は盆に返り、割れたカップも元通り

menu

悪魔のガトーマジック

Witch Hand Craft

ふぁーあーあああーあぁぁーあー、と盛大で長ったらしいあくびをすると、伯父様が優しい声で語りかけてきた。

「起きたか？　おはようジル」

「コンラッド伯父様、おはようございます！　……でも、まだ暗いですよ？」

「そりゃあそうだろう。朝はお前が作ってくれなきゃ夜のままだぞ。なんせここは洞窟。真っ暗闇の世界なんだからな」

「あっ、忘れてた……【照明球】」

魔法を唱えると、私の手から光を放つ球が現れた。球はふわふわと泳ぐように天井の方へと移動し、私たちのいる場所を白く照らした。

これは【照明】を改良してできあがった魔法だ。この洞窟に居ると、何故《なぜ》か私はいつもより強い魔法が使えるし、コントロールもますます磨きが掛かる。何より、魔法を喜んでくれる人がいる。

「伯父様、おはようございます」

「うむ、おはよう。他の部屋にも『朝』を届けてくれるか？」

「わかりました」

そのまま【照明球】を十個ほど放つ。

突風に流される紙袋か何かのように、ふよふよと空中を漂っていく。

「お前らー、朝だぞーー！」

伯父様がみんなの寝室に向けて声を張り上げた。

「ダスク、ドーン。さっさと起きろ。ほら【照明球】が届いてる」

「まだ眠いよ……時間ズレてない？」

「もう王女様は起きてるんだ。しゃきっとしろ」

寝室の方から、ねぼけた声が聞こえてきた。

洞窟生活三十五日目。今日もまた、楽しい一日が始まる。


「みんな、食べながらでいい。話を聞いてくれ」

朝食は、大広間に集まってみんな一斉に食べる。大麦、毒抜きした天使マイタケ、そしてスプラウトを茹《ゆ》でたお粥《かゆ》。メインのおかずはモグラのソテー。これがいつものメニューだ。

流石《さすが》にこればっかりだと単調で飽きてくるが、伯父様は皆が飽きてくるタイミングを見計らって風味や味付けを変えて、食べる人を楽しませる。食材もそんなに手に入らないはずなのに工夫を凝らす伯父様は、やっぱり料理の天才だと思う。

「なんですかコンラッド様」

伯父様に尋ねたのはリッチーだ。

背が高く、黒髪のオールバックで眉が細い。いかつい外見で私は最初怖がっていたが、すぐに打ち解けることができた。顔に見合わず優しい性格で、そして歌が大好きだったからだ。

特技は歌唱と計算、そして節約。食料の残りを計算したり、地図と実際の工事現場を照らし合わせて的確に指示を出したり、リッチーの立てた計画は一切の間違いがない。

どうして複雑な計算が上手《うま》いのかと聞くと「悪魔の助けを借りている」と答えた。悪魔使役という不思議な魔法の使い手だそうで、しかもその悪魔は計算問題を与えると喜んで解いてくれるらしい。伯父様はそんなリッチーを頼りにして、いろんな相談をしていた。なので伯父様はリッチーの注意には逆らえない。

「俺たちはこうして、ジルを守るために穴蔵生活を続けてるわけだ。王女を守る騎士なんだぞ」

「ええ、そりゃそうですとも」

「だってのに……むさい。ダサい。なんとも格好がつかん。そうは思わないかお前ら？」

伯父様が、芝居がかった仕草で両手を広げて嘆いた。

だがそこに反論したのがダスクとドーンの兄弟だ。

「そんなこと言っても、服なんてみんな一張羅じゃねえですか。あの『魔法の筆』を使っていいってんなら別ですけど」

ダスクはトンガリ頭でガサツ。ホラ吹きでいっつも怒られてる。こないだも『金塊が埋まってる！』って言い出したけど、見つかったのは銅貨だった。けれど人を悲しませるような嘘《うそ》はついたことがなくて、「面白けりゃなんでもいいじゃねえかよ」が口癖。パーカッション……太鼓が得意でリズム感がバッチリ。

「そうだよ。魔法は無駄遣いするなって言ったのコンラッド様じゃん」

ダスクの弟のドーンは変な髪型。頭の横は刈り上げてて、真ん中だけ伸ばしてる。もひかん、って言うらしい。臆病でいじめられっ子のドーンを心配してダスクが無理矢理《むりやり》この髪型にしたけど、実際この髪型のおかげでいじめっ子にケンカで勝ったのだとか。ダスクに励まされたドーンは、一番ケンカも強くて根性がある。凄《すご》く大変な穴掘り作業でも、文句一つ言わずに黙々と進めている。

「雨乞いも、逆雨乞いも、けっこう面倒くせえんだからな。イザってときのために取っておきたい。

けど確かにオシャレくらいはしてえな。どうなんですかいコンラッド様」

ダスクとドーンは、雨乞いが大得意で、逆に雨を遠ざけることもできる。洞窟の穴を掘り進めているときに水たまりとぶつかっても、二人がいればちっとも怖くなかった。

「そうだな、魔力についてはちょっと緩めてもいいと思う。多少の余裕は出てきたよな、リッチー？」

「そうは言っても、無駄遣いができるほどじゃありませんよ？　規律正しい生活を維持できるならば、という条件付きでしたら緩和しても構いませんが」

どうせできないでしょ？　と言わんばかりにリッチーが言葉を返す。

だが、伯父様はにやっと笑った。

「そう。そこだよ、俺たちに足りないものは。俺たちは規律の維持ができない。それは何故か？　規律を守るために必要なモチベーションが足りてねえんだ。だからモチベーションを高めるべきだとおもわねえか、ガーメント？」

ガーメントと呼ばれた黒髪の少年は、静かに言葉を返した。

「意図がわからないからイエスともノーとも言えない。本題は何だ？」

ガーメントはこの中で一番年下で、一番寡黙な少年だ。そしてびっくりするほど上手い絵を描く。伯父様でさえも認めるほどで、この洞窟で見つかった『魔法の筆』を任されている。

性格は皮肉屋だけど、本当は優しい子。仲間の誰かがつらくなったときや悲しくなったとき、ガーメントは何にも言わずに魔法の筆でその人の見たいものを描いてくれる。リッチーがみんなに『魔力は節約しろ』って口酸っぱく言うけれど、ガーメントにだけはあんまり言わない。本当に必要なときに他人のために使うからだ。

「つたく、十五のガキのくせに可愛《かわい》げがねえなぁ。そんなお前に浪漫《ろまん》に満ちた提案をしてやろう」

「だからコンラッド、前置きが長い」

「騎士団を結成するんだよ」

そのコンラッドの言葉に、全員がぽかんとした表情を浮かべていた。

「それこそが、ここにいる俺たちに足りないものだ、わかるか？　目的を表す称号や名前がないんだよ！　それがないから生活も漫然とする……それじゃあダメだ。もうすでに俺たちには、誇りある使命があるんだ。だから、それに見合うカンバンってもんがなけりゃいけねえ」

「ええと、コンラッド様。それはつまり……名前を付けるってことですか？」

リッチーの困惑気味の質問に、伯父様が笑顔で頷《うなず》く。

「その通り！　いいかお前ら。今日から俺たちは、地下に潜んで王女を守るという崇高な使命に生きる騎士団……巌窟《がんくつ》騎士団だ！」


伯父様がよくわからないことを言い出したときは、だいたいそのまま事態が動く。

最終的に出てくる言葉が面白おかしいだけで、意外と理にかなっているのだ。

「ダラダラやってたら魔法で作ったマントもティアラも消えちまう。叙任式もテキパキ行こう」

広間に、鎧《よろい》と白マント姿の男たち五人が横一列に並んでいる。

そしてその男たちに向かって立っているのが私だ。

私も服の上に白マントを纏《まと》っている。

違うのは、私がティアラを付けて剣を腰に差していることだ。

「ええと、伯父様、どうやるのですか？」

「流れとしてはまず、叙任を受ける側がお前の前に跪《ひざまず》く。そしてお前は、『そなたは愛と正義と真実の守護者となり、アルゲネスの平和を守る者となることを誓うか？』と聞くんだ」

「はい」

「騎士の方はそこで『誓う』と答える。次にお前は、剣の平で騎士の肩をぽんぽんぽんって叩《たた》く。右、左、右って感じで。そして最後に首を抱いて、『正しき騎士に天の恩寵《おんちょう》がありますように』と祈りの言葉を捧《ささ》げる」

「わかりました！」

「よーし、いい子だ」

伯父様が、ティアラがずれないように優しく私の頭を撫《な》でた。

「くすぐったいです」

「おう、すまんすまん。お前らも流れはわかったな？」

伯父様がそう言うと、ガーメントが挙手をした。

「どうしたガーメント。トイレは行っとけよ」

「そうじゃない！　質問だ！　俺とコンラッドは騎士になっちゃまずいだろう。王族たる者が王以外に仕えるのは許されない」

「細けえなぁお前。王子や王女が騎士になっちゃいけないなんてルール、ここにはねえんだよ」

「細かいかそれは？　それに『アルゲネスの平和を守る者となることを誓うか？』なんて文句じゃないだろう。本来は国の名前が入るものだ」

「だって、お前は『ダイラン魔導王国の平和を守る』とは誓えないだろう。オルクスの王子なんだから。だったら角の立たない文言にするのが一番だ」

「それはそうだが……」

「おいおいガーメント、お前はジルの許嫁《いいなずけ》だろう？　許嫁を守りたくないってのか？　はぁ、そんな情けない男に俺の姪《めい》はやれないなぁ」

やれやれ、と伯父様が露骨に溜《た》め息《いき》を吐く。

伯父様の悪い癖だが、私も同じような癖を持っていた。

「ガーメント……私の騎士は嫌なのですか？」

できるだけ精一杯、悲しげなふりをする。

こういうときは目を見せないのがコツだと以前、伯父様が言っていたのでそれにならうと、ガーメントは驚くほど焦り出した。ちょっと面白くて、嬉《うれ》しい。

「い、嫌とは言ってないだろ。形式を気にしてるだけで……俺はどういう形であれ、きみを守る。そこに不服などない」

「よし、じゃあやるぞ。リッチー、お前からだ」

「あ、おい！」

ガーメントの文句を無視してリッチーが一歩前に出た。

リッチーも他のみんなも含み笑いをしている。毎日こんな感じなのだ。

私は、目の前で跪くリッチーに呼びかけた。

「リッチー。そなたは愛と正義と真実の守護者となり、アルゲネスの平和を守る者となることを誓いますか？」

「誓います」

「あなたの優しい悪魔と共にこの巌窟を守り、伯父様が無茶を言い出したときにはちゃんと止めるって誓いますか？」

「もちろん誓います」

リッチーの肩を、ぽんぽんぽんと剣で叩く。

「正しき騎士に天と地の寵愛がありますように」

「なぜ地の寵愛と？」

「ここは空が見えないし、天っていうのは光を出してる私しかいないじゃないですか。なら大地の恩寵も要るかと思いまして」

「なら天の恩寵だけで十分ですよ。貰《もら》えるものは貰いますが」

「はい、よろしい」

リッチーが満足げに下がる。

次はダスクの番だ。

「ダスク。そなたは愛と正義と真実の守護者となり、アルゲネスの平和を守る者となることを誓いますか？」

「おうよ！　任せとけ！」

「水の災いを避けて安寧をもたらすこと、みんなが疲れたり元気をなくしたときは一番に声を張り上げて勇気付けること、そして兄弟仲良くすることを誓いますか？」

「はっはっは、弟とケンカなんてしたこたぁねえよ！」

「嘘はダメです」

「……まあちょっとはケンカもするが、ちゃんと仲直りしてるさ」

「いいです。正しき騎士に天と地の寵愛がありますように」

ダスクの肩をぽんぽんと叩くと、彼は意気揚々と下がっていく。

そして妙に緊張しているドーンがやってきた。

「ドーン。そなたは愛と正義と真実の守護者となり、アルゲネスの平和を守る者となることを誓いますか？」

「う、うん。誓うよ」

「水の恵みをもたらし、真面目に一生懸命に頑張り、でも挫《くじ》けそうになったときはちゃんとみんなを頼ると誓いますか？」

「もちろんさ！」

「正しき騎士に天と地の寵愛がありますように」

ドーンの肩をぽんぽんと叩くと、彼は照れくさそうに下がっていく。

次に私の前に伯父様が進み出た。

「あれ、伯父様は最後ではないのですか？」

「俺が最後といきたいところだが、そこは婚約者に譲ってやろう」

「わかりました」

「そこはちょっと躊躇《ためら》って欲しかった」

伯父様の言うことはたまに難しい。

まあいいか、と気を取り直して私は式を進める。

「コンラッド。そなたは愛と正義と真実の守護者となり、アルゲネスの平和を守る者となることを誓いますか？」

「ああ、誓うよ」

「自分が一番年上で身分が高いからって、なんでもかんでも一人でやらないって誓いますか？」

「おいおい、そんな風に見られてたのか？」

「誓いますか？」

「ああ、誓うよ。これでいいか、ジル？」

「伯父様はずっと私の伯父様で居てくれると誓いますか？」

「もちろんだ。辞めたいなんて思ったことは一度もないさ」

「正しき騎士に天と地の寵愛がありますように」

伯父様の肩をぽんぽんぽんと叩く。

すると伯父様は、私のティアラがちょっとズレてるのを直してくれた。

「そういうの、始める前にやってください。ていうか伯父様が最初に撫でたからズレたのでは？」

「そうだな、すまん」

くっくと笑いながら伯父様が引っ込む。

最後に出てきたのは、ガーメントだ。

真面目な顔でまっすぐ私の方を見つめている。他の人のように、冗談めかした態度がまるでない。

伯父様流の冗談みたいな儀式なのに、こっちが恥ずかしくなってしまう。

「……ガーメント。そなたは愛と正義と真実の守護者となり、アルゲネスの平和を守る者となることを誓いますか?」

「ああ、誓う」

「……えっと、その」

さて、何を誓ってもらおうか。

他の仲間に対してはパッと思い浮かんだのに、ガーメントに対してはどう言ったものか言葉が出なかった。絵が上手で、仲間思いで、私の婚約者。

でも伯父様がいきなり決めた婚約で、彼はそれに納得しているのだろうか。なんとなく流されてる空気がある。からかったりすることはあっても、こういう改まった場面で聞いたことはなかった。

「ジル。俺は……」

私がまごまごしているうちに、ガーメントの方が口を開いた。

「俺は、お前の許嫁として、お前を守ることを誓う」

「あ……」

「みんなが退屈してるときは絵を描いて元気付ける。あとは……皮肉もなるべく控える」

「なるべくなんですね」

「口癖は簡単に直らない」

「皮肉を直せとは言いませんが、もうちょっと他人のこと、言葉でちゃんと褒めてください。誤解されますよ」

「わかった。誓う」

「……正しき騎士に天と地の寵愛がありますように」

ガーメントの肩をぽんぽんぽんと叩く。

こうして結成されたのだ。洞窟だけの、猫の額ほど小さな領土の巌窟王国で。

王女を守ると誓った巌窟騎士団が。


ぱりん、と陶器の割れる軽い音が響いた。

「あー、しまった。やっちゃいました」

橙色《だいだいいろ》の髪の、どこかおっとりとした雰囲気の少女が呟《つぶや》いた。

声に少々落胆を滲《にじ》ませてはいるが、さほどの深刻さはない。

まあしょうがないかーという割り切りの方が強いような、そんな気楽な声色だ。

『誘惑の森』の屋敷の主人ジルは、そんなマイペースであっけらかんとした少女であった。

「ご主人様、怪我《けが》はないかい？」

「ああ、モーリンさん。大丈夫です」

「触っちゃダメだよ。今片付けるから大人しくしてな」

背の高い、すらりとした黒髪のメイドが声をかけた。

ジルが雇っているメイドのモーリンだ。

ぶっきらぼうな口ぶりだが、主人のジルを心配してきびきびと動く。

すでに箒《ほうき》とちりとりを手にしており、「どいたどいた」とばかりにカップを片付けようとする。

「あ、ちょっと待ってくださいね。【液体操作】」

ジルが魔法を唱えた。すると、こぼれて絨毯《じゅうたん》や床板に染み込んだ紅茶がみるみるうちにジルの指先に集まっていく。数秒後には、手のひら程度の大きさの、琥珀色《こはくいろ》の水玉となっていた。

「……いつ見ても器用なもんだねぇ、御主人様の魔法は」

「それくらいが取り柄ですから。えいっ」

ジルが指先を弾く。

水玉はふわふわと浮遊しながら、屋敷の外の側溝へと飛んでいった。

「こらこら、器用が取り柄ならカップを壊さないもんだよ」

「うっ、それを言われると反論できませんね……」

「確かに珍しいですね、ジルさんが手を滑らせるのは」

と、ジルの正面に座る男性が言った。

細身で、モーリンより若干身長が高い。

そして口調も表情も穏やかなものだが、目の奥の輝きはどこか鋭い。

モーリンの兄であり、何かとジルの面倒を見ている商人のマシューだった。

「なんだか変な夢を見たんですよね……それでつい考え事をしてしまって」

「変な夢と言いますと？」

「子供の頃の夢で……なんだか変な洞窟から出られない生活をしてる夢でした」

それを聞いたモーリンが、昔を懐かしむように笑った。

「狭いところに閉じ込められる夢ってのはよくある悪夢さ。ウチの子供らも、小さいときは怖い夢を見たって泣いてたもんだよ」

「それが、ちっとも嫌な気分ではなかったんですよね。凄く楽しくて……妙に具体的でした」

「具体的？　どういうことだい？」

「人がたくさん出てきたんですよね……顔もけっこう覚えてます。洞窟に居たのは伯父様と、伯父様の部下みたいな人たちで……。で、その六人で洞窟の中で楽しく暮らすって感じの内容でした」

「コンラッド様がいる？　ってことは子供の頃の思い出とかじゃないのかい？」

「いや……そういうわけでもないんですよね。洞窟で暮らしたことなんて流石にないですし」

ジルは伯父コンラッドの庇護《ひご》下《か》ですくすくと育ち、だが十歳の頃に引き離された。

そしてコンラッドは戦争へと赴き、ジルはそこから七年間、王城で暮らすこととなった。

（鎧を着た伯父様の姿は見たことないはずなのに……。それに、あの絵筆は……）

ジルが夢で見た光景の中で、コンラッドの姿以外に見覚えのあるものがあった。

それは絵筆だ。

黒髪の少年が絵筆を振れば、キャンバスも何もない空間に色が置かれて様々な物を作り出すことができた。夢の中の叙任式で男たちが着ていた白いマントも、魔法の絵筆によるものだった。

（まさかイオニアさん……？　いや、でも顔や髪もちょっと違いますし……）

しかもあの少年は、ジルに好意を持っていた。そして夢の中のジルも、恐らくは心惹《ひ》かれていた。

ジルの心に、ほんの少し夢の余韻が残っている。くすぐったく恥ずかしく、それでいて温かなもの。夢とは思えないほどの実在感や生々しい感情の残り香。

しかし、心当たりがまったくない。コンラッドが決めた許嫁など、ジルはまったく聞いたこともないし顔も見たこともない。

「うーん……わかりません」

椅子の背もたれに体重を預け、あーあとジルは溜め息をついた。

改めて考えてみればただの夢でしかない。

ジルが諦めて忘れようと思ったとき、モーリンが割れたカップを捨てようと場を離れた。

「あ、待ってくださいモーリンさん！　割れたカップはまだ捨てないで！」

「ええ？　こりゃ流石に使い物にならないよ」

「はい。ですので修復しようと思います」

「修復って……接着剤でも使うのかい？　でも流石にカップは止《や》めといた方がいいよ。変なのを使うと茶に毒が混ざっちまう」

ジルたちの住むアルゲネス島において、接着剤の品質は総じて悪い。澱粉《でんぷん》による糊《のり》や、松ヤニ、ニカワなどは存在するものの、錬金術師や薬師が接着力を高めるため勝手に調合しているので、毒性があったりなかったりする。均一な規格製品がない。

加えて、接着剤の主な使い道は木や革製品、そして美術品としての陶器の補修などだ。食器など口や肌に触れるものに向いた接着剤はあまり認識されていない。さらに接着した部分を塗料で誤魔《ごま》化《か》さなければならないため、実用品からはますます遠ざかる。

「ですよね。だから試してみたいものがありまして」

「おや？　何かやりたいことがあるのですか？」

「ふふふ、成功すればちょっと面白いものができるかもしれません」

マシューの問いに、ジルは意味深に微笑《ほほえ》んだ。

「それは楽しみです。できたらぜひ見せてくださいね」

「ええ、もちろん！　さて、紅茶淹《い》れ直してきますね。ちょっと頭を切り替えないと。そろそろお店の準備もしないといけませんし」

「店舗物件を借りるのもこれからですし、焦らずとも大丈夫ですよ」

「ですねぇ……居抜きの空き店舗なんかあればいいんですけど」

ジルたちは雑貨店『ウィッチ・ハンド・クラフト』の開店にあたり、シェルランドの町の中に支店を作る計画をしていた。以前マシューが「この屋敷をそのまま店舗に使うのはもったいない」という助言をしており、それをジルが聞き入れた格好だ。

「あることはあるんですが……」

マシューが意味深に呟く。

それにジルは敏感に反応した。

「え、あるんですか!?」

「でも……訳あり物件なんですよね。ちょっとお薦めするか迷っていまして」

「訳あり物件？」

ジルが興味深そうに尋ねるが、マシューは腕を組んでなんとも渋い顔をしていた。

「幽霊屋敷なんだそうです」

シェルランドの町の一角。通称、密談横丁《みつだんよこちょう》。

そこは昔、飲食店の激戦区であった。二十年ほど昔、コンラッドが様々な料理をもたらした結果として、シェルランドの町に外食ブームが起きた。数多くのレストランや喫茶店が新たに生まれては潰れ、そしてまた新たに生まれ、常に多くの人が行き交っていた。評判の味を求めて貴族や領主がお忍びで来ていたという噂《うわさ》もあり、誰が出入りしていても不思議ではない、そんな場所だった。

それゆえに密談や密会にはもってこいの場所でもあり、初々しい若者がデートスポットに使うこともあれば、商人同士の外に漏らしたくない密談に使われたり、あるいは伴侶を持つ者同士が許されざる逢瀬《おうせ》を重ねる場所に使っていたりもした。

だがそれは、ありし日の姿だ。やがて喫茶店ブームやレストランブームは去り、「密談」といういかがわしいイメージを避けるために店が移転したり、あるいはブームとともに廃業した。地域に定着して生き残った定食屋や喫茶店が営業する以外は、今やごく普通の住宅街だ。

ジルはその密談横丁の一角にある、異彩を放つボロボロの建物の前に来ていた。

「……これ、幽霊屋敷というより廃墟《はいきょ》では？」

建物を一目見たジルが呆《あき》れ混じりに聞いた。壁は汚れ、窓には板が打ち付けられ、玄関は何重もの鎖と南京錠《なんきんじょう》によって封鎖されている。

「す、すみません。ちょっと外側の修理が行き届いていなくて……。内装や柱は傷んでないので、そちらも見て判断して頂けると嬉しいです……」

建物の前で待っていた大家が、冷や汗をかきながらぺこぺこと謝る。

見たところまだ若い。十代の後半にさえ見える女性……というより、少女だ。ジルと同じくらいの背丈で、癖っ毛の金髪、顔立ちは少し幼い。全体的におどおどした雰囲気を醸し出していた。

「ジルさん、こちらこの建物の大家のキャロルさんです」

そんな少女を、マシューがジルに紹介した。

「あっ、す、すみません名乗りもせずに！　キャロルと申します。魔道具工房で働いていました！」

妙にうわずった声でキャロルが自己紹介する。

「初めまして、ジルです。これから雑貨店を始める予定です」

「雑貨店……？　道具店とかではなくて、ですか？」

「ええ。服や小物を中心に商売しようかと思いまして。なので道具店というほど幅広く扱うわけでもないですね」

「へえ、素敵ですね！　それで物件を探してるんですか！」

キャロルの顔がぱっと明るくなる。

「ありがとうございます。ところでキャロルさんは……オーナーさんですか？　不動産業者さんとかではないんですか？」

「あの、管理を委託してる業者は……逃げました」

「逃げた」

ジルの言葉に、キャロルが居心地悪そうに視線を落とした。

「幽霊が出る物件なんてもうゴメンだと言って……今日も来てもらう約束だったんですけど、土壇場でキャンセルされました……はは……」

「そ、そうですか……大変ですね……」

ジルが不安に思いつつもキャロルを慰めるように言った。

「まあ、まず説明を聞きませんか？　外観はこの通りひどいんですが、壁や柱そのものはしっかりしてるんですよね。表面的なリフォームは必要になりますが、家賃が格安であることを考えると維持費は安くなると思いますよ」

マシューが苦笑交じりにフォローする。

救われたかのような顔でキャロルはマシューを見上げた。

「もっとも『幽霊』の噂の件もありますし、そこを詳しく説明して頂かないことには商談には移れませんが」

「は、はい」

マシューがちくりと釘《くぎ》を刺す。

「ええと……前のオーナーが亡くなって、化けて出てくるというお話でしたっけ？」

ジルが訪ねると、キャロルが素直に頷いた。

「はい。幽霊が悪さをするので、誰もが怖がって今まで借り手が一向につかなくて……」

「『悪さをするという噂がある』ではなく、『実際に悪さをする』んですね？」

「噂もありますが実際の被害も出ています。騎士団にも記録があります……」

キャロルが弱り切った声で答えたが、ジルは何故か喜色を浮かべた。

「ああ、良かった。そこを確認したかったんですよね。幽霊屋敷だって聞いて、本当に得体の知れないものだったらどうしようかと思ってました」

ジルのあっけらかんとした言葉に、キャロルとマシューが、ぽかんとした顔をした。

「幽霊とか、怖くないのですか……？」

「あ、全然気にしないです。悪さをする幽霊ってことはからくりがあるってことですからね。でしたら大したことはないでしょうし」

ジルの言葉に、キャロルは感心と呆れが混ざった表情で「はぁ」と頷く。

「幽霊よりもネズミとかシロアリとかの方が心配ですね。この外観ですし……」

「そちらは大丈夫ですよ。幽霊の件以外はなんの問題もありません。そこを気にしないのであれば一見の価値はありますよ」

「おや、マシューさんがそこまで言うのも珍しいですね」

ジルは、マシューの鑑定眼や目利きを信用している。

マシューはここで人を騙《だま》すような商人ではなかった。

「じゃ、じゃあ鍵を開けますね！　ええと、錠前を五つもつけてしまったので少々お待ちを……鍵どれだっけ……これじゃなくて、ええとええと……」

キャロルが喜んで錠前を開けようとする。

だが無駄に厳重に閉じてしまったせいで苦労しているようだ。

「……本当に大丈夫ですか？」

「た、多分」

ジルはマシューを信用しつつも「この人大丈夫かな」と思うことはけっこうあった。

「わぁ……！」

ジルは、屋内に入ってようやくマシューが見学を勧めた理由がわかった。

柱や壁に傷みはない。外観の印象とはまったく異なり、しっかりしたつくりだ。空気に若干の埃《ほこり》っぽさはあるが、人の出入りしない建物であれば普通のことだ。

ジルはすぐに「過去に喫茶店だった」という気配を発見した。床板の歪《ゆが》みだ。恐らく部屋の中央から窓際にかけて幾つかテーブル席があったのだろう。重さによって歪んだ床板が、かつての賑《にぎ》わいを示しているかのようだ。

だがそれら以上に過去を雄弁に主張するものがあった。

「このカウンターテーブルはいかがです、ジルさん？」

「良いものですね……！」

一枚板の立派なカウンターテーブルが、そこに鎮座していた。

明るい褐色の肌に、黒い木目が綺麗《きれい》な波紋を描くように絡みついており、全体として深みのある褐色を形成している。安い木材では出せない、落ち着きを纏いつつもどこか神秘的な雰囲気。

「これ、もしかしてウォールナットですか……？」

「ご名答」

ウォールナットとは、クルミ科の樹木だ。

家具に使われる高級木材として、アルゲネス島の貴族や高級商人に愛されてきた。ただ見た目や質感が良いだけではなく、耐久性にも優れている。物を落としたり、引っかいたりという一時的な衝撃に強いと同時に、季節の変化や温度変化による変形が少ない。

そのウォールナットから贅沢《ぜいたく》に良い部分を切り出した一枚板ともなれば、相当な価値が付く。

「凄い……でもここ、空き家ですよね？　よく盗まれませんでしたね……？」

「扉が厳重に施錠されていたのはこのためですね。『幽霊』の件もありますが」

「なるほど……」

「正直、ジルさんにご紹介するかは迷ったんですよね。いわく付きの場所ですが、これをお見せしないのもどうかと思いまして」

マシューが悩ましげに腕を組む。

しかしジルは喜色満面だった。

「いやいや！　これを見せないのはナシですよ！　流石マシューさん、信じてましたよ！」

「でもちょっと疑ってましたよね？」

「新品のテーブルもいいですが、永年使い込んだ風格があるのがたまりませんね……ああ、これに合わせた椅子なんかも欲しくなってきますね。自分で作ってもいいかもしれません」

ああでもないこうでもないと、ジルは想像と展望を膨らませてあれこれと語る。

キャロルがそこに、申し訳なさそうに口を挟んだ。

「あの……説明させて頂いてもよろしいですか？」

「おっと、すみません。お願いします」

ジルが促すと、キャロルが軽く咳払《せきばら》いして話を始めた。

「こちら築年数は三十年ほどですが、基礎や柱はしっかりしております。一階部分はテナントで、ご覧の通りカウンターテーブルがございます。奥は厨房《ちゅうぼう》になっていてかまどもございます。ああ、かまどもしっかりした良いものですよ。後でまた御覧ください」

「はい」

「二階は私用スペースとなっておりまして、以前のオーナーはベッドを置いて仮眠スペースにしていました。一人暮らしするならば問題のない広さかと。外装部分の修繕は申し訳ないのですが、正直怠っていました。色々と事情がありまして」

「ああ……幽霊屋敷とかなんとか」

「……その説明をしなければいけませんよね。テーブルが置きっぱなしの事情も含めて」

キャロルの口調から流暢《りゅうちょう》さが消え、ためらいがちなものへと変わる。

「事情ですか……」

「このカウンターテーブルを動かしたり、あるいはこれを目当てに盗みに入ろうとしたりするものは……幽霊に襲われるんです」


昔、ここには喫茶店があった。

店主の淹れる紅茶は美味《うま》く、またケーキも絶品で、大きな人気を博していた。庶民の手の出る価格帯の店としてこの界隈《かいわい》で有名なのはレストラン『ロシナンテ』、ダイニングバー『レッド・アイブロウ』、そしてかつてここにあった喫茶店『アンドロマリウス』であり、その三店でしのぎを削っていたらしい。

『ロシナンテ』と『レッド・アイブロウ』は今も経営を続けているが、この『アンドロマリウス』に関してはそうではなかった。昔を知る客は「味は素晴らしかった」と語るが、味以外の部分で経営にケチがついてしまった。

きっかけは、喫茶店『アンドロマリウス』のオーナーの弟が勤めていた騎士団で横領で捕まったことだ。

シェルランドの騎士団で起きた出来事ではない。オーナーの弟が在籍していたのは国境を監視・警備する『灰翼騎士団』という、名実兼ね備えた国内有数の騎士団だった。そんな騎士団に入団した弟を、オーナーは誇りに思っていた。

喫茶店『アンドロマリウス』の家族の血筋を辿《たど》れば三代ほど前まで貴族であったらしいが、先祖が不祥事を起こして没落し、平民となってしまった。オーナーは「弟のおかげで貴族への復権や名誉回復も夢ではないかもしれない」と常々語っていた。

オーナーの弟は謹厳実直な性格で、書類や計算に間違いはなく、剣も魔法も達者であった。だが少々融通の利かないところがあった。だからオーナーは弟が横領したという話を聞き、「何かの間違いだ。不正を告発しようとして逆に陥れられたのだ」と思った。

オーナーは弟を守るために奔走した。金に糸目をつけず弁護士を手配したり、あるいは口利きをしてくれそうな人間の袖の下にありったけの金を詰め込んだりと、喫茶店の利益や親から受け継いだ私財を注ぎ込んであらん限りの根回しをした。

その結果、弟への公的な処罰は避けられ、不名誉除隊も免れた。だが灰翼騎士団に残り続けることはできず、別の騎士団に編入された。そこから先の経歴は具体的に判明していない。『有能だが訳あり』という経歴の複雑さゆえ、元居た騎士団から別の騎士団へと貸し出され、そこからさらに又貸しされ……という状況だったらしい。

そんな状況の最中、隣国との戦争が勃発。

戦死の報告がオーナーの元へ届いた。

ここでとうとうオーナーの心も折れた。私財は尽きており、病に伏して他界した。オーナーの妻はこの事件が起きるより前に他界している。子供もおらず、喫茶店を継ぐ直系の親族はいない。傍系の親族はいたものの、オーナーが弟のための金策に走ったあたりで関係は悪化していた。結局、「厄介な遺産」としてこの建物が残ってしまった。

……という経緯を一通り聞いたジルは、おずおずと挙手した。

「あの、一つよろしいでしょうか？」

「はい、なんでもどうぞ！」

キャロルは冷や汗を拭きながら精一杯の笑顔を取り繕う。

「そういう話、現地でやります？」

「…………す、すみません」

カウンターテーブルに座る全員がなんとも名状しがたい表情をしていた。

ずぅんという音が聞こえそうなほどの重圧を全員が感じていた。

「本気で悲惨な話じゃないですか……。幽霊云々《うんぬん》抜きにしても、あまりにも可哀想《かわいそう》で流石に心がつらいんですが……」

「ご、ごめんなさいジルさん。私もここまで深刻な話とは」

ジルが本気で落ち込んでいるのを見て、キャロルとマシューが縮こまった。キャロルなどは元々小さい体躯《たいく》がますます小さく見え、まるで悪戯《いたずら》した子供を叱っているような有様だ。

「そ、それで話の続きを……つまり、幽霊の具体的な話をしてもよいですか？」

「はい、お願いします」

ジルは、「あんまり聞きたくなくなってきたなぁ」と思いつつも仕方なく頷いた。

「オーナーが非業の死を遂げて、この建物の所有者をどうするか紛糾しました。親族間で『誰が継ぐか』というか、『誰に押し付けるか』で揉《も》めました。オーナーと弟さんの件がとても悲しい事件だったというのもあるんですが、もう一つ重大なことがありまして……」

「……その幽霊のせいですか？」

「はい……」

キャロルがしょぼくれながら頷く。

「この喫茶店を改装したり、手を加えようとすると、夜な夜な夢枕に幽霊が立つんですよ。なんとも暗い声で『動かすな』と……。それで建物を転売しようとした人は諦めて、改装しようとした人も諦めました。みんな相続したくなくなっちゃいまして」

「喫茶店をやろうとする人はいなかったんですか？　ご親族以外に興味を示された人とか」

「オーナーほど美味《おい》しいお茶や料理を出せる人はいませんでしたし……みんな、縁起が悪いのを嫌ったみたいです。で、最終的に私に押し付けられました」

あはは、とキャロルが乾いた笑いを浮かべた。

「ええと、どういうご関係なんですか？」

「オーナーの従弟の孫です」

「……遠いですね」

「物心つくかつかないかくらいの頃に、オーナー夫妻にお世話になった時期があったみたいで……。いやまあ、よく覚えてないんですが親戚や家族から『よし、キャロルが丁度いい！　みんなそれでいいよな！』みたいな流れになって、逆らえなくて……」

「ご両親などは何か言われなかったのですか？」

「両親も私に押し付ける側で、庇《かば》ってくれる人もいなくて……」

「そ、そうでしたか……」

キャロルのどんよりとした曇り顔がますます暗くなっていく。

「職場の上司に助けてもらおうとしたんですけど、私の親戚の方と仲良くて逆に私の逃げ場がなくなるし……ていうかそもそも親戚のコネ就職だったし……。悩んでボーッとしてたら納品する魔道具を壊してクビになっちゃうし……はは……。本当、私って昔っからどんくさくって……」

「え、えーと、キャロルさん？」

「借りてくれる人もいないし、買ってくれる人はもっといないし、私は喫茶店経営なんてできないし……」

ジルが心配して声を掛けるも、キノコが生えてきそうなほどじめじめとした空気をキャロルは醸し出している。

「と、ともかくですね！　前向きに話をしましょう！」

「えっ、借りてくれるんですか!?」

「その前に。色々と調べなければいけません。幽霊は声を出してくるんですか？　他には？」

「え？　えーと……」

キャロルは困惑しつつも、自分の記憶を探るように顎を手に当てた。

「……あ、他にもあります。カウンターテーブルを盗もうとした泥棒が夜に忍び込んだところ」

「殺されてしまいました？」

「いやいや、そこまで物騒じゃありません！　何やら魔法を使われて叩き出されました。泥棒たちはパニックになって騎士団に『助けてくれ』と飛び込んで、逆に泥棒しようとしたことがバレて捕まりました。そのあたりは騎士団の方にも記録が残っているはずです」

「怪我人はいても死者はいない、と」

「後でわかったことですが、水の魔法か何かをかけられてたようです。だから被害らしい被害と言えば夜風で冷えて風邪を引いたくらいですね」

「幽霊の姿を見た人は？　現場でも、夢枕に立った姿でも、どちらでも構いません」

「いや……話では、ぼやけたような影しかなかったそうです」

「武器らしい物は持ってませんでしたね？」

「はい。そもそも漠然とした姿をしてるとしか……」

「あまり危険ではなさそうですね」

ジルの言葉に、キャロルが表情に喜色を露《あら》わにした。

「ですよね！　お家賃は安くしますので……。建物一つで、三万ディナで構いませんので……！」

キャロルが指を三本立ててジルに迫る。

が、そこにマシューがおほんおほんと咳払いして割り込んだ。

「キャロルさん。この話の流れで『借ります』とは言えないでしょう」

「い、言えませんか……」

「とりあえず今日のところは仕切り直しとしましょうか。ご案内ありがとうございました」

マシューが話を打ち切るつもりでテーブルを立とうとした。

だがそこに、ジルがぽつりと呟いた。

「これ、幽霊ではありませんね。特定の物に触れたことを発動キーとして枕元に立つ。あるいは低級の魔法やポルターガイスト現象を起こす。マイナーではありますが特に魔法としては難しいものではありません」

「「え？」」

マシューとキャロルが、疑問の声を上げた。

「【悪魔】の仕業です」


数日後の夜。すでに日は落ち、周囲の住宅の窓から燭台《しょくだい》の灯《あか》りが零《こぼ》れている。だが空き家周辺は盛り場ではないために、足下が鮮明になるほどの明るさはない。

ジル、マシュー、キャロルが数日前と同様に、再び空き家の前に集まっていた。

「あのぅ……ジルさん」

キャロルが、ジルに心配そうに声を掛けた。

「本当にやるんですか？　幽霊と会うって」

「いや、幽霊じゃないですよ。色々と調べて確信しました。幽霊じゃありません」

ジルは建物の下見を済ませた後も引き続き『幽霊』の噂を調べていた。マシューとモーリンを経由して騎士団から情報を聞き、キャロルから念入りに事情を聞き、その他様々なオカルト系の噂話を拾い集め、そして集まった情報を整理して二つの確信を得た。

一つ目、【悪魔】の仕業であること。

二つ目、さほど危険なものではなく、ジルでも十分に解決できるだろうということ。

「でも、僧侶さんに除霊を頼んでも無駄足でしたし……」

「僧侶は別に悪魔や魔法の専門家ではないですしね。もし本物の幽霊だったら僧侶の出番かもしれませんが……私は幽霊を見たことがないので深くはわかりません」

キャロルとは対照的に、ジルにまったく怖がっている様子などない。

まるでそこらを散歩するかのような気楽な態度だ。

「マシューさんは幽霊を見たことあります？」

「私はありません。ですがそれは、いるかいないかという証明にはなりませんよ？」

マシューも少しばかり不気味に思っているようだった。

「確かにそれはそうですよね」

「ジルさんは怖くないんですか？」

「んー、まあ、幽霊が出てきてもおかしくない場所に長年住んでいましたからねぇ……。侍女とかが『地下牢《ちかろう》に幽霊が出る』とか、『裏庭の墓地に幽霊が出る』とか、色々噂してましたが、それが本当だったためしがありません」

ジルは十代のほとんどを王城で暮らしてきた。そこで非業の死を遂げた人間など数知れないはずだが、ジルは幽霊を見たことがなかった。

「……説得力が高すぎてなんと言えばよいのかわかりませんね」

「だから十中八九、【悪魔】の仕業です。残りの一、二は、まあ人間の仕業という確率かなと」

「悪魔の方がそれはそれで恐ろしくありませんか……？　どちらにせよ得体が知れませんし、オーナーは実は悪魔の呪いにでも掛けられてた、なんてことも……」

「ん？　【悪魔】はそういうことはしません……あ」

ジルが、何か思いついたように言葉を切った。

「すみません、説明不足でしたね。【悪魔】というのは神話や伝承に出てくる恐ろしい怪物を指して言ってるわけじゃないんです。魔法使いの専門用語的な【悪魔】ですね。『魂を持たず、しかし知性を持つ存在』の総称です」

「へ……？」

マシューが、ぽかんとした顔をした。

「キャロルさん。幽霊は『動かすな』以外の発言はしましたか？」

「いえ、みんな声を聞いてます。『動かすな』って」

「それ以外は？　呪うぞとか祟《たた》るぞとか殺すぞとか、悪意ある発言はしましたか？」

「あれ……？　そういえば、聞いたことがないですね」

「【悪魔】は、人を直接殺したり悪意ある発言をすることはできないんです。何かルール違反や禁止事項を制止したり、防犯のための実力行使までは認められてるそうですが」

そこで、マシューがなるほどと頷いた。

「『動かすな』という発言と、盗もうとした人間に魔法を掛ける。それが【悪魔】にできる範囲内のことだと？」

「そうですね。他にも脅して契約を強要したり、呪詛《じゅそ》を掛けたりも禁じられてます」

「じゃ、じゃあ、この空き家にいる【悪魔】は優しい子なんですかぁ!?」

キャロルが驚いて声を上げた。

だが、そこにマシューが口を挟んだ。

「いや……どうでしょうか。嘘を吐かず、暴力を使わず、相手にとって都合のいいことを提案する……そうやって甘い言葉で人を陥れるのは不可能ではないでしょう。そういう含みがあるのでは？」

「その通りです。ですから【悪魔】と付き合うときは自分の心をしっかり見定めて話す必要があるんです。とはいえ、そうそう居るものでもないですけどね……私も実物を見るのは片手で数えられる程度ですし」

「ジルさんはその【悪魔】をどこで知ったのですか？」

「あー……昔、伯父様と一緒に作ろうとして失敗しました。けっこう難しくって」

幼い頃のジルを養育していたコンラッドは、ジルでも使えそうな魔法を模索していた。【悪魔】に関する知識もその一つだ。もっとも当時【悪魔】の実物は身近に存在しておらず、また王家の図書館にあった手順書にも詳細な内容は書かれていなかった。

「作れるものなんですか？」

「人間と見紛《みまが》うほどに優れた【悪魔】を作る技術は古代文明と共に滅びましたが、簡単な受け答えをするだけのものでしたら現代の魔法使いにもできると思います。例えば、合い言葉を言ったときだけ扉を開けるとか、『立ち去れ』みたいな警告を繰り返すだけとか」

「……ああ、なるほど。意志を持つわけではないと」

「そういうことです。言うなれば優れた道具ですね。というわけで……」

ジルがキャロルを見て、どうぞと促す。

「へ？」

「開けてもらえますか？」

「開けなきゃダメですか？」

「私がここでくるっと踵《きびす》を返してよいのでしたらそれでも構いませんが……」

「ううっ……ですよね……」

「まあ、大丈夫ですよ。いざとなれば逃げればいいんです」

キャロルがおっかなびっくりに鍵を開けていく。

じゃらりじゃらりと鎖が鳴る音が夜の町に響き渡り、不気味さを醸し出している。

平然とした顔をしているのはジルだけで、マシューも緊張気味だ。

「あ、開きましたけど……」

「ありがとうございます。お邪魔しまーす」

ジルの前に、壁のように立ちはだかっていたマシューをひょいと避けて、すたすたとジルが入っていく。マシューとキャロルは、慌ててジルを追って中に入った。

「【照明球】」

建物の中に入ったジルが魔法を唱えた。

すると、ジルの手の平から小さな球のようなものが生み出された。それは光を放ちながら、羽毛のようにふわふわと天井の方へと上昇していく。光の球は建物内部を白く照らし、まるでここだけが昼間のようになった。

「あれ、ジルさんそんな魔法使えました？」

「え、ええ……そういえばお見せするのは初めてでしたっけ」

このとき、ジルはまったくの無意識だった。「あ、暗いから灯りをつけなきゃ」くらいの気分であり、ただの【照明】の魔法よりも便利な方を選ぼうと思って唱えた。だが「なんとなく夢の中で使った魔法が現実でも使えました」と説明されても意味不明だろうと思い、適当にはぐらかした。

「それより、怪しいのはどこでしょうかね。【悪魔】の核となる魔道具があるはずなんですが……」

「怪しいとするならやはりカウンターテーブルでは？」

「よし、ちょっと調べてみますか」

ジルは何気なくカウンターテーブルに手を置いた。

木のひんやりとした感触が手に伝わると同時に、すぐに手を離した。

「あ、魔力が反応した。お二人ともお静かに」

ジルの言葉と共に、異変が起きた。

カウンターテーブルの下から、黒々としたもやのようなものが現れたのだ。

「ひっ!?」

悲鳴を上げかけたキャロルの口に、ジルは人差し指をあてる。

「大丈夫、害はありません。お静かに」

「は、はい……」

「ありがとうございます。どうぞ、ご発言を」

ジルはまったく怯《おび》えることなく、もやのようなものに発言を促した。

『動かすな……』

男とも女とも判断のつかない奇妙な声が響く。

「はい、動かしません」

『動かすな……』

「あなたの名前はなんですか？」

『動かすな……』

「あなたの製作者の名前はなんですか？」

『動かすな……』

ジルはそのまま、様々な質問を投げかけた。

だが黒いもやに何の反応も起きない。こちらを攻撃することもないが、「動かすな」以外の言葉を喋《しゃべ》る気配もない。

「あなたはロジャー・ブラウンですか？」

ジルが告げた名前は、他界したオーナーの名前だった。

だがそれを告げても、黒いもやは何も答えない。

『動かすな……』

「これも違いますか……じゃあもっとシンプルに考えないと……」

「あの、ジルさん？　大丈夫ですか？」

マシューが心配して声を掛ける。

だがジルは目の前のことに集中しており、マシューを振り返らずに返事をした。

「あと幾つか言葉を投げかけますので、それがダメだったら仕切り直しにしましょう」

「はぁ……」

「よし……『私はロジャー・ブラウンです』」

『……』

「いや、違いますね。ブラウンは平民になってからの名字ですから……没落したときの名字の方かな……。『私はロジャー・アンドロマリウスです』」

『ロジャー・アンドロマリウス様。本人確認のため生年月日をお願いします』

「星霊暦五一九年、氷天の月、十三日」

ジルがその日付を告げると変化が起きた。

黒いもやが、ほのかに光る緑色へ変わったのだ。

『防犯機能、一時停止します』

「ふっふっふ、自分の名前と生年月日をそのまま合言葉にしてるのは悪魔製作者としては甘いですね。でもこれだけちゃんと受け答えできる悪魔を作るのはとても凄いですよ」

ジルが勝ち誇った笑顔を浮かべ、緑色のもやを撫でた。

もやの方は、敵意も何も示さずされるがままだ。

そこにマシューが、おずおずと質問を投げかけた。

「ええと、ジルさん。今のやり取りはつまり……合言葉が必要だったということですか？」

「そういうわけです。合言葉を言わない人間に対しては魔法で警告する機能があったということですね。で、こういうときは名を名乗るのがもっとも多いと本で読んだことがあります」

「なるほど……」

マシューも恐怖が薄れたようで、近づいて緑色のもやをしげしげと眺めている。

「魂はなく知性があるとはそういうことですか。彼……いや彼と言ってよいのかわかりませんが、この【悪魔】は合言葉を言っているか否かだけで判断していたというわけですね。目の前の人間の姿や声など関係なしに」

「ええ。決まりきった行動しかできないんです。もう少し複雑なものであれば血筋を調べるとか、大まかな見た目や声質で見分けるなどもできるそうですが。それと『こういう言葉が来たときはこう返す』というパターンをとにかく増やして、あたかも人間のように振る舞うとか」

「流石、博識ですね」

マシューが感心し、感嘆の息を漏らした。

一方で、キャロルは何が何やらまったくわかっていなかった。

「さて、それではカウンターテーブルを動かしたり、リフォームしたりもできるようになりましたね」

ジルが、よかったよかったとばかりに呟いた。

が、それに水を差すがごとく悪魔が棒読みで話し始めた。

『保管庫は現在ロック中です。ロック解除や活動停止には供物が必要です』

「へ？」

『ロック解除や活動停止には供物が必要です』

もやは、同じ言葉を繰り返している。

「すみませんジルさん。これは……？」

「恐らく……警告を発したり泥棒を撃退する、番犬のような機能は止まりました。ですが、何かを『施錠する』機能は生きている……ということですね」

「『施錠』ですか……。それはまるで……宝物を守っているようですね？」

「まあ、当の本人が『保管庫』って言ってますし……何かありますね」

ジルがカウンターテーブルをぺたぺた触ったり、こんこんと軽く叩いたりしている。

しかし、あてが外れたように首をかしげる。

「うーん、何かあるようには感じないんですけどね」

「ジルさん。これ、カウンターテーブルは容易に動かせませんよね？　流石に大きすぎますし」

「ですね」

「例えばこの下に何かを隠すなら、もってこいなのでは？」

「ああ、なるほど。床下収納みたいな感じで何かあるのかな……？」

ジルが何気なしにテーブルの下の床を叩く。

テーブル以外の場所も叩いて聴き比べると、確かに音が違った。

ここには何か空間がある。

三人は無言で見つめ合い、頷いた。

『ロック解除や活動停止には供物が必要です』

「わかりました、わかりました。ちょっと待っててくださいね」

ジルは、もやの言葉を受け流しつつキャロルを見た。

「……どうしましょう？」

「え、えーと、よしなにお願いします」

キャロルは曖昧な微笑みを浮かべた。

「じゃあ、とりあえず調べる方向でよろしいですね？」

「このまま放っておいてリフォームや改装をするのもマズいですよね……？　高価なものならマズいですし、危険物だったらもっとマズいですし……」

「私もそう思います。じゃあ、調査継続といきましょうか」

ジルがそう言って、もやの方を振り返って尋ねた。

「供物を捧げよ、ということは何でもいいのですか？」

『アンドロマリウスのケーキを所望します』

「……アンドロマリウスのケーキ？」

三人とも意味がわからず、首をかしげた。


【悪魔】の求めるケーキがなんなのかまったくわからず、結局その日は解散となった。

翌日、ジルはレストラン『ロシナンテ』へ向かうことにした。魔法のケーキのことを知っていそうな人間となると、そこのオーナーのローランだろうと見当をつけたのだ。

「アンドロマリウスのケーキか。まあ、知ってることは知ってるが」

ジルの思惑通り、ローランは「知っている」と頷いた。だがローランは自分の禿頭《とくとう》を撫でながら、どこか渋い表情をしていた。

「知ってる……と言う割に、微妙な顔をしてますね」

「本当に知ってるだけだからな。ここの店主の俺が商売敵の店にそうそう出入りするわけにもいかんし、気になってはいたが、一度しか食べたことがなかった」

「あー、そうでしたか」

「ただ一つ言えるのは、確かに想像を超えていた。コンラッド様も手放しに褒めてたからな」

「え、そんなに凄かったんですか？」

ジルは本気で驚いた。

伯父のコンラッドが褒めていたというだけではない。ジルは、ローランが相当な腕前であることを知っている。その彼が、まるで完全に敗北宣言するかのように他人のケーキを褒めているのだ。

「そうだな……あの不思議なケーキをなんと言ったらいいかな……」

「何か特殊な食材を使ってるんですか？」

「いいや。普通のアパレイユ……卵や牛乳を混ぜた生地から作る。プリンと同じだ。まあトッピングや香料は色々と工夫できるだろうが」

「プリンと同じ？」

「上手く表現できねえな。あ、そうだ。おーい、マルス！　ちょっと来てくれ！」

はーい、と声変わりの途中くらいの少年の声が返ってきた。

そしてとんとんとんと階段を降りる足音が響く。

「あ、ジルさんこんにちは」

二階から降りて丁寧に挨拶してきたのは、ローランの息子のマルスだ。どこか優しげな顔立ちはローランに似ているが、しゅっと引き締まった体格と豊かな髪だけはローランとは似ていなかった。

「マルス。アンドロマリウスのケーキを覚えてるか？　お前も昔はあれが好きだっただろう」

「ロジャーさんのところの？　覚えてることは覚えてるけど……四歳くらいの話だよ？」

「覚えてる範囲でいい。どういうケーキだったかジルさんに説明してやってくれ」

「うーん……なんて言えばいいかな」

マルスが困った顔をしながら頭をぽりぽりとかく。

「あ、ごめんねマルスくん」

「あ、いいえ、いいんですけど……。その、味そのものはとっぴなところはなかったはずです。確か上にスポンジがあって、真ん中にカスタードがあって……底の部分は固めのプリンみたいな感じのものだった……と思います」

「なるほど、三段重ねのケーキというわけですか」

「いや、違います」

ジルが呟いたが、マルスが首を横に振る。

「え？」

「分かれていません。食べているうちに気付けばスポンジがカスタードになって、カスタードがプリンになっているんです。つまり、境目がないんです」

「……なんで？」

「いや……それがわからないんですよね。再現できるなら再現したいんですけど」

マルスがお手上げとばかりに溜め息をつく。ジルはますます困惑を深めた。

「ローランさん、さっきアパレイユを使うって言ってましたよね？　レシピはご存知《ぞんじ》なんですか？」

「ああ。昔、本人……ロジャーが死ぬ前に見舞いに行ったんだが、少し教えてくれたんだよ。特別な材料は何も使っちゃいないってな。実際食べた感触としても珍しい物は使ってなかったと思う。ただ、どれくらいの温度でどういう風に焼くとか、どういう手間暇を加えるとか……そういうことは教えちゃくれなかったな」

ローランが、どこか悔しそうな顔をしながら言った。

「確かにスポンジもプリンも、珍しい素材ではありませんが……はて……？」

「てっきり俺はスポンジとプリンを焼いて、その間にクリームを挟んだものなのかと思ってたんだが、どうも違う。あのケーキは境目が溶け合っていたんだ。それが面白い口当たりを生み出す」

「境目が溶け合っている。境目がない。……逆に謎が深まりますね」

「何かからくりがあるんだと思う。どうせならあのケーキがまた日の目を見るところを見たいもんだが。しかしなんだってあのケーキのことを調べてるんだ？」

「あー、それは……」

ジルは言葉に詰まった。『【悪魔】への捧げ物にします』とは流石に説明がしにくい。

なのでジルはとりあえず、『喫茶店アンドロマリウス』があった建物を借りようと思っていること。

【悪魔】のことはぼかしつつも、悪霊騒ぎを鎮めるためにもケーキが必要であることなどを説明した。

「ジルさん、俺にはそういう幽霊だのなんだのはよくわからんが……。悪霊騒ぎが鎮まるってことは、あいつが浮かばれるってことでいいのか？」

「いえ……浮かばれるかどうかはわかりません。私は幽霊や魂の専門家ではないので」

「うん？」

ローランは困惑したような顔でジルを見た。

「ただ、建物があんな状態のまま悪い噂ばかり広まっている……という状況は改善できるでしょう。ロジャーさんが死後に誰彼構わず他人を祟っているということはありえないと証明できますから」

ジルは、亡くなった人間に思い入れがあるわけではない。

【悪魔】に関する知的好奇心やカウンターテーブルに魅了されているという理由の方が大きいかもしれず、それ以上のこだわりはない。だが、ここで「割に合わないからやめた」と言い出すつもりはなかった。

「おそらく喫茶店のオーナーのロジャーさんは、自分が死んでも守りたい『何か』があったんです。それを保護して相続人に渡すことができるのは恐らく私しかいないでしょう。だから、やるだけやってみようと思います」

「そうか……」

「あとはまあ、相続した人がなんか可哀想で見てられないというのもありますけど。幽霊屋敷を相続しなきゃいけないあたりに何とも言えない共感を覚えると言いますか」

「あっはっは、そりゃジルさんだからこそ感じるもんだな」

ローランが面白そうに笑い、そして笑いが収まったところで表情を引き締めた。

「なら、俺は全力で協力する。親しい友達ってわけじゃなかったが……ライバルだったからな」

「ああ、そういえば……」

ジルは、キャロルから聞いた話を思い出した。

この界隈では三店舗が覇を競い合っていたという。

喫茶店『アンドロマリウス』。

ダイニングバー『レッド・アイブロウ』。

そしてレストラン『ロシナンテ』。

「再現してみようぜ。そのアンドロマリウスのケーキを」

「はい！」


「……色々試してみましたが、無理でした」

「そうだろうな」

数日後、ジルは『ロシナンテ』に顔を出した。

ジルは疲労を隠すことなくテーブルに突っ伏し、ローランが苦笑する。

「うーん、私、こういうものを解明するの得意だと思ってたんですがね……」

「あれだけのヒントで、しかも数日でわかるはずがねえさ」

「まあ冷静に考えればそうですよね……」

はぁ、とジルは溜め息をつく。

(『アカシアの書』で調べようとしても、ヒントが少なすぎてわかりませんでしたね……いったい、魔法のケーキってなんなんだろう？)

ジルは本を読み、そしてローランから教わった材料でプリンケーキやフランを焼いてみたりと、色々と模索していた。だが「これこそが答えだ」というものには至らなかった。情報が少なすぎて、とっかかりすら摑《つか》めていない。

「うーん、悔しいですね……」

ジルは今まで、『アカシアの書』を使って様々なことを解決してきた。革への焼印であったり、友禅染であったり、書物を活用して困難を打破することができた。だが今回ばかりはどうにも答えが見つからない状態だ。

「あ、ジルお姉ちゃん！」

「おや、こんにちはティナちゃん。元気してましたか？」

うだうだとジルが悩んでいたとき、ローランの娘のティナが嬉しそうに近寄ってきた。

ジルも、ティナの様子を見てほっと心が安らぐ。

「あのね、最近お父さんにお料理習ってるの！」

「おっ、それはいいですね。どんな料理を作ってるんですか？」

「プリン！」

「ティナちゃんはお菓子作りがやっぱり好きですか」

「うん！」

ティナは満面の笑みを浮かべたが、ローランの方は少々疲れた顔をしていた。

「なるべく火を使わないものだけで済ませたかったが、プリンだけは作りたいって言って聞かなくてなぁ」

「うん。それで……これからプリン作ってみたいんだけど、いい？　オーブンを使いたいの」

ローランが困ったような顔をした。

どうやらティナは、親がいないときに火を使うのを禁じられているらしい。

「母さんは町内会の集まりに行ってるしな……。ちょっと俺の手が空くまで待っててくれないか？」

「ああ、気にしなくて構いませんよ。私も手伝いましょうか？」

「いいの!?」

ティナが目を輝かせた。

その後ろで、ローランが申し訳なさそうな顔をしていた。

「すまんな」

「いえいえ。こちらこそ色々相談に乗ってもらってますしこんなことで良ければ。じゃあティナちゃん、一緒にプリン作りましょうか」

「うん！」


手伝う、と言ってもジルにやることはあまりなかった。

ローランの教育方針が「まず自分でやってみて失敗しなけりゃ覚えない」というものだったからだ。そのため、できる限り口出しせず見守る。オーブンの使い方は教えずローランが操作しているものの、それでも「どれくらいの火力で、どれくらいの時間加熱するか」などはティナに指示を出させる。

そして出来上がりの批評も、自分にやらせる。

「どうだ、ティナ」

「…………美味しくない」

「どんな風に？」

「焼きすぎて、すが立ってる」

がっかりしながらティナは自分のプリンを評した。

「あと香りも飛んでる。もっと香料を入れなきゃダメ」

「だが、入れすぎたら今度は苦味が残るんじゃないか？」

「うっ……」

「全部混ぜて焼くだけが手段じゃない。香りも味わいも楽しみたいなら砂糖漬けの果物を横に添えるとか、色々と方法はある。単体で完成されたものを作りたいんだろうが、囚《とら》われすぎるな」

的確な助言だとジルは思った。

だが、ティナの年齢を考えたとき、それは厳しく、そして難解だ。助言を受け入れられるほどティナは成長してるだろうか。

心配してジルはティナを見る。案の定、泣く一歩寸前だ。

「ティナちゃん……」

「ぐやぢい……！」

「あ、そっちですか」

また、ローランの助言が耳に痛くて泣いているのではなかった。

自分の手が、自分の理想に全然届かないことに悔しくて泣いているのだ。

「安心してくれ、ジルさん。ティナはこのくらいじゃへこたれない」

ローランが笑ってティナの頭を撫でる。

それでもティナの顔は晴れなかった。

「でも、思い通りに作れない……」

「形になるだけでも十分凄いんですけどねぇ……。それに、自分の作ったものに対してはみんなひいき目になっちゃうのに、そういうところがないし」

ティナは、味覚が鋭い。

その鋭さゆえに、自分の腕の拙さをまざまざと自覚している。日常生活の延長や趣味で料理を作る分には不要な苦悩だ。まだ小さい子が抱くものではない。

しかしそれは、料理人にはきっと不可欠なものだとジルは思った。より上を目指すためには、自分が今どれくらいのものを作れるのかを冷静に見つめなければいけないのだから。

(ティナちゃんは、乗り越えられるんでしょうか)

心配になって、ジルはティナを眺めた。

だがそんな心配をよそにティナはうるんだ目を拭い、きっ、とローランの顔を見た。

「もっかい作る!」

「おいおい。夕方の営業があるんだぞ」

「あと一回だけ、一回だけだから!」

ティナはさっきまで泣きそうだったのをけろっと忘れて父親にせがんでいる。

「これは将来が楽しみですね」

「今は困ったもんだがな」

ジルの言葉に、ローランが嬉しそうに笑った。


結局、その日はそれらしいアイディアが出ることもなく終わった。

その後もジルは『ロシナンテ』に顔を出した。ローランとマルス、そしてローランの妻も加わって意見を出し合ってケーキの正体を推理したが、なかなか「これだ」という答えは出なかった。

「三層とかじゃなくて五層なんじゃないか？　微妙に配合の違うアパレイユを重ねて、スポンジ、プリン、カスタードの三層と、その中間層を作るんだ」

「なら五層だって食べててわかるよ。それに親父《おやじ》、そんな複雑なもの、毎回同じように焼けるか？」

「そうだな。無理じゃあないが……定番メニューにするのは厳しい」

「確か『アンドロマリウス』のケーキは数量限定だったと思うわ。でもオーナーと奥様の二人で経営してたから、用意するのが大変なレシピは現実的じゃないと思うのよね」

「だよなぁ……」

「でも今まで出たアイディアでは一番現実的ですね……ダメ元でやってみますか？」

「うーん、チャレンジだけしてみるか……」

少々、相談は行き詰まり気味だった。

だが、まったく予想外のところからヒントが現れた。

「ねえねえ、プリンできたー」

ティナが会話に割り込んできた。だが全員、邪魔されて気分を害することもない。むしろ空気が変わったことに喜びさえ覚えていた。

「ティナちゃん、新作ができたんですね」

「うん！　今度は上手くいった……と思う」

ジルの言葉に、ティナが嬉しそうに頷く。

ティナは失敗してからも、へこたれずにチャレンジを重ねていた。材料代も馬鹿にならないし、大人が居ないと火が使えない約束だが、それでも余った材料を目敏《めざと》く見つけたり親の手が空いてる隙を見つけてはチャレンジしていた。

「せっかくだし、お茶にしようぜ。俺もそろそろ疲れたよ」

「ああ、私も手伝いますよ」

ジルがマルスと共に茶の支度を始めた。ローランが皿を用意し始める。

皆、手慣れているためかすぐに支度は調った。

「いただきまー……あれ？」

「うん？」

全員、ティナのプリンを一口食べて疑問符が浮かんだ。

「ティナ、これ……分離してるぞ？」

マルスがうろんげな目でティナを見た。

ジルも、自分も似たような失敗をしたなぁと郷愁を覚えた。

分離とは、プリンを作る際によく起きる失敗の一つだ。牛乳と卵液の比重が違うために、生地をしっかり混ぜたつもりでも加熱の過程で均一さが崩れてしまうことがある。固い部分と半液体の部分に別れてしまうのだ。

あるいは卵白と卵黄もまた比重や凝固する温度が異なり、それが原因で分離することもある。

プリン作りを成功させるためにはそれぞれの材料がしっかり混ざった状態で、適切な温度で加熱して分離を防がなければならない。

「でもこれはこれで美味しかったりもしますよね」

「客には出せんがな」

あははとローランたちは笑う。

しかし、ティナはきょとんとしていた。

「これってお客さんに出しちゃだめ？」

「そりゃあ失敗して……」

「ぼそぼそで美味しくないとかじゃないよ。わざとそうしたんだもん」

「わざと？」

「固いプリンと、柔らかいプリン、一緒に食べたら美味しいかなって」

「……なんだって？」

ローランが、真剣な口調で聞き返した。

「え……いや、確かに不味《まず》くない。ちょっとだけ分離してるとかじゃなくて、それなりのバランスで分離してる。しかも境目が……はっきりしない」

マルスが、何かを確かめるようにプリンを食べ進める。

ますます全員の表情が深刻の度合いを深める。

ティナが戸惑い、食べる人の顔を順繰りに見る。

「や、やっぱりダメだった？」

「ティナちゃん」

「な、なに？　ジルお姉ちゃん」

「あなた、天才」

「え？」

意味がわからず、ティナはきょとんとしている。

「これだ！　この感じだよ、昔食べたあのケーキは！」

「凄いぞティナ！　流石俺の娘だ！」

「確かにクリーム状の部分としっかりしてる部分の歯ごたえの違いを確かめられるわね……。我が娘ながら末恐ろしいわ」

家族は口々にティナを褒《ほ》め称《たた》える。だが、アンドロマリウスのケーキの模索に加わっていなかったティナは、戸惑いが深まるばかりだった。

「お父さん！　結局、美味しかったの!?　美味しくなかったの!?」

「あー、すまんな。プリンとしては……ちょっと何とも言えないが、他の料理として考えたらアリだ。発想次第だな」

「つまり褒めてるの!?」

「褒めてるんだよ」

ローランが、ぷんすか怒るティナを宥《なだ》める。

皆それを、微笑ましく見守っていた。

レストラン『ロシナンテ』は、一週間近く時短営業することとなった。ランチタイムを早々に終わらせ、夕方の営業も遅く始まる。週末は『店主所用により休業』と看板を出した。そうして捻出した時間をケーキ作りに注ぎ込んだ。

もちろん、アンドロマリウスのケーキを作るためである。

これはもう完成まで仕上げるまで行くしかない、という謎のテンションに取《と》り憑《つ》かれていた。

毎日数回ケーキを焼き、家族全員で試食とレビューをする。

今は二十三回目の実験《トライアル》を終わらせ、検証ポイントをまとめていたところだった。

「低温でじっくりと焼く。卵黄とメレンゲを分けて生地を作る。このあたりがコツだな……」

ローランの呟きに、ジルとローランの妻が真面目な顔をして頷いた。

「焼き方が甘いとゆるすぎてほぼ半液体状になるし、焼きすぎると三層ではなく二層になりますね……。でも、加減はほぼわかってきた気がします」

「卵黄の生地はきっちり混ぜなきゃダメね。ただ最後にメレンゲと混ぜるときはあんまりがちゃがちゃ混ぜすぎないのがいいと思うわ」

全員がなんとなくコツを摑み始めていた。

次こそは成功する。そんな確信が漂っていた。

「よし、行くぞ……！」

ローランの声の下、全員が厨房で動き出した。

まずはマルスが卵黄、砂糖、溶かしバター、蜂蜜、牛乳、そして薄力粉をしっかり混ぜた。これがメインの生地だ。ジルがその横で卵白を攪拌《かくはん》してメレンゲを作っている。

「多分、メレンゲや小麦粉の多い部分が分離してスポンジケーキになるんだと思います。あえてメレンゲを混ぜすぎないようにしないといけませんね」

「生地ができたよ」

「ありがとう、マルスくん」

マルスからボウルごと生地を受け取り、ジルはへらを使ってメレンゲと生地と混ぜる。手早くさっと混ぜた程度で済ませ、生地を円形のケーキ型に流し込む。

「ここからは湯せん焼きだな。ジルさん」

「任せてください」

湯せん焼きとはオーブンの天板に湯を張り、そこにケーキ生地の入った型を入れて蒸し焼きにすることだ。生地に優しく火が入り、しっとりとした仕上がりになるため、プリンやスフレなどを作る際によく使われる。逆に、こんがりとした香ばしさやしっかりした食べごたえを楽しむレシピには使われない。

アンドロマリウスのケーキは、スフレのようでもありプリンのようでもある。湯せん焼きが最適解と言えた。

「それじゃあ行きましょうか」

それは、加熱中に材料をあえて分離させるためだ。

スポンジケーキ、プリン、カスタードクリーム。実はこの三種は材料がほとんど被っている。卵、砂糖、牛乳。溶かしバター。そしてバニラビーンズや蜂蜜などの香料。違いと言えば、薄力粉を加えることや分量のバランスが異なるくらいのものだ。

そしてそれらの個々の材料は、比重や脂肪分の割合などが異なる。そのためプリンの混ぜ方や火の入れ方に失敗すると、半分がゆるく、半分固いものが出来上がる。

だがこのアンドロマリウスのケーキは、あえて分離させる。それこそが境目のよくわからない三層によって成り立つ不思議なケーキの正体だった。

ジルは天板にケーキ型を載せてオーブンに入れ、魔法を唱えた。

「【水生成】、【加熱】」

しかし焼き方は推理できても、それだけで完成に至るわけではない。どのくらいの熱を加え、どのくらいの時間焼けばよいのか、その微妙な塩梅《あんばい》を見極める必要がある。そこでジルの出番だった。

ジルは魔法を駆使して完璧な温度と時間を調整できる。一度覚えたレシピを何度も再現することにかけては右に出る者はいない。

同時に、「今度は温度を下げて時間を長くしよう」という微妙な調節も容易《たやす》い。トライアンドエラーの果てに最適解を発見する上でも、ジルの魔法は凄《すさ》まじく有用だった。

「……ジルさん、どうだ？」

「大丈夫です。次に冷却の工程に入ります」

ジルはオーブンを開けて、今度はケーキ型を氷壺に入れた。

「【冷却】」

魔法でケーキを冷やした。

全員、今か今かと氷壺を見つめている。今度こそ成功するという確信が、全員の心にあった。

「……できました。できた、はずです」

「ああ、切り分けよう」

ローランが氷壺からケーキを取り出し、皿に置いた。包丁で切り分けていく。

「ああっ……」

その断面は、見事な三層になっていた。

上層はふんわりとしたスポンジケーキ。さっくり混ぜたメレンゲが焼いている最中に浮き上がり、スポンジケーキと似たような配合になるためだ。

下層はしっかりとしたプリン。卵白成分が少なくしっかりした歯ごたえのものに仕上がった。

そして中間層はカスタードクリームのようになっている。火が入っていないわけではないが、完全には固まっていない。上層と下層に遮られているためだ。

「よし、頂きます」

全員が神妙な顔をして、一口食べた。

そしてその神妙な顔は、すぐに晴れやかな顔へと変わった。

「や、やった……成功だっ……！」

「やりましたね、ローランさん！」

「親父、これは凄いよ！」

「くそっ、アンドロマリウスの野郎……いいケーキを作りやがって……！」

気付けばローランの目には、涙が浮かんでいた。

ジルも喜びのあまりにちょっと泣きそうだった。

全員の心に、何かをやり遂げたという達成感が満ち溢《みあふ》れていた。

「でもこれ、毎日作り続けるのはキツくないかな？　スフレケーキよりも低い温度の湯せん焼きだろう。かなり慣れないと無理だと思うよ」

いち早く我に返ったマルスが、ぽつりと呟いた。

「でしょうね……。一応、温度も時間もだいたい把握したので魔法を使わずとも再現はできますけど、それでも相当慣れないと商品としてお出しするのは難しいと思います」

ジルの言葉にローランも頷く。

「そうだな。ジルさんが魔法で温度管理してくれなけりゃ、こんなに早く完成するのは無理だった」

「何か専用の魔道具でも持ってたんじゃないかしら？」

「だろうな」

ローランは、妻の言葉に頷く。

しかしジルは、その謎の答えに辿り着いていた。このケーキを作る上での注意は、温度管理だ。温度や時間を間違えたら、焼きすぎてクリームの層が失われて二層になったり、あるいは焼きが甘いために下のプリンの層が固まらなかったりする。

（恐らく【悪魔】の補助があったんでしょうね……オーブンの時間や温度を管理するような）

ジルは自分の魔法を使い、細やかな温度調整ができる。

そして喫茶店『アンドロマリウス』のオーナーは、悪魔を使役することができた。

何分間、何度で温めればいいか。そうしたロジカルな行動は悪魔の得意分野だ。

だが、口には出さなかった。故人とはいえ、魔法使いとして、同時に料理人として、その人が隠し続けた技だ。何気ない雑談の場で喋るのは憚《はばか》られた。

「ありがとうございます、皆さん。おかげでとても素晴らしいものができました。改めてまたお礼に上がらせてください」

少々の罪悪感を抱きつつ、ジルは丁寧に礼を告げた。

「礼を言われるほどじゃない。美味しいものができた。それで満足だよ」

「ええ、年甲斐《としがい》もなく燃えちゃったわ」

ローランと彼の妻が微笑む。

「このケーキが食べられただけでも十分価値はあったと思う」

「美味しいよね！」

マルスとティナは、素直にケーキを楽しんでいる。

相談してよかった。

爽やかな思いが、ジルの心に吹き抜けた。

「それより、ジルさんの仕事はこれからだろ？　幽霊屋敷の件は頼んだぜ」

「はい！」

ローランの言葉に、ジルは強く頷いた。


『ロック解除します』

ジルは、マシューとキャロルを連れて再び幽霊屋敷へと向かった。

そして【悪魔】にケーキを見せると、【悪魔】は一言だけ告げてふっと消えた。今までそこに何かが居たなどとまったくわからないほどに、綺麗さっぱりと。

「……よし、これで何とかなりましたね」

ふう、とジルは安堵《あんど》の息を吐いた。

「あれ、ケーキを食べるわけではないんですね？」

ジルが持つ皿には、ケーキがそのままの形で残っている。

【悪魔】は一口も食べることはなかった。

「食事の必要はないでしょうしね。あくまでこの場でケーキを見せられるかどうかだけで判断していたのでしょう。もしかしたら、実は細かい分析もできなくて、間に合せでショートケーキなど出すだけでも良かったかもしれません」

「え？　その割にはずいぶん苦労されたようですが……」

「なんだかケーキ作りが途中から楽しくなってしまって」

「「……」」

マシューとキャロルが、「変な子だ」みたいな視線でジルを見る。

「あっ、いや！　冗談ですよ！」

「目が本気でしたよね？」

「えー、話を戻しましょう。恐らく防犯機能の解除は簡単な合言葉のみでしたが、今回はもう少し厳重な気がしたんですよね。何度も間違えると永久にロックが掛かるとか、中身が勝手に処分されるとか、より強い泥棒対策の可能性もあるかなと思いまして」

「あ、理由があるんですね」

マシューが安心したように呟いた。

でもケーキ作りが楽しかったのは本当です、とはジルは言わなかった。

「あ、あの、ジルさん。そのケーキ……よく見せてくれますか？」

キャロルの目がケーキに釘付けになっている。

ジルは遠慮なくキャロルに箱ごと渡した。

「はい。これが喫茶店の人気メニュー……『アンドロマリウスのケーキ』です。キャロルさんは食べたことありますか？」

「多分、凄い昔に一度だけ……。でも、この魔法のケーキ……ガトーマジックを再び見られるなんて……！」

キャロルが感動して呟いた。

だが、ジルはキャロルの感動よりも重大なことを耳にした。

「……今、なんて仰《おっしゃ》いました？」

「え？　もう一度お目にかかれるなんて、と……」

「そのもう一つ前です。ガトー何とかって」

「あ、ガトーマジックです。このケーキ、ガトーマジックですよね？」

改めてキャロルからその名を聞き、ジルの顔から表情が失《う》せた。

「キャロルさん」

「は、はい……何かマズいこと言っちゃいました……？」

「その名前、もうちょっと早く聞きたかったんですが……！」

「え？　ジルさん、これがガトーマジックだって知らなかったんですか……？」

「知らなかったから頑張って再現したんですよぉ！　その名前さえ知っていればレシピ名で調べられたのに……！」

ジルが力なく崩れ落ちた。

アンドロマリウスのケーキ作りに難航したもっとも大きな理由は、名前が判明しなかったことだ。それさえわかれば、『アカシアの書』でタイトル検索や本文検索を掛けることができた。

『アカシアの書』に悪魔のケーキについて尋ねても『同名の著作物は五十八冊ありますが、すべてライトノベル・SF小説・推理小説などの娯楽文芸作品であり、当端末で閲覧可能な書籍はありません』『料理レシピはゼロ件です』、『コンシェルジュサービスをご希望の場合はアンリミテッドサービスに加入を』と、のれんに腕押しといった答えをひたすら繰り返した。ジルが低評価を押すと脅してようやく止まった。

「す、すみません……私もそれを見てようやく名前を思い出したといいますか……」

「あー……いえ、私もうっかりしてました。ちゃんとキャロルさんに色々と聞くべきでした……すみません」

ジルが詫《わ》びて、気を取り直して立ち上がった。

「そ、それじゃあ、カウンターテーブルを動かしましょうか」

「ですね……あれ？」

マシューがジルに相槌《あいづち》を打ち、だがすぐに首をひねった。

「なんですマシューさん？」

「このカウンターテーブル……相当重いですよ？」

「あっ」

八人くらい横に並んで座れるカウンターテーブルだ。テーブルの天板は重く分厚く、そして足もしっかりしている。また内側は収納と一体化しており、相当な重量であることが一目でわかった。どう見ても、女二人と男一人で動かせる代物ではない。

「……人を雇って運ぶのも考えものですね。下に隠されているものを見せたくはありませんし」

ジルは悩んだ。ここでの作業をあまり人に知られたくはない。しかし秘密を守れる力持ちなど、そう何人も居るものではない。

「ガルダに声を掛けてみますか？」

「ですね。何か良いアイディアを出してくれるかもしれませんし……あ」

ここでジルは気付いた。力仕事を手伝ってもらうにあたって、人間である必要はない。

「ではガルダさんと……うちの庭師に頑張ってもらいましょう」


そしてジルは一人と一匹に助けを求め、テーブルの移動作業を目論見《もくろみ》通りに完了させた。

少々被害が出たことを度外視すれば。

「ちょ、ちょっとひどいことになってしまいましたね……」

「流石に予想外ですね……」

ジルが乾いた笑いを浮かべ、マシューも曖昧な表情を浮かべていた。

「い、いえ、気にしないでください……はは……。何か危険なものがあったら借りてくれる人もいませんし……。修理代は掛かるけど……」

キャロルがぷるぷると震え気味に応じる。

この惨状にはジルも流石に心を痛めた。

まず、幽霊屋敷の玄関の扉が外されていた。それだけならば良かったのだが、扉の枠が少々壊れている。惨状が外から見えないよう大きな布で隠している有様だ。床板も脆《もろ》いところが砕けている。

幽霊屋敷から廃屋へ、さらに一歩近付いたと言えるだろう。

だが、これをやり遂げたガルダとカラッパは一仕事終えて自信たっぷりの顔をしていた。

「このテーブルを手で持ち上げようと思ったら力自慢が十人は必要だぜ。それに床板だって元々ちょっと歪んでたじゃねえか。どうせ交換しなきゃいけねえだろうし手間が省けたと思って許してくれ」

ガルダはまず、テーブルを手で持ち上げるのではなく即席のクレーンを設置することから始めた。知人の大工から道具を借りて機材を設置し、そしてカラッパに引っ張ってもらってテーブルを持ち上げたのだ。玄関の枠や床板の被害も、カラッパの剛力を考えれば仕方のないことだった。

「ぶくぶく」

「ほら、こいつもしゃーねーじゃねえかって言ってるぞ」

「なんでわかるんですか」

「いや、そんな気がした。なぁ？」

ガルダがカラッパを見上げると、カラッパは頷くようにハサミを鳴らした。

この一匹と一人、意外に馬が合うのかもしれないとジルはくすりと笑いそうになる。だがキャロルの放心した表情を見て、ジルは顔を引き締めて詫びた。

「すみませんキャロルさん、あまり顔の知らない人を呼びたくなくて……。ちょっと口外しにくい物が眠ってる可能性もありましたし」

「い、いいえ、【悪魔】なんてものがあったわけですし、そういう話は私にも十分理解できます。どっちにしろリフォームは必要だったと思いますし」

キャロルは慌てて首を横に振るが、そこにガルダが質問をした。

「ええと、キャロルさんとやら……俺はいいのか？」

「よくわかりませんけど、ジルさんがいいのでしたら別に」

「ガルダさんやマシューさんは一蓮托生《いちれんたくしょう》だし別にいいかなと思いまして」

ジルとキャロルのあっけらかんとした答えに、ガルダは押し切られた。

「俺だって変な秘密はこれ以上抱えたくないんだがなぁ……まあいいけどよ」

「ありがとうございます。それでは……確認と行きましょうか」

全員の視線が、カウンターテーブルがあった場所に集中した。

どのご家庭にもありそうな、何気ない床下収納であった。

「わ、私が開けた方がいいですか？」

「いえ、何か魔法による仕掛けがあるかもしれません。私に任せてください」

ジルが手袋を付けて収納のフタを開けた。

何年も開けていなかったため、埃が舞い上がる。

幸いなことに虫やネズミの気配はなく、ただ埃っぽいだけで済んでいる。

「布の袋……？」

中から、かちりかちりと軽い音が鳴っている。

「金属音？　ってことは金貨あたりか？」

「えっ!?」

ガルダとキャロルが目を合わせ、期待に胸を膨らませた。

だがマシューはあまり期待していないのか、警戒の目で布の袋を見ている。

「うーん、残念ながら高価なものではありませんね」

ジルが袋を開いて、中のものを全員に見せた。

「………割れた食器だ」

はぁ、とガルダが露骨に落胆を示した。

マシューは、大したものではないという予感があったのか、納得の顔をしている。

「そんなところでしょうね……。ここの来歴を考えると財産や遺産はあまりないだろうと思ってました。都合の悪い物か危険な物でないかとは心配していましたが」

「都合の悪い物だったみたいですね……これ、けっこう高価な白磁ですよ。それもオーダーメイド品です」

ジルが取り出したのは、無惨にも真っ二つに割れた白いティーカップだった。

「なんでそんなことがわかるんだ？」

「カップの底とソーサーを見てください。これ、紋章ですね。恐らくオーナーさんのご先祖が貴族だった頃の」

円の中に様々な記号が描かれた不思議な文様があった。

それを見たキャロルが、ああ、と声を漏らす。

「ま、間違いありません。これは確かに私の本家の……オーナーの先祖、アンドロマリウス家の紋章です。それに……これは……！」

キャロルが震えながらジルの持つカップに手を伸ばした。

「あ、割れてるからちょっと待ってくださいね。心当たりがあるんですか？」

「はい……。私が小さい頃に割ったものが、この中にあります」

「えっ？」

「私が二歳か三歳くらいの頃、親が忙しくてこの喫茶店に預けられたことがあったそうなんです。そのとき、白磁の高価なカップとソーサーを割ってしまったことがありまして。そうだ……思い出した……なんで忘れちゃってたんだろう……」

キャロルが、訥々《とつとつ》と語り始めた。

誰に聞かせるというわけでもない。まるで一つ一つ自分に尋ね、確かめるような口調だった。

「……そういえば、ここで世話になっていたと言っていましたね」

ジルは、ハンカチに割れたカップを包み、優しく手渡した。

キャロルの目が潤む。

「はい……。私が割ったカップ、ここにあったんだ……」

「他にも幾つかあります。どれも素晴らしい品質で……これ以上壊れないよう、一つ一つ包みに入れられて保管されてました」

「変な話ですね……割れちゃった磁器なんてもう使えないのに」

キャロルがくすりと笑う。だがその目には涙が浮かんでいた。

「カップを割って泣いた私を、オーナーの奥さんが慰めてくれて『これは秘密だよ』って言って隠してくれたんです……。でも……オーナーも『なくなったものは仕方ない』って言ってくれて……。そっか、気付いてたのに気付かないフリをしてくれたんだ。あーあ、情けない……」

「情けない？」

何故その言葉が出るのだろうかと、ジルは素直に疑問に思った。

「だって、大事なことを忘れて、この建物を幽霊屋敷だなんて怖がってたって、自分が情けないじゃないですか。私一人くらい、オーナーは化けて出るような人じゃないって弁護してあげなきゃいけなかったのに」

「まあ……仕方ないですよ。物心つかない頃のお話でしょうし。私も多分そういうことといっぱいあると思います。それに……」

「それに？」

「もう、幽霊屋敷じゃないですよ、ここは」

「あ、そっか」

キャロルが、ぽんと手を叩いた。

その様子を見て、ジルたちが笑った。

「内装は少々傷んではおりますが、基礎も柱もしっかりしており店舗向け物件としては大変おすすめかと思います。二階はご覧になりますか？」

キャロルは涙を拭い、わざとらしい口調で喋り始めた。

誇らしげに手を広げる姿には何の曇りもなかった。

「それじゃあ、二階を見て……家賃や条件を詳しく相談しましょうか」

「はい！」

ジルの言葉に、キャロルが嬉しそうに頷いた。


二階や厨房など細々とした説明を聞き終えたジルは、再び店舗スペースに戻っていた。

「キャロルさん。私、ここを借りたいと思うんです」

宙づりにしたカウンターテーブルは場所を動かしつつ再び床に降ろし、全員がそこに椅子を並べて掛けている。そこでジルは、おもむろに話を切り出した。

「ありがとうございます！　あ、でも……」

キャロルは一瞬喜色を浮かべ、しかしすぐに顔を曇らせた。

「なにか問題が？」

と、ジルが尋ねた。

「ええと……トラブル解決のお礼をしなければいけないと思うんです。ですがその、手持ちの現金が少なくて……。家賃のお値引きするという形ではいけませんでしょうか……？」

「そ、そういえばお仕事辞めたんでしたっけね」

ジルの言葉に、キャロルの顔がますますどんより曇っていく。

「いやぁ……あはは……。額面上の資産だけはあるから、お金持ちには見えるんです。見えるだけですけど……」

そこに、マシューが口を挟んだ。

「でもキャロルさんはこの建物の所有者ですよね。であれば、ここの物品もキャロルさんのものということでは？　カウンターテーブルにしろ割れた磁器にしろ、それなりにお金にはできますよ」

「ええと、それは処分してお金に換えるってお話ですか……？」

「いいえ。むしろジルさんはカウンターテーブルをこのまま使いたいところでしょうし」

マシューに話を振られたジルは、素直に頷いた。

「ですね。それはぜひとも」

だが、キャロルはますます悩みを募らせた様子だ。

「う、うーん……」

「なにか問題ありますか？」

ジルの言葉に、キャロルがおずおずと答える。

「結局、手持ちのお金がないんですよね……。建物のメンテやリフォームもけっこうなお金が出るでしょうし」

「そのリフォームですけど、私もお金と口を挟ませてもらっていいですか？」

ジルの言葉に、キャロルが驚いた。

「えっ？　いいんですか？」

「私たちが床板とか扉とか壊しちゃいましたから」

「あー、そこは仕方ないから気にしなくとも……」

「でも、これから床板や壁を直したり、壁紙を貼り直したりしますよね。新しくなった建物を私が借りて、それから更に雑貨店に改装するのも二度手間ですし。でしたら建物の修理費は私持ちで、私主導でやらせてもらうのはいかがでしょう？　その分、月々の賃貸料をお安くして頂ければいずれは帳尻が合うでしょうし」

「ああっ、ぜひそれでお願いしますぅ……！」

キャロルがむせび泣きのような顔でジルの手を取り、まるで神様か何かのように褒め称えた。苦笑しながらジルはキャロルを宥める。

「私としては願ったり叶ったりですから、そうかしこまらなくても」

「いやもう、足を向けて寝られません。なんでも仰ってください。ジルさんのためなら命……は流石にちょっと懸けられませんけど、人生懸けてお礼をさせてください！」

「なんか皆さんそういう言い方好きですね……。まあ私の方は私なりの損得あっての提案ですからあまり気にしなくていいですよ」

ジルが、キャロルの現金な口ぶりにくすっと笑った。

「ううっ、いずれお金が手元に来たときは、割れたカップじゃなくてちゃんとしたカップでも開店祝いに持ってきますので……」

「あ、そうか。それがありましたね」

ジルがぽんと手を叩いた。

「うん？　なんでしょうか？」

「割れたカップ、幾つか預かってもいいですか？　ちょっと修復してみようと思いまして」

「直すんですか……？　でもそれをやっちゃうと実用品としては使えなくなっちゃいますよね」

磁器や陶器を接着してその上に塗装を施し、まるで割れる前の状態のように戻す技術は、このアルゲネス島に存在している。だがそれには明白なデメリットがあった。食器としては二度と使えなくなってしまう。接着剤や塗料は基本、人体に有害であった。

「見た目や形状を完全に元通りにする……という意味の修理では、そうなりますね」

「そうなんですよねぇ」

「でも見た目にこだわらないのでしたら、修復できますよ」

「え？」

キャロルのみならず、マシューもガルダも驚いてジルを見た。

「あ、でも材料がないと仕方ないですね。漆《うるし》は森にあるし、小麦粉は屋敷にあるし……あとは金粉だけですね。マシューさん、金粉って扱ってますか？」

「ええ、貴金属を扱ってる商人に頼めばすぐに調達できますが……どうするんですか？」

「それは、出来上がるまで内緒です」

ジルが意味深に微笑んだ。


ジルは、割れたカップや皿をすべて引き取って自分の屋敷へと帰った。

「どうしたんだい、そんなガラクタばっかりかかえて」

「修理しようと思います。アレを使うので作業部屋にこもりますね」

「ああ、前にご主人様が森で集めてた変な樹液だね？　カブトムシでも飼い始めたのかと思ったよ」

「ウチにはすでにカニが居ますから間に合ってますね」

「危ない作業なら手伝うよ？」

モーリンが心配そうに尋ねるが、ジルはへっちゃらとばかりに手をひらひらさせた。

「心配するほどじゃないですよ、細かい作業は得意ですから。それでは作業部屋で作業していますね」

「また変なこと思いついたんだね……。ま、いいさ。気をつけるんだよ」

「へ、変じゃないですよ！　完成品を見たら絶対に驚きますからね！」

「はいはい、楽しみにしてますよ」

モーリンの気のない返事を背中で聞きつつ、ジルは作業部屋へと入る。

「さーて、ついにこれを使う日が来ましたね……」

ジルが、作業部屋のテーブルの下に置いてある木箱を開けた。

そこには土色の液体の入った小瓶が収納されていた。

「木椀に塗って漆器《しっき》を作ろうかと思いましたが、量がそんなに取れなくて迷ってたんですよね……金継ぎならそこまで量は使わないでしょうし、丁度いいでしょう」

小瓶の中身は漆であり、その中でも生漆と呼ばれるものだ。

漆器に使われるような朱色や黒色の顔料が加えられていない状態の漆である。

「まずは、キャロルさんから預かったカップを蘇《よみがえ》らせてみましょうか。金継ぎを使って……！」

ジルは懐から、『アカシアの書』を取り出した。

現在表示させている本の表紙には、不思議な陶器の写真が載っている。

真っ黒い茶碗に稲光のような、金色の筋が走っている不思議なものだった。

タイトルにはこう書かれている。『初めての金継ぎ』と。

「しかし異国の茶碗は不思議ですね……。でこぼこで均一じゃないのに、不思議な気品があるというか……」

『美術鑑賞にご興味がありますか？』

「そちらのゲンダイ美術というのは私にはまだ難解ですので……。あ、それとコンシェルジュサービスとかはいらないです」

『ご入り用になりましたらいつでもお呼びください』

「それよりも金継ぎです、金継ぎ」

金継ぎとは、陶磁器の割れた箇所を漆で接着したり、あるいは欠けた部分そのものを漆で補い、その上を金粉で装飾して修復する技法のことだ。ジルはこのために生漆を用意していた。

この修復技法の特徴は、食器や茶器として再利用できることである。漆は硬化してしまえば皮膚にダメージを与えることはなく、金もまた食器の材質として問題ない。

「私の予想が正しければ、この白いカップに金は凄く見栄えすると思うんですよね」

キャロルから預かったカップやソーサーを取り出した。

薄緑色や青色の舶来品のカップもあれば、白磁に絵付けをしたものもある。

だがもっとも多いのは、無地の白磁のティーカップだった。

白磁は高級品だ。混じりけのない姿は美術品としても実用品としても評価が高く、愛用する茶導師《ティーマスター》も多い。だが割れてしまえば実用品としては一巻の終わり、というのが常識である。

だからジルは磁器を修理できるという『初めての金継ぎ』を期待を込めて読み進め、そして失望した。「ツギハギを目立たせて補修するくらいなら、新品を用意した方がよいのでは？」と感じたからだ。ジルにとって金継ぎは、そんなに美しくなかった。

だが様々な染め物に手を出し、自分の手で服を作り、その背景にある美意識に触れてきたことで、「金継ぎの景色を楽しむ」という感覚を理解できるようになった。均整の取れたものや純粋な色を尊ぶこの国の美意識では生まれにくい造形を「あっ、これ面白い」と思えるようになった。

ジルは、割れたらおしまいという白磁の常識、そしてアルゲネス島の美意識に、勝負を挑もうと思った。

「まずは断面を磨いて、生漆を塗って、と」

目の粗いヤスリで、割れたカップの断面を磨いて面取りしていく。

それが終わったら、ジルは細い筆を使い断面に生漆を塗り始めた。本格的に割れた箇所を接着する前に、割れてもろくなった断面を補強するためである。

「【濃霧】、【乾燥】」

そしてジルは、二つの魔法を同時に使った。

漆は、適度な湿度と温度があって初めて硬化する。乾燥しすぎていたり、高温だったりすると逆に固まらない奇妙な性質を持つ。

だがジルは器用に魔法を使って最適な温度と湿度を作り出し、本来は数日を要する「寝かせる」という工程を一瞬で終わらせることができる。

「よし、次は麦漆を使った接着ですね」

次に漆が馴染《なじ》んだ場所に、水で練った小麦粉と生漆を混ぜた麦漆を塗って、割れたカップを接着する。

「耳たぶくらいの硬さに練る……と言っても耳たぶの硬さってよくわかんないんですよね……。でも小麦粉関係のレシピ本ってだいたい『耳たぶくらいの硬さに練る』って書いてあるから、この本が書かれた国の人にとっては凄くわかりやすい表現なのでしょうね。……まあ、このくらいでいいでしょう」

ジルはそんなことを呟きながら、練った麦漆を割れた面に塗る。

そして、面と面をくっつけた。

「ぺたりぺたり……と。このくらいでいいでしょう」

そして再び魔法を活用して漆を硬化させて、今度は麦漆のはみ出た場所を磨いて成形する。

こうしてようやく金粉を使う「蒔《ま》き」の工程であった。麦漆で繋《つな》いだ場所に更に下地となる漆を塗って磨き、そこに金粉を塗りつけていく。

金継ぎは「ひたすら漆を塗り、削り、磨く」という単調だが精密さの求められる作業の連続だった。この地道な作業の連鎖に得意なジルも流石に少し疲れた。

だが割れたカップが復活していく様子が、ジルの心に火を付けていた。

一ヶ月後の幽霊屋敷の姿は、見違えるほど綺麗になっていた。

「おおっ……これは素晴らしいですね……！」

「綺麗です……凄ーい……！」

ジルとキャロルが足を踏み入れた瞬間、新品の木材の香りが二人の嗅覚をくすぐった。

カラッパがうっかり壊した玄関の枠は綺麗に張り替えられ、床板も明るい茶色が陽《ひ》の光に反射して眩《まぶ》しく光っている。

一方、部屋の奥には丁寧に磨かれたウォールナットのテーブルが鎮座してる。重厚で年季を感じさせる佇《たたず》まいは、このまま喫茶店として使っても問題ないほどの魅力を放っている。

「親方さん、ありがとうございます！」

「へへ、こっちも幽霊屋敷を修繕したってことで箔《はく》が付きやした」

がっしりした体格の大工のリーダーが、自慢気に微笑んだ。

彼らは独立したばかりの大工で、皆、若かった。だがマシューやガルダの知り合いで、腕は確かで度胸もある。幽霊屋敷のリフォームと聞いても怯《ひる》むことなく仕事を請け負ってくれた。

「厨房のかまど、カウンターテーブルは目立った傷を直すくらいで、後はさほど手を入れてやせん。元々がしっかりしたもんです、変にいじくらねえ方が長持ちすると思いやす。ですが、それ以外はほとんど手を入れた格好ですね。なにか不具合がありやしたらいつでも呼んでくだせえ」

「助かりました。本当にありがとうございます。これ、ケーキです。後でみんなで食べてください」

「おっ、いつも助かりやす！」

大工は体力仕事のためか、意外に甘党が多い。

ジルは報酬とは別にちょくちょく工事現場に出入りして菓子を差し入れしていた。

大工のリーダーも弟子たちもジルの菓子を楽しみにしていたのか、嬉しそうな顔をして持ち帰った。

「よしと。それじゃあキャロルさん、私たちも一服しませんか？」

大工たちが去ったあたりで、ジルがキャロルにそんな提案をした。

「あ、いいんですか？」

「ええ。お見せしたいものもありますから。お茶も淹れますから座っててください」

そう言ってジルはテキパキと準備を始めた。

屋敷から持ってきた荷物を降ろし、支度を始める。

「あ、手伝いますよ！」

「大丈夫ですって。ついでに紅茶も淹れますね。少しお待ちください」

ジルは、荷物の中から紙箱を取り出した。

そして同じように持ってきた皿に盛る。

さほど時間は掛からずに、カウンターテーブルに菓子と茶を差し出した。

「さあ、どうぞ」

「こ、これは……！」

ジルが差し出したものは、アンドロマリウスのケーキ。

正式名称、『ガトーマジック』であった。

だが、それが載せられている皿がひどく奇妙なものだった。純白の皿に、金色の稲光のような筋が入っている。そして紅茶を入れたカップとソーサーも同様に、金色の筋が入っていた。

「以前お預かりしたお皿とカップですね。こんな風に直しました」

「す、凄い……！」

できるだけ、この町の住民、この島の文化に合わせる形で皿やカップを蘇らせるのが、ジルが自分に課した目標であった。だが、ただ金継ぎしただけではなかなか受け入れられにくいとジルは判断していた。

いびつさを美とする感覚が、この島にはあまり根付いていない。そこでジルは、いびつな模様と料理を組み合わせて一つの「風景」を作ることを思いついたのだった。

「あるはずの境目のないケーキと、逆に境目のあるお皿。この二つを一緒にするのも面白いかなと」

キャロルは、皿に盛られたケーキをしげしげと眺める。

断面が見えるように切られており、プリン、カスタード、スポンジの三つの層が見える。

だがその境目は、普通のケーキと違ってどこか判然としていない。

不思議な皿の上に盛られた、不思議なケーキ。

それらが一体となり、見る人の目を楽しませる。

同時にこれは、復活の象徴でもあった。

忘れ去られたケーキ。

壊れてしまった皿。

その二つが一体となり、キャロルの目の前に再び姿を現したのだ。

「ああ、そっか……。だから私、忘れてたんだ……」

「キャロルさん？」

キャロルが、気付けば滂沱《ぼうだ》の涙を流していた。

「私、昔ここに預けられたって話はしましたよね」

「ええ」

「親が忙しいって話しましたけど、半分ウソと言いますか……離婚したんです」

キャロルは、訥々と自分の幼少期の話を始めた。

彼女が三歳の頃に父親が仕事で大きな失敗をして、酒浸りの日々を送っていたらしい。キャロルの母親は勝ち気な性格で容赦なく父親を罵り、摑み合いのケンカになることもしょっちゅうだった。母親が離婚を決意して就職活動をする際、キャロルの身を案じた喫茶店オーナー夫妻が一時的に預かったのだった。

「ケンカばっかりの実家に比べて、ここは天国みたいに楽しかったんですよね。母に引き取られた後も、母はあんまり余裕がなくて……仕方ないってわかってるけど、つらかったです。楽しかったことを思い出すのもつらくて、この喫茶店で育ったことを忘れようとしてました」

「……そうでしたか」

「それでオーナーが亡くなって……この建物が悪霊屋敷になって……。その頃には私も実家を出て一人暮らししながら働いてたんですけど、要領が悪くって怒られてばっかりで、自分の人生を守るのにいっぱいいっぱいでした。ああ、私って運が悪い星の下に生まれたんだなって、ずっと諦めてました」

「わかる気がします」

キャロルの言葉に、ジルはなんとも言えない共感を抱いた。

ジルもそうであったからだ。ここに来るまで、なにもかも諦めていた。

「ここで私にどういう思い出があったとか、どんな素敵な店だったかとか……ずっと目を背けてて、目を背けてることすら忘れていました。なくなったものも、壊れたものも、二度と取り返しなんて付かない。だから忘れたまま今を生きる方が幸せだって、ずっと無意識に思ってました。こうして蘇るなんて、思ってもみませんでした」

「……キャロルさん」

「でも、世の中にはあるんですね。取り返しの付くものって。蘇るものって」

「はい。死んだ人は戻ってこないけれど……。その人が生きた痕跡というのは消えないと私は思います」

「私なんかが、食べていいんでしょうか」

「ここを継いだんですから、キャロルさんがダメなら誰が食べてもダメですよ」

「あはは、そうですよね。……では、頂きます」

そう言ってキャロルは涙を拭い、一口食べる。

目が大きく開く。

そして黙って二口目、三口目と食べ進める。

気付けばあっという間に皿はからっぽになっていた。

「ああ……美味しかった……。間違いなくオーナーのケーキです」

「レストラン『ロシナンテ』の人たちと一緒に再現してみました。これを作ったオーナー、ロジャーさんは凄いって、みんな褒めてましたよ」

「ごめんなさい、私、作り方は全然知らなくて……。私、子供の頃はよく転んだりお皿割ったりしちゃってたみたいで、厨房は外から見るばっかりだったなぁ……」

キャロルは、またも涙目になりながら昔を懐かしむ。

だが再び涙で滲む目をハンカチで拭い、ジルを正面から見た。

「ジルさん、雑貨店頑張ってください！　私も応援しますから！」

「ええ、ありがとうございます」

「ところで、あの……お皿をお店に並べるなら一つ取っておいてもらえると嬉しいなぁって」

「ああ、それはもちろん。紋章入りのカップなんかは流石にもらえませんよ。幾つか分けていただければ私は十分です」

くすくすとジルとキャロルが笑い合う。

こうして、雑貨店『ウィッチ・ハンド・クラフト』シェルランド支店は開店準備がようやく整ったのだった。

だが、実際のところトラブルはまだ解決していなかった。


今日は特に暑い日で、ガルダとマシューが仕事ついでに避暑に来ていた。誘惑の森の屋敷は魔法仕掛けだ。食堂は常に清涼な空気が立ち込めており、うだるような暑さから逃げることができる。

「この絵皿、金継ぎで直すと面白くありませんか？　きっと好事家《こうずか》が目を付けますよ。新品のときの値段よりも高値が付いてもおかしくありません」

「うーん、勇者の魔王退治の絵ですか。こういう無骨な絵って金継ぎに向きますか？」

ジルが割れた絵皿をしげしげと眺めながら質問した。だがマシューは自信満々に答える。

「無骨だからこそですよ。傷を直すということも一つの意味合いが生まれると思うんです。ここに描かれている勇者も、何度敗北しても立ち上がる不屈の伝説で有名でしてね。どうです、これを金継ぎで直すというのはもはや一つの物語として成立するんですよ」

「なるほど……そう言われると面白いですねぇ」

「それもいいけど、もっと庶民向けのモノにしねえか？　俺らみてえな一般庶民が白い磁器を買うってのは、結婚祝いとか出産祝いとか、そういう特別なタイミングでやるもんなんだよ。それを直すのもドラマじゃねえか？」

「あっ、そういう仕事もぜひやりたいですね……！」

今、ジルの目の前にあるたくさんの割れた食器類は、どれもマシューとガルダが持ち込んだ物だ。マシューもガルダも、ジルの金継ぎの技術を見てひどく感激して「大きな仕事になる」という確信を得ていた。同時に「こんなに面白い技術があったとは」と仕事抜きに感激していた。皿に料理を盛ってみせれば、キャロル以上の大騒ぎをして落ち着かせるのが大変なくらいだった。

その結果、自分がやるわけでもないのにああでもない、こうでもないと金継ぎの可能性について茶飲み話のテーマにしていたのだった。

「ほらほら、あんたたちがやるんじゃなくてご主人様が決めるこった。あんまり横からあれこれ言うもんじゃないよ」

「おっと失敬。気がはやってしまいました」

「悪い悪い」

モーリンにたしなめられ、マシューとガルダが苦笑しながら詫びる。

「しかし、ご主人様もなんていうか……豪胆だね」

「ごっ、豪胆!?」

ジルは思わぬ言葉にむせた。

「ああ、悪い悪い。別に変な意味じゃないよ」

「いや明らかに変な言葉だと思うんですが」

「だって、不動産屋も騎士団も手を焼いてた幽霊屋敷に物怖《ものお》じもしないで解決しちまうなんて、そこらの人間にはできないさ」

「そ、そう言われたら確かにそうですけど……」

「幽霊は怖くないのかい？」

モーリンの言葉に、うーんとジルは首をひねる。

「あー、まあ、いたら怖がるかもしれませんが……。いかにも出そうなところで暮らしていたのに見たことなかったんですよね」

「ああ、そういえば以前もそんなことを仰っていましたね」

マシューが思い出したように相槌を打つ。

「ええ……会いたくない幽霊も、会いたい幽霊も、あそこではついぞ出会うことはありませんでした」

ジルは伯父コンラッドが死んでから、とある奇行をするようになった。

真夜中に墓場へ行ったり、幽霊の噂がある地下室へ行ったりというものだ。

それは、王城で侍女たちが怪談話をしていたのを耳にしたことがきっかけだった。あの墓場からは、三十年前に冤罪《えんざい》で断頭台に送られた貴族の恨みの声が聞こえるとか。あの地下室では、百年前に毒殺された王子が蘇って邪悪な儀式をしているとか。

そんな恨みを抱えた幽霊が存在するのであれば。何かしらの思いや未練を抱えた死者が、この世界に留《とど》まることができるのであれば。きっといつか自分も、伯父に再び出会うことができる。

だが、そんなジルの期待は裏切られた。

おどろおどろしい噂話の原因のほとんどはネズミやコウモリだった。あるいは昔の人間が放置した【悪魔】や魔道具であったりもした。あるいは人目を気にした男女の逢瀬を誤魔化すための嘘の噂であったりもした。

そして、一度も死者に出会うことはなかった。

ジルは、十歳にして悟った。幽霊などいないと。

仮に存在していたとしても、触れることも話すこともできない。

「だから死んだ人の心が宿っているものがあるとしたら、それこそ遺書や遺産……言葉やモノだと思うんですよね。だからそういうものは大事にしたいと私は……あれ？」

ジルが物思いにふけりながら喋っていると、頭の中だけに、『セキュリティシステムにアラートが発生しました』という声が響いた。『アカシアの書』の屋敷のセキュリティ機能だ。そして森に何が起きたのか、ジルの視界だけに映像が映る。

「なんだかキャロルさんが来てますね……？」

はて、とジルは首をひねった。リフォームは無事に終わっており、今は家具の手配を進めているところだ。もうこれといった問題もないだろうに、とジルは不思議に思いつつキャロルを迎え入れた。

「す、すみません、お忙しいところ突然お邪魔して……。内密の相談がありまして」

客間に通されたキャロルは、恐縮しながらきょろきょろもじもじしていた。

冷や汗もかいている。単に暑いというだけではないだろうとジルは感じた。

「構いませんけど、どうしたんです？　顔色も悪いようですし……」

「これを見て頂きたくて」

キャロルは、カバンの中から一冊の本を取り出してジルに渡した。

重厚な割に薄い、黒革の表紙の本だ。題名も何も書かれていない。ジルがぱらぱらとページをめくって流し読みする。どのページにも絵と文章が添えられていた。

「……滑稽本？　あ、いや、違いますね」

内容は、まるで子供向けの絵本のようなものだった。便利な能力を持った【悪魔】と契約してズル賢く金儲《かねもう》けしようとした男が自業自得の失敗をする……という教訓めいた物語が、絵とユーモラスな文章とともに描かれている。

事前知識を一切持たずに読んでいたら、読んで笑ってそれでおしまいだろう。しかし、ジルの背中にぞくりと何かの予感が走った。

「……キャロルさん。これ、どこで見つけました？」

「【悪魔】が茶器をしまってた箱がありますよね。妙に底が分厚いと思って調べてみたら二重底になってたんです。それで開けてみるとこの本がありまして」

「なるほど……」

「あのう、ジルさん。そのお話に出てくる悪魔って……見覚えありません？」

「ありますね」

作中に出てくる【悪魔】は、霧のような実体のない体であったり、あるいは宝石や杖《つえ》といった物品を体としていた。決して魔物や怪物のようなものではない。

しかも、ひどく杓子定規《しゃくしじょうぎ》な性格だった。

「ちょっと読み上げますね……男は、悪魔に買い物を命じました。『牛乳を買ってこい。卵があったら三つ買ってこい』と。悪魔は言われた通り、卵があったので牛乳を三つ買ってきました。男は怒りました。『なんで牛乳ばっかり買ってくるんだ！』と。しかし悪魔は言い返しました。『だって卵があったから』と」

キャロルがよく理解できず、首をひねった。

「どういう意味です……？」

ジルも一瞬困惑したが、文章にもう一度目を通してなんとなく理解できた。

「……こういうことですね。男は最初に『牛乳を買ってこい』と命令を出していますが、『卵を買ってこい』とは言ってないんですよ、厳密には。ここで【悪魔】に卵を買わせるには、『卵があったら、卵を三つ買ってこい』と、追加で命令しなければいけませんね」

「ああ……そういう意味でしたか……」

「ですね……」

「まるで【悪魔】という存在がどういうものなのか、わかりやすく教えてくれてるみたいですね……」

「というより……」

キャロルとジルが、同時に呟いた。

「【悪魔】の教科書ですね」

重い沈黙が応接間に降りた。

アルゲネス島において、秘伝の魔法を綴《つづ》られた本というのは凄まじい高値が付く。ウォールナットのカウンターテーブルどころの話ではない。貴族の屋敷を建てられるくらいの値が付いてもまったく不思議ではない。

だがそれは、正当な取引として成立した場合の話だ。

手っ取り早く強奪しようとする者が現れないと、どうして断言できるだろうか。

「ええと、キャロルさん。神話とか魔法使いの歴史みたいなもの、知ってますか？」

「い、いえ、あんまり……。ただこれがけっこうヤバい物だってのはなんとなく」

「その勘はあまり外れてないですね……。でも、そこまでの危険物ってわけではないですよ」

「そ、そうなんですか？　本当に大丈夫ですか？」

「ざっくり説明するとですね。今の魔法使いの使う魔法って、二百年くらい発展していないんです。古王国の絞りカスのようなものです」

「は、はぁ……」

まず始めに、この世界には神々の時代があった。

宇宙が生まれ、神が生まれ、星と星の間を自在に行き来したり星を作り出したりするほどに絶大な力を持っていたと伝えられている。

その神々の末裔《まつえい》がアルゲネスの地に降り立ち、アルゲネス王国と呼ばれる国を作った。神々ほどの力はなかったが、今の人間にとってみれば天と地を隔てるほどの差があったそうだ。

アルゲネス王国は長きにわたる平和な日々の果てに星々を渡る知恵や技を失い、神々の末裔であることも忘れていった。そして血族間での対立や、政治的な対立が激化するようになってやがて数多くの小国に別れ、戦国の時代を迎えた。

そこまでが五百年前の話であり、アルゲネス王国は今や完全に消え去った。今では「古王国」なども呼ばれている。

「戦国時代のもっとも大きな戦争……古代戦争は百年以上の長きにわたって続き、しかも悪いことに東大陸の方でも内紛が起きてて島内戦争と大陸戦争が合体し、最終的にすべての国々を巻き込む大戦争になったそうです。あらゆるものが破壊され、民族、文化、あるいは文明の大部分が途絶えたと言っていいでしょう。人口も百分の一か……あるいはもっと減ったとも言われています。森や川なども減って荒れ地ばかりになり、魔物も跋扈《ばっこ》するようになったのだとか」

「あ、そのへんは何となく知ってます。歴史で習いました」

「そして生き残った人々が僅かに残った知恵や魔法を元に再び土地を開拓して国を作り上げ、でもまた戦国時代に入ったり、和平の時代に入ったりを繰り返して今の時代……星霊暦に至ります。このダイラン魔導王国ができたのは二百年前くらいですね。さて、ここからが本題です」

ジルの言葉に、キャロルが真剣な顔で頷いた。

「今現在、地水火風の四属性の魔法。そしてそれらを魔道具にする技術は体系化されていますが、それ以外の魔法はまとめられておらず、失伝したものがたくさんあります。ですので特異な魔法を扱う魔法使いは、奪われたり盗まれたりしないよう口伝で継承したり、あるいは特別な手段で知識を後世に残したりしています。それが迂闊《うかつ》に外に漏れると非常に危険です」

「じゃ、じゃあこれも……！」

キャロルが青い顔をして震えた。

だが、ジルは苦笑して「まあまあ落ち着いて」と言ってたしなめた。

「これはそこまで深い内容を書いているわけではありませんよ。【悪魔】とはどういう存在なのかを絵物語で示しているだけで、具体的なテクニックや呪文などについては書かれていませんから」

「あれ？　そうなんですか？」

「ここからは根拠のない推測になりますけど……キャロルさんのご先祖は大事なところは口伝で伝えておいて、その補足や心構えのためにこの本を執筆したんだと思います。この本を読んだだけで悪魔創造や悪魔使役ができるわけではありませんし」

「そ、そっかー！　いやー、安心しました！　これを持ってるからといって狙われたり襲われたりってことはありませんよね？」

「いや、肝心なところがないにしても、周辺知識や教訓は十分に得られますから断言はできませんね。宝石や白磁のカップなどよりは遥《はる》かに高価ですし」

「……ですよねえぇぇ」

キャロルが頭を抱える。流石にジルもこの状況には深く同情した。彼女自身の自己卑下など抜きにした客観的事実としても、この少女はとても運が悪い。

しかも話を聞く限り、アンドロマリウス家の分家……キャロルの親戚は、厄介事をまるっとキャロルに押し付けているような格好だ。彼らにこんな貴重な遺産があることを知らせたら更なる厄介事に発展する可能性は高いだろう。

もしオーナーの魔法……【悪魔】の創造や使役をキャロルが学んでいればそれなりの自衛手段も身に付けていただろう。だが残されているのは教訓めいた絵本と建物だけ。魔道具工房をクビになったばかりのキャロルに「先祖代々の遺産を守れ」というのも無体な話だとジルは思った。

「キャロルさん、この本を研究して【悪魔】を作ったりということに興味はありますか？　恐らくですが、魔道具作りの知識とは相性がよいはずです」

「うぐっ、それを言われると凄く魅力的ですが……これを自宅で管理するのは無理ですぅ……」

キャロルが絞り出すような声で首を横に振った。興味がないわけではないが、危険性は十分に理解している様子だった。

「オークションに出して売りたいとか、そういう希望はありますか？」

「流石に、ご先祖様やオーナーが遺《のこ》したものを売り払うのは抵抗があります……。それにお金より命が大事です。迂闊な手放し方もしたくないです……」

キャロルの率直な物言いに、ジルはくすっと笑いそうになる。

だがキャロルにとっては冗談抜きでの真剣な相談だ。

笑ってはいけないとジルは表情を引き締める。

「わかりました。でしたら、私が預かりましょうか？」

「いいんですか!?　あ、いや、それを頼めればなぁとは思ってましたけど……。言わせてしまったみたいで本当にすみません……」

「いえいえ。けっこう興味があった分野ですし、こういう稀覯本《きこうぼん》が読めるのは私としても嬉しいです。それにこの屋敷であれば泥棒対策は万全ですし」

「ありがとうございますぅ……！」

キャロルが生まれたての子鹿のように、ぷるぷる震えながら本を差し出した。

ジルに預けると、ほっと表情を緩めたのだった。


大騒ぎしていたキャロルも、ジルが本を受け取ったおかげか、すぐに元気な顔を取り戻した。現金なものだと少しばかりジルは呆れたが、何かと不幸続きのキャロルにようやく平和が戻ったと思えば仕方あるまい、と思い直した。

「さて、寝る前にちょっと読んでみますか」

モーリンたちも帰り、陽も沈んで月が煌々《こうこう》と森と屋敷を照らしている。

ジルは、ベッドに潜り込む前にキャロルから預かった本を開いた。

本来であれば『アカシアの書』を開いて面白そうな本を乱読したり、面白かった本に高評価を押してご褒美をあげるのがジルの日々の習慣だったが、今日ばかりは流石に見知らぬ秘伝を受け継いだ一族の本に興味を惹かれた。

ジルは昔、【悪魔創造】や【悪魔使役】を習得しようとして一度挫折している。新たな発見や面白い知識があるのではないかと期待を寄せてページをめくった。

「……うーん、読み物としては面白い、のですが」

だが、やはり描かれているのは概念的な話や教訓ばかりだ。【悪魔】を「願いを叶えてくれる便利な召使い」と勘違いした主人公が失敗したり、上手く操れたときも調子に乗って失敗したり、かと思えば何でもない気まぐれな施しが巡り巡って主人公に大きな幸運を与えたり。

興味深いところがあるとするなら、ガトーマジックの詳細について描かれていたことだった。

男はお菓子作りに【悪魔】を活用することを思いつき、しかし欲をかいてなんでも『悪魔』任せにしようとして失敗する……という内容だ。

「昔のオーナーは、ここからレシピを引っ張ってきたんですね……なるほど」

ジルは、それ以外に何か隠された情報などがないか丹念に調べる。

だが、これといって発見はなかった。

気付けばジルは謎の発見は諦め、滑稽本を楽しむような気持ちでキャロルの本を読んでいた。そうこうするうちに睡魔がやってきた。

「ふぁーああ……。さて、そろそろ寝ますか……」

ジルはベッドの横のサイドテーブルに本を置いた。

『アカシアの書』の上に重ねたのは、完全に無意識のことだった。


ああ、夢を見ている。

夢を見ている間はすべてを覚えている。

目覚めたときには失われることもわかっている。

七年前。

仄暗《ほのぐら》く温かな、洞窟の王国の夢。

もうすぐ、あの日がやってくる。

私の誕生日だ。

「もっと優しく梳《す》いて！」

「わかったわかった、お姫様」

「うん、そう。そんな感じです」

私は、ガーメントに髪を整えてもらっていた。こんな洞窟であっても、伸びるものは伸びる。水も火も魔法で出せるからお風呂は問題なくても、髪は自分たちでなんとかしなければいけない。

ガーメントは絵筆の扱いも上手かったが、ハサミの扱いが上手かった。みんなの髪が伸びてきたら、ガーメントが理髪師になる。

でも、なぜか私の髪だけは切ってくれなかった。何度となく文句を言って、「私の誕生日に舞踏会をやりたい」「そのために、身なりを整えたい」とお願いを重ねて、ようやくガーメントが折れた。

「……そんなに、私の髪、触りたくなかったんですか」

「そうじゃない！　男の頭はちょっとくらい雑でいい。綺麗なものを手入れするには、それにかなう腕前がなきゃいけない」

焦ったガーメントが、なんだかとても恥ずかしいことを口にした。

うっかり赤面してしまい、ガーメントの方も黙った。自分の言った言葉に自分で驚いている様子だった。

「……ハサミ、入れるぞ」

「はい」

ちょきちょきというハサミの音だけが軽やかに耳に響く。

「ちょっと痛いです」

「ああ」

「首、かゆいです」

「ここか？」

「はい」

「香油ないんですか」

「ない」

「仕方ありません、我慢します」

「なくても十分に様になる」

「……本当ですか」

「ん？」

「私の髪、くせっ毛ですし。ガーメントの方が羨ましいです。なんですかその髪」

「真っ直《ま》ぐ《す》であれば美しいというものじゃない」

「本当ですか」

「論より証拠だ」

そう言って、ガーメントは手鏡を差し出した。

私は色んな角度で自分の髪型を確認する。今までしたことのない髪型だ。むりやり結んで編み込むのではなく、あえてふんわりとボリュームを出している。自分がこんな髪型にするのは初めてなのに、ひどくしっくりと来た。

「どうだ？」

「わ、悪くありませんね」

「そりゃよかった」

嘘をついた。

悪くない、じゃなくて、最高でした。無理やり髪を湯につけて乾かしてぎりぎり引っ張られるように編み込みを作るよりも快適だし、凄く自然で綺麗だ。

「伯父様たちに見せてきます」

「待て待て。終わってない。服がまだだ」

駆け出した瞬間、それは確かにと思って私は百八十度くるりと踵を返した。

「どんな風にする？　色は？」

「青色！」

そしてガーメントは、魔法の絵筆を取り出した。私に狙いを定めて、空中にさっさっと描いていく。

「くそ、この筆は下書きができないから困る。まあ『戻る』『進む』があるからまだいいか……」

ぶつくさと言いながらもガーメントは絵筆を踊らせると、私の周囲に『色』と『質感』が浮かんでくる。気付けば私が着ている服は簡素なワンピースから、花飾りをあしらった上着と、プリーツのついた長いスカートへと変わっていた。普通の布生地ではありえないような明るく見目爽やかな色合いに、気分も高揚してくる。

「じゃ、行ってくる！」

「行くのはいいが、まだみんな準備中だぞ。邪魔するなよ」

「うん！」

私は元気良く頷いて、狭い洞窟の廊下を駆け出した。

向かう先は、防音室だ。


『麗しき峰に輝ける朝日よ、汝《なんじ》は美しい。月夜に見惚《みと》れる我の浮気心を許したまえ』

「再生中止。うーむ、舞踏会の定番の歌ですが、誕生日にはふさわしくない気がしますね……。別の歌にしますか。再生、『ムーンライト』」

『寒々しい冬の夜。寂しさに囚われた私はふと目を覚まし、閉ざされたカーテンを開ける。零れ落ちる柔らかな月の光。月を見る度に厳しくも優しいあなたの横顔を思い出す』

「よし。歌詞に色気はありますが過剰ではありません。次は【悪魔】に録音してコーラスの準備を……うん？」

防音室とは、洞窟をくり抜いた部屋に木の扉を付け、更に粘土を扉に貼り付けて音が漏れないようにした部屋だ。歌や音楽を練習するときや、ストレスに耐えかねて大声で絶叫したいときに使われる。今この部屋を使っているのは、リッチーであった。

「……姫様。盗み聞きとは感心しませんな」

音が出ないように静かに扉を開けたのに、即座にバレた。

「ダメですよ。今は歌の練習中だから構いませんが、聞かれたくない話をしてるかもしれません」

リッチーが眉をひそめている。傍目《はため》には、『とてもとても怒ってます』としか見えない。

でもリッチーと接しているうちに、別にそんなに怒ってないのだと気付いた。いや怒ってることは怒ってるが、表情ほどに怒りを込めているわけではない。元からこういう厳しい顔つきなのだ。

「ごめんなさい」

「わかればよろしいのです」

「うん！」

「じゃ、私は練習に戻ります」

「聞いてちゃダメ？」

「誕生日パーティーの準備なんですから、本人に見られるのは釈然としませんな」

「えー……どうしても？」

「まあ構いませんがね。ったく、この手の祝い事はコンラッド様や兄貴の方が得意なんですがね
……下手なのは勘弁してください」

「歌、上手いですよ？」

「歌というか、場を盛り上げるってやつが私は苦手なんです。いつも兄貴にフォローしてもらってました」

「リッチーにはお兄様がいるんですか？」

「ええ。兄貴は喫茶店の店長をやってましてね。茶を淹れるのもケーキを焼くのも得意ですよ」

「ケーキ、私も好きです！」

「しかも特別なケーキですからね。コンラッド様だってお褒めになった」

「へえ……いつか食べてみたいです」

「ここを出られたら案内しますよ。兄貴の作るケーキと茶だけは誰にも負けやしません」

口元に、ほんの小さな微笑みが浮かんだ。

「好きなんですね、お兄様のこと」

「……兄貴にはいつも世話になりっぱなしでした。ちょっと素っ頓狂なところがある人で、いきなり『喫茶店を開業する』って言い出したときはどうなるかと思いましたが、なんだかんだで成功しちまった。やいのやいのうるせえ親戚共も黙っちまうくらい」

「私も、うるさい親戚ばっかりです。コンラッド伯父様以外、みんなあんまり好きじゃないです」

「……ジル様ほど大変なご家族をお持ちの方は、そうそうおらんでしょうな」

「本当ですよ。お父様もお母様も鬼みたいに怖いし、他のみんなもご機嫌をうかがって告げ口したり、嘘ついたり、足を引っ張ったり……ううん、それだけじゃ済まないことも多いんです」

あーあ、と私は肩をすくめた。

「ジル様は、ご苦労されてるんですね……」

「だから、ここにいるのは楽しいんです。狭いし暗いけど、広くすればいいし明るくすればいいもの！」

「そう言ってもらえると、こっちもやる気が出るってもんです」

「うん。やる気は出してください」

「あっはっは！　ジル様は人をおだてるのがお得意ですな。お仕えする甲斐《かい》があるってもんです」

珍しいことに、リッチーが笑った。

口を押さえ、むせている。

なんだか笑われているような気もしたが、いつも仏頂面のリッチーを笑わせたことの達成感の方が強かった。

「そうです、私は仕え甲斐のある王女ですよ」

「なら、王女様への感謝の印と誕生日プレゼントに、ちょっとした魔法を教えて差し上げましょう。多分、ジル様でも使えますよ」

「……もしかして、【悪魔】の魔法!?」

リッチーの魔法は、私が知っているものとはまったく違う、そしてとても便利なものだった。

たとえば朝、みんなが寝坊しそうになるとリッチーの持つ魔石が鈴のような音を鳴らす。

あるいは、洞窟を掘り進めているダスクとドーンの居るところの空気が薄くなると、二人が倒れてしまう可能性がある。そういうとき、リッチーの魔石はガンガンと鍋とおたまを思い切り叩きつけたような音を鳴らす。

それだけではない。算盤《そろばん》の珠《たま》を自動的に動かして難しい計算でも即座に答えを出すこともできる。

あるいは先程のリッチーが使っていたように、『自分の歌声』を【悪魔】に覚えさせ、それを何度も聞くことができる。悪魔に下の音程のパートを歌わせ、本人は上の音程を歌い、たった一人なのに合唱するという不可思議なことだってできる。

「ええ。ただし他の人に話してはいけませんよ。コンラッド様にも、私から習ったって話だけは伝えても構いませんが詳しい仕組みは秘密です」

「でも、良いのですか？　リッチーの秘密なんですよね？」

「……秘密というのは、秘密にすることも大事です。ですがいつか誰かに伝えなければならないことでもあります」

「そうなの？」

「いつか、そういうこともわかる日が来るでしょう」

リッチーの顔は、どこか寂しげだった。

だがこのときの私は、悪魔への興味が上回っていた。

「まずは……そうですね。簡単に挨拶するだけの【悪魔】から作りましょうか。慣れてきたら目覚まし時計なんかも作れますよ」

「はい！」

「ですが何をするにしても絶対に必要なことがあります。それは魔力を込められる宝石を用意すること。そして魔法を唱える者が、悪魔に名前を与えてやることです」

「名前？」

「ええ。それでは、私と同じ言葉を繰り返してください」

「はい」

リッチーは、朗らかな顔を引き締める。

厳しい顔つきだ。

だが、別に怒っているとかではない。

自然とそういう顔になってしまうのだ。

それを見つめるうちに、もう怖くなくなってしまった。

「悪魔創造：【定義《ディフィニション》】。我は魂なき知性に名と魔力と問いを与え、汝は答えを導く者なり。我が名はアンドロマリウス。汝に名前を与えん」

誘惑の森に朝もやが立ち込める頃、ジルの意識は夢と現実の境目にいた。

そして、夢の通りに言葉を紡いだ。

「あくまそうぞう……でぃふぃにしょ……」

だがそうして紡がれた言葉がジルの耳に届き、夢から急速に現実に引き戻されていく。もうそろそろ朝ですよと。それを指し示すように、窓から朝日が差し込んでいた。

ああ、寂しい——もう少しだけ、あの世界で微睡《まどろ》んでいたいのに。

そのまま急速に記憶が過ぎ去る。

ジルが洞窟の夢を見たときはいつもこうだ。今日もそのはずだった。

しかし唐突に、『アカシアの書』が何かを告げた。

『同期可能な端末を検知しました。本端末と同期しますか？』

ジルのねぼけた頭が急速に目覚めていく。

『アカシアの書』の言葉を理解しようと、必死に頭を回転させた。

「どういう意味ですか？」

『同期可能な端末を検知しました。本端末と同期しますか？』

「同期可能な端末……？」

検知したとは、つまり新たな何かを発見したということだ。

普段そこにはなく、今ここにあるもの。

考えるまでもない。キャロルから受け取った本だ。

「端末というのは、この本ですか？」

『はい』

「同期というのはどういう意味ですか？」

『端末に保存された情報に対してアクセス可能になります。また、当該端末の書籍データをコピーすることで、本端末上でも読むことが可能になります』

まどろっこしい言い方はなんとかならないものか、と思いつつもジルは言葉の意味を理解しようとした。情報。端末。アクセス。書籍データのコピー。耳慣れない言葉を結びつけ、ジルは一つの仮説に辿り着いた。

「じゃあ、キャロルさんから預かったこの本は……もしかしてあなたの同類ですか？」

『当該書籍は不明な製造元であり、本端末開発とは別の……』

「ああ、もう、そういうことではなくて……。これは本のように見えて端末というものなんですね？ここにたくさんの本が封じ込められている図書館のようなもの、そういう理解でいいんですか？」

ジルは、焦る気持ちを抑えようとしながら尋ねた。

『メタデータの記録によれば、当端末には一冊分の書籍のみが保存されている状態です』

「一冊分？　あ、なんだ……この絵本の内容だけですか」

ならば、ただの絵本に過ぎない。端末であるということは気になるが、何か怪しい機能や危ない情報が入っている……ということはなさそうだ。ジルがそう安心しかけたところで、『アカシアの書』はそんな思惑を完全に裏切った。

『現在、一章分がハードウェア上に表示されています。画面切り替え機能に故障が発生しているため、他の章へのアクセスが不可能な状態です。アクセス不可領域の閲覧を希望する場合は、セキュリティチェックの上で本端末のコピーが必要です』

「……今、目に見えているものがすべてではないんですか？」

『目次情報を表示します』

すると、アカシアの書に、無味乾燥な文字が表示された。

白一色のページに、数行の文字が表記されている。

そこにはこう書かれていた。

『よくわかる悪魔創造と悪魔使役
・はじめに、端末の基本操作について
●悪魔とは何か？　絵本で楽しもう
・悪魔を実際に創造してみよう
・自然言語処理を実装し、スムーズな会話ができるようにしよう
・魔道具と組み合わせて便利に活用しよう
・索引

・奥付』
タイトルと思《おぼ》しき文章の下に、目次らしきものが並んでいる。

そして何か記号のようなものが目次の先頭に付いていた。

『現在表示中の章が●で示されています』

ジルは、息を飲み込んだ。はやる心を抑えつつ目次を指でなぞった。

「あれ？」

指で押しても何も反応しない。

『現在、目次を表示しているのみです。閲覧には本端末へのコピーが必要です』

「わ、わかっていました。今のは練習です。練習。それじゃあコピーしてください」

えへんおほんとわざとらしい咳払いをして、ジルはアカシアの書に指示を出した。

『コピーを開始します…………………完了しました』

「閲覧します。出してください」

『了解しました』

すると、再び先程と同じ目次が表示された。

ジルは『悪魔を実際に創造してみよう』という文字をタッチする。

すると『アカシアの書』がほのかに光り、ページをうねうねと変形させていく。いつも通り、『アカシアの書』を様々な本に変化させるときと同じ現象が起きた。ジルは恐る恐るページをめくる。

「す、凄い……」

そこには今までの絵本のような内容とは違って、端的な言葉遣いで悪魔を生み出す魔法について詳細に記述されていた。それも『こんにちは』と挨拶するだけの悪魔創造から始まり、複雑な計算を一瞬で行う悪魔や、合言葉を言ったときだけ違う反応をする悪魔など、順を追って複雑なものへとステップアップしていく……という流れだった。

「元の端末は、アカシアの書のようなものを目標にして後代で作られたものでしょうかね……？　あ、そうだ、奥付も見てみないと」

次の内容を読みたい気持ちを抑えて、ジルは奥付を開いた。

そこには最初に記述された年月日と作者が記載されている。

「天冥歴八五三年　凍涙の月　十五日　ゲッコー・アンドロマリウス……。今の暦になる前だから、三百年くらい前ですか。あ、でもちょこちょこ改訂されてますね」

間違いなく今の暦になる前の時代の魔導書だと、ジルは判断した。アカシアの書は奇跡的な遺産だが、この『よくわかる悪魔創造と悪魔使役』も相当なものだ。屋敷くらいは買えるとジルはキャロルに説明したが、それどころではない。貴族街の一区画丸ごと買える。ここに記述された情報を巡って小規模な戦争くらいは起きても不思議ではない。

こんな凄まじい遺産を持ちながら、アンドロマリウス家はなぜ没落してしまったのだろうか……と考えて、ジルはあることに気付いた。改訂歴や編集歴が二百年ほど前からストップしている。

「……やはりその頃に、端末機能が故障したのかもしれませんね」

喫茶店の床下収納を守っていた悪魔は、ごくごく簡単な受け答えしかできなかった。合言葉もあまりにシンプルだった。この本を読み込んだ人間であれば、あんなにシンプルな悪魔を作るだけにとどまるはずがない。

時代の終わりの動乱に巻き込まれ「教訓を絵本で説明して、肝心なところを口伝で後世に伝えた」のではなく「端末機能が故障してしまい、半端な知識を口伝で説明するしかなくなってしまった」あたりが真相だろうとジルは見当を付けた。

まだ旧王国の名残が残っていた時代、特異な魔法を持っているがゆえに王侯貴族から狙われ、殺された魔法使いが数多く居たらしい。殺されて魔法を奪われて全滅した一族もいれば、厳重な秘匿を重ねすぎて秘匿していることさえ忘れてしまった一族もいたとジルは聞いたことがあった。アンドロマリウス家も、伝承に失敗したのだ。

「……あ、でも誰が読んだのか履歴は残ってますね。私の名前も載ってる」

奥付をめくると、そこには誰がどのページをどれくらい読んだのか、事細かに書かれていた。

最初の持ち主の名前から始まり、数十行下の最下行にはジルの名前が記述されている。

「キャロルさんの名前がないけど、オーナーの名前はある……。でも私の名前は載ってる……?」

『ジル様のアカウント情報については、ジル様所有の端末と自動的に共有されます』

「ひゃっ!?」

唐突に『アカシアの書』が喋った。

『なおこちらについては規約において承認済みの事項であり……』

「あー……」

アカシアの書の長々しい説明が続く。

「わかりました。ともかく私は以前に『はい』と言ったから責任を問われても困るということですね？　で、そういう気配を感じたからあなたは私の質問に答えたと」

『おわかり頂けて助かります』

慇懃無礼《いんぎんぶれい》なアカシアの書に溜め息をつきつつも、ジルは質問を重ねた。

「他の人の名前が載っているのはどうして？」

『ジル様の場合は当書籍を通して端末を開いたためにアカウント登録の作業が省略されました。アカウントを持たない人は、『よくわかる悪魔創造と悪魔使役』について閲覧可能な時間が制限されているようです。閲覧時間超過のタイミングでユーザー登録が求められるのかと』

「なるほど……」

ジルはそう呟いて、操作履歴のログをなんとなく眺めた。

そしてある時期からぷつりと、絵本のページしか読まれなくなっている。

改訂歴が止まった時期と一致する。

やはり故障によって魔法の伝承に失敗したのだろうとジルは確信を深めた。

だが、そんな確信が吹っ飛ぶようなものを発見した。

「ロジャー・アンドロマリウスはオーナーの名前……。でも、私とその間にある名前は……？」

ジル・ダイランの上の名前。それはジルの一つ前の所有者を意味する。

ジルはその名を呟いた。

「リッチー・アンドロマリウス」

夢の中の騎士たちの一人、リッチー。計算が得意で、悪魔を使役することができる男。

「……え？　嘘……？」

もう一度、口の中で呟く。リッチー・アンドロマリウス。

優しい悪魔使いの名前。名前が被っている、だけではない。得意な魔法も同じだ。

なにより、まるで何度も自分が呟いたことがあるかのように、しっくり来る名前だった。

呟けば呟くほど、旧来の友達や知人であるかのような郷愁がジルの胸に流れた。

夢の中の人物は、コンラッド以外の人も実在したのか？　だがジルは、思い出そうとしても一向に思い出せない。コンラッドたちと共に洞窟に住む夢を見た後は「きっとそういう過去を思い出として捏造《ねつぞう》したのだろう」くらいに捉えて、すっかり忘れていた。しかし今ここに、一つの証拠が生まれた。リッチーは実在する。

だがその証拠は、更なる冷徹な結末を導き出した。

喫茶店『アンドロマリウス』のオーナーの弟は数年前、前線に送られて戦死している。

ジルはすぐに身支度を整えてシェルランドの町へと向かい、マシューの家の玄関の扉を叩いた。

「お願いします、マシューさん。とある人物のことを調べたいんです」

幕《まく》間《あい》

革命家イオニアと王女エリンナ

ダイラン魔導王国、王都ダイラン。

そこに住まう人間は、どこか生真面目な人間が多い。犯罪も少ない。異国の品や舶来の品が運び込まれるために商業も盛んだ。市場は活気に溢《あふ》れつつも規律正しく、まさに秩序を絵に描いたような都であった。

それは、王と王妃を畏《おそ》れ敬っているためだ。

あらゆる敵国を倒し、歯向かうものを容赦なく燃やす王妃にして最強の魔女バザルデは、今を生きる伝説である。王都の民は、その恐怖を余すところなく知っている。

十年前、敵国の軍に王都の防壁に迫るほど接近されたことがあった。敵の数は少なく、千人。だがどの兵も生きては帰らぬと決意した猛者たちであった。猛々《たけだけ》しい声が王都に響き渡るほどで、王都の民は震え上がった。王も王妃も敵軍との決戦のために出払っていた。完全な奇襲だった。

だがそれを察知した王妃がごく僅かな手勢のみを連れて舞い戻った。そして数キロ隔てた先から、千の兵をすべて消し炭にした。以来、王都の民は王妃への感謝と、倍以上の恐怖を心の底に叩《たた》き込《こ》まれていた。

そのような忠実なる民によって繁栄を謳歌《おうか》する一方、密告は多く、流民や貧民はいつも虐げられている。そして身分ある者も王たちの不興を買って燃やされないよう、受け身で頑迷な姿勢が染みついている。そんな都市から柔軟な発想や生き生きとした文化が生まれるはずもなく、尊ばれるのは舶来品ばかりだ。身分の上下を問わず出る杭は打たれ、保身に長《た》けた者ばかり。それがダイランの負の側面であった。

その秩序と恐怖の象徴たる王宮も同様に、規模こそ大きく堅牢《けんろう》ではあるが華やかさに乏しい建造物であった。この城を彩ろうと思う者がいないのだ。

しかし王城から少し離れたところに、王都らしからぬ瀟洒《しょうしゃ》な離宮があった。

外壁は白塗りでいかにも爽やかだ。華美な門を通り抜けてタイル張りの通路を歩けば、彩り豊かな庭が横目に見える。季節の花が咲き乱れる花壇、丁寧に刈り揃《そろ》えられた庭木が並んでおり、手入れは欠かさず行われていることが見て取れた。

そして通路の終点には赤煉瓦《あかれんが》の館があった。

「はぁ……来年にはここから王宮に引っ越さなきゃいけないのよ。やんなっちゃう」

屋敷の主人は、客間に迎えた客人にあからさまな溜《た》め息《いき》をついた。

だがその溜め息さえも気品と風格が漂う。

燃えるような橙色《だいだいいろ》の毛は、獅子《しし》のように豊かで堂々たる風情。切れ長の鋭い目はネコ科の肉食動物のようだ。

ドレスから伸びる手足は細くありながらも引き締まり、脆《もろ》さのかけらもない。十代後半の美しい少女の顔立ちでありながら、全身から風格というべきものが満ち溢れている。

「エリンナ殿におかれましてはご機嫌麗しく……と言ったら嘘《うそ》になるかな？」

イオニアは屋敷の主人――次期女王のエリンナを前にしながら、面白がるように微笑《ほほえ》んだ。そしてエリンナもまた、皮肉げに微笑む。

「従者が見てるところではちゃんと言いなさいよ。あと言葉遣い。いくらあんたが高名な画家だからって、聞く人が聞けば殺されるわよ？」

「すまないね。だがこういう性分なのだ」

悪びれた様子もなくイオニアは肩をすくめる。

「しかしエリンナ殿は、王に即位することはやはり望んではいない？」

「そりゃそうよ。……本当は本を読んで、庭を眺めて、絵や彫刻を愛《め》でて、宴を開く。それで満足なのよ。戦場は面倒」

「でしょうなぁ」

「だからあなたには成功して欲しいのよ。反乱軍の幹部イオニア」

エリンナが、底意地の悪い笑みを浮かべた。

「まさかあなたの庇護《ひご》を頂けるとは思ってもみなかった。命を助けて頂いたご恩は忘れぬとも」

「驚いたのはこっちよ。幹部を捕まえたと思ったら今をときめく高名な画家だったんだからね」

ぞわり、とイオニアの背中に悪寒が走った。

エリンナはいつでもイオニアを殺すことができる。

この場所こそが獅子の住処《すみか》だ。

イオニアとエリンナが出会ったのは三年ほど前だ。各国との戦争の勝敗も見え始め、戦後処理や残党狩りがダイラン魔導王国の懸案となりつつあった頃、エリンナは年若くありながらも魔法の力量を買われて様々な方面で活躍していた。

エリンナは王妃バザルデのように、圧倒的な力で敵をねじ伏せたのではない。知恵こそがエリンナの力であった。古文書を読み解いて失われた幾つかの魔法を現代に蘇《よみがえ》らせ、あるいは新たに発明した。黒爪騎士団が得意とする【猟犬】の魔法もエリンナによって生み出されたものだった。

王も王妃もそれを高く評価した。ダイラン魔導王国が勝利を重ねてきた中で、エリンナの果たした役割は大きかった。しかもエリンナは、王妃バザルデが敬愛していた姉の忘れ形見だ。才覚があり、そして姉の面影を強く残したエリンナを、バザルデは実の娘以上に愛した。家族として、そして魔法使いの弟子として。

「こちらも、魔女バザルデの後継者に見つかったときは死を覚悟したとも。もっともそれは、あなたと会うときにいつも死を覚悟せねばならないわけだが」

「良いことよ。励みなさい。お金は足りてる？」

エリンナは自分の持つ魔法を存分に振るって、反乱軍を見つけ出した。

だが、最高幹部の一人であるイオニアは見逃した。

それだけではない。

金、通行手形、偽の書状、そして画家としての名声を与え、積極的に手助けしている。

これこそが黒爪騎士団が反乱軍幹部を捕まえることのできない大きな理由だった。

「ああ。おかげでね。それと【猟犬】の対処法も教えてくれて助かった」

「あれは複雑な判断ができないのよ。匂いが二つに分かれたり、混ざったりしたときの判断は野生動物の方が遥《はる》かに鋭いわね。まあ、魔法であるからこその便利さは大きいのだけれど」

「追われる方としては恐ろしいものだけどね」

「犬程度を怖がってどうするのよ。あなたが戦わなければいけない相手は、この島を支配する大魔女よ？」

「まったくだ。この世は恐ろしいものばかりだ」

「私が戴冠するまでに、師匠を倒してみなさい。それができなければあなたの命はないわよ」

「もちろんだとも」

「今の民は、師匠と王を神のごとく崇《あが》め恐れている。命を差し出せと言われたら差し出すでしょう。……でも、それじゃあダメなのよ。いくらこんな島を統一したところで、海の外の大陸の国とはやりあっていけないわ。船で攻め込まれて資源を奪われて民は奴隷にされて、百年もしないうちにアルゲネス島ごと滅ぶでしょうね」

　エリンナがイオニアを保護した理由。

　それは、今のダイラン魔導王国の支配体制が長く続くことはないと確信してのことだった。

　国王アランと王妃バザルデ、この二人の力が圧倒的に強い。個人の力に頼りすぎており組織として発展していない。そして後を継ぐ者にも同じような化け物じみた強さが要求される。

　エリンナは魔法使いとしては天才の部類だ。だがそれでも、今の王に匹敵するほどの力量ではない。エリンナの才能は魔法の実践者であること以上に、研究者としての資質にあった。

　そして卓越した研究者であるがゆえに気付いてしまった。このまま時が過ぎて、魔法以外の技術や魔道具が発展していけば、個々人の武勇によって勝利する時代など過ぎ去ると。

「でも、こないだの戦いでは残念な結果だったようね」

「……時期尚早だと何度も訴えたのだがね。止められなかった」

「恐らく師匠は、反魔鏡を持ち出されることも薄々気付いていたわ。それを力で押し返せるであろうことも。でも絶対の勝算はなかった。師匠が賭けに勝ったのよ」

「ああ、バザルデの力に及ばなかった。彼女は強い。あの【灼光】だけではない。軍勢を率いる者として、格が違うのだ」

「どうするつもり？」

冗談めいた口ぶりでエリンナは尋ねた。

だが、その目は笑ってはいなかった。

「地の利はあったが天の時はなかった。足りないものを埋めるまでさ」

イオニアは涼しげな表情を変えずに、やれやれとばかりに肩をすくめた。

だがその飄々《ひょうひょう》とした態度に、エリンナは機嫌を悪くした。

「もっと具体的に言いなさい」

「……反魔鏡の真の力を引き出せていなかったのが敗因だ。あれは本来、生き物だったんだよ。貝なんだ」

「だから？」

「竜息貝《りゅうそくがい》は竜の息を受けて育つ。だが竜の息は一種類ではないのをご存知《ぞんじ》かな？　炎の息を吐くこともあれば氷の息も吐く。それに貝の中身が逐一対応しているんだよ。貝殻がどんな魔力を吸い込むか、本体が精妙なコントロールをしている。死骸から貝殻を拾って盾にするだけでも十分に魔法使いにとっては脅威だが、生きた竜息貝ほど万能ではないのさ」

「だとしても、生きた竜息貝なんていないでしょうし、仮にいたとしても言うことを聞かせられるとでも？」

「ははは、流石《さすが》に無理さ。……だが、貝殻を騙《だま》すことはできる」

「なんですって？」

「魔力には波紋がある。人間の指の腹に描かれた筋のように、使い手ごとに微妙にだが確かな違いがある。竜息貝にはそれを知覚して貝殻に指令を出して竜の息を和らげている。貝の中身が『悪魔』のように緻密な計算を行っているんだよ」

「……それ、どこで知ったのよ？　竜息貝そのものは謎に満ちているわ」

「知りたいのかな？　全面的に味方になってくれるならば説明もできるのだが」

イオニアの露骨な微笑みに、エリンナの目が険しくなる。

「……それができるならしているわ。ま、竜息貝の生態がそうだとしても、現実にそれをやるのは無理よ」

「何故《なぜ》？」

「結界や防御術を極めた魔法使いが似たような真似《まね》はできる。でもそれは何度となく手合わせをして相手の性質を理解したときだけに成立する、舞や儀式のようなものよ。あるいは違う楽器と楽器で、練習もせずに見事な共演をしろと言うに等しい。魔法が届いた瞬間に焼き殺される【灼光】でそれができると思う？」

「いいや、バザルデの本気の一撃を耐えることはできた」

「でも届かなかった。反乱軍の本体も、それが難しいと判断したから穏健派の反対を押し切って攻め込んだのでしょう？　あなた、もうすぐそこまで破滅が来ているのよ」

エリンナは、扇子を閉じて自分の首を軽く叩いた。

「もちろん。そこまでわかっていて無策だと思うならば……結果で示すしかないな」

「……できると言うの？」

「ああ。決して夢物語ではない」

イオニアの笑みを、エリンナがじっと観察する。

だが表情を緩めて微笑みを浮かべた。

「ま、そう言うならば楽しみにしてるわ」

「しかし不思議だな。なぜあの【灼光】はあそこまで強いのか」

「あれは私にもわからないわ。なぜ師匠があれだけの力を使えるのか……」

「いっそ大人しく王冠を受け継いで、エリンナ殿が【灼光】を覚えた方が早いのでは？　何かからくりがあるというのであれば、エリンナ殿も使えると思うのが順当なところだろう」

その言葉に、エリンナが小さく横に首を振った。

「どうかしらね……使えないかもしれないし、私に扱える程度の神秘だったらいつか必ず誰かが解明してくる。あなたたちがそれを解明できるとしたら外の大陸の人間もきっと辿《たど》り着《つ》く。だったら今のうちに国を改めるのが確実に良い……けど」

「けど？」

「あなたたちがそれを解明できないのであれば、私は王冠と魔女の名を引き継ぐ。あなたを殺す。異国から来る船を燃やす。逆らう者は殺す。逆らわずとも私に害があるものは滅ぼす。それで将来どんな災厄を招こうとも、そのときの人間に任せるわ。後のことは知らない」

エリンナの口元に笑みが浮かんだ。

年相応の可愛《かわい》らしさが滲《にじ》み出る、自然な笑顔。

イオニアの背中に、一筋の冷や汗が流れる。

「私はこの国も、この世界も好きよ。あなたの絵も大好き。本当はあなたを含めたすべての芸術家を囲ってどこかに閉じ込めておきたいくらいね。でもそれは、私の命を上回るほどじゃあないの。だから励みなさい」

「心に刻んでおくとも。……さて、それじゃ真面目な話はこれくらいにしておかないか？　流石に緊張して疲れたよ」

「私を前に緊張して疲れたとは不躾《ぶしつけ》な男ね。ま、いいわ。プレゼントは用意できたかしら？」

「自信作だとも。どうぞご覧あれ」

そう言ってイオニアが、大きな鞄《かばん》から一着の服を取り出した。

「まあ……！」

エリンナが、演技の含まれない感動の呟《つぶや》きを漏らした。

これは、ジルが手掛けた友禅染の生地をドレスに仕立てたものだ。

純白のシルクの生地に青々とした桔梗《ききょう》の花が彩られている。

「いかがかな？」

「これは予想以上ね……もっと近くで見せなさい」

「もちろん」

エリンナは興奮した様子で絵付けした部分を丹念に眺める。

指で優しく触り、質感を確かめ、出来栄えの良さを再確認してうっとりとした顔をする。

「流石ねイオニア。絵の才能は知っていたけどドレスまでこんなものを仕立てるなんてね。ああもう、本当に惜しいわ」

「お褒め頂き光栄の至り……と言いたいところなのだが、僕は下絵を描いたに過ぎんよ。ドレスに仕立てたのは知人の仕立て職人だし、この生地を作ったのもちょっとしたツテを頼った」

「ツテ？　どこの誰よ？」

「きみが蹴落とした王位継承者さ」

「……は？」

ぽかんとした顔でエリンナは呟いた。

「ジル王女だよ。いや、ジル『元』王女と言うべきかな」

イオニアの面白がるような言葉に、エリンナは眉間に皺《しわ》を寄せた。

「……ええと、あの子、王都から追放されたはずよ？」

「ああ。とある屋敷に引きこもって楽しく生活しているよ。服や小物を作るのに夢中なようだ」

最初、エリンナはぽかんとした顔をしていた。

だがすぐに眉間に皺を寄せ、わなわなと拳を握る。

そしてテーブルをだんと叩いた。

「機嫌を損ねてしまったかな？」

イオニアは、挑発しすぎたかと一瞬ひやりとする。

「あの子が王族でなければお針子として囲ったのに……こんな腕があるだなんて聞いてないわ！」

「あ、ああ。なるほどね」

これが、エリンナの悪癖の一つだった。画家や音楽家、職人など、気に入った存在に対しては惜しみなく援助する。イオニアに対しても、政治的な思惑で手を組んでいること以上に、イオニアの絵を気に入っているのだ。

「そういえば刺繍《ししゅう》も上手《うま》かったわね……盲点だったわ」

「一応は王位を争う間柄だったのだろう？　すこしエリンナ殿とジル殿の距離は不思議だね」

「別に嫌いじゃないわよ。ただ師匠のことを考えるとあまり仲良くしても逆に禍根が残るからね。私のためにもあの子のためにもならない」

エリンナは頬杖《ほおづえ》をついて、窓の外を眺める。

「最悪殺すことになるかもしれないし、逆にあの子が私を殺す側になる可能性だってあったわ。あまり情は持ちたくないの」

寂しげな声で、ぽつりと呟いた。

「王というのも因果な商売だね」

「まったくよ。惚《ほ》れた女を守るためになりふり構わないあなたが羨ましい」

「そうだろう？　命と人生を懸ける価値がある」

「臆面もなく言うものね……」

はぁ、とエリンナが溜め息をつく。

それをイオニアはにやにやと微笑みながら眺めた。

「うん？　なによその目。不遜よ」

「いや、ジル殿が作った服がもう一着あると言ったらどんな顔をするだろうなと」

「見せなさい。早く」

言われた通りイオニアは、もう一つの服を取り出した。

アロハシャツだ。

イオニアはジルに借りたものを気に入って、拝み倒して一着買ったのだった。

「こ、これは……」

海の波をモチーフにした絵はエリンナを見事に魅了した。

最初にマシューーたちが見たとき以上の、劇的な反応だった。

「なんて……素晴らしいの……！」

「だろう？　ああ、これは僕の私物だからね。悪いが売り物ではないんだ」

「寄越《よこ》しなさい」

「……男性物だよ？」

「針子に直させるわ」

エリンナはイオニアの言葉を無視して話を進めようとする。

だがイオニアは、余裕の表情のまま肩をすくめた。

「困ったな……。転売はしないように言い含められているのだが。いやあどうでもいい人間との約束ならともかく、仮にも元王女との約束だ。流石にこれを破るのは忍びない」

イオニアの言葉は、裏を返せば「条件次第では譲る」ということだった。

譲れないとは一言も言っていない。

「もちろん報酬は弾むし、人前では着ないわ」

「そうだなぁ……面白い魔法があれば教わりたいね」

「仕方ないわね。ま、幾つか教えるつもりだったからそれは構わないわ」

「それと舶来の品が欲しくてね。渡来の商人と商談がしたい」

「セッティングしてあげるから予定を空けておきなさい」

「助かるよ。土産にはけちりたくなくてね」

その言葉に、エリンナがにやりと笑った。

「あなたも惚れた女に甘い男ね。巌窟《がんくつ》騎士団だなんて恐ろしげな名前を名乗ってたくせに」

「こればかりは団長譲りでね」

イオニアが自身ありげに微笑を浮かべた。

「しかしあなたほどの着道楽がそこまで執着するのは不思議だが……そこにかけてある服はお気に召さないのかな？」

「ああ、あれね。兎国《とこく》からの貢物だけど……男物なの。王位が代わったと聞いて、てっきり王子様が王になると思ったらしくてね。私が次の王と知って、地べたに這《は》いつくばって平服しちゃうんだもの。無礼だし面倒だし、まったく困っちゃうわ」

エリンナが頭痛を感じたように額を押さえた。

兎国とは、アルゲネス島の外で唯一交易のある国だ。だが流石に海を隔てているためか、こうした行き違いもままあることだった。

「見ても構わないかな？」

「舶来品が欲しいなら持っていっていいわよ。しばらく飾ったら捨てるつもりだったから」

服は二着ある。

一着は、舶来品らしい華美な装飾の袖のない羽織りと、広々とした幅のズボンだ。虎毛を模しているのか、黄色い生地に黒い縞《しま》が入っており恐ろしく派手だ。戦場働きする人間のための勇壮さを示しているのだろうが、このアルゲネスで着るのは戦場であっても平和な場所であっても流石に異様である。イオニアもこれには苦笑せざるをえなかった。

もう一着は、うってかわって淡麗な佇《たたず》まいの服であった。上着は前開きで、ボタンに紐《ひも》を引っ掛けて留める構造だ。ボタンには細かい意匠があり、刺繍も純白の生地にパールホワイトの糸、金の糸を組み合わせた瀟洒な刺繍が施されている。

そして下は、すらりとしたズボンであった。上着と同じような刺繍が施されており、全体として統一感のある仕上がりになっている。どちらも生地は絹の高級品らしく不思議な光沢を放っている。恐らくはアルゲネス島では手に入らないものだ。

「もったいない。着ないのかい？」

「あのねぇ」

「冗談や皮肉を言ってるわけではないさ。君が傾《かぶ》いた服装をすれば、そこには物語が生まれる」

エリンナの目尻がぴくりと動いた。

「……続けなさい」

「王冠と魔女の名を引き継いで、斜陽の王国を堅持し続ける。僕としては苦しいが、それを君が選ぶのであれば僕らの力不足だ。認めざるを得ない。……だが君自身の価値や存在感を生み出さねばそれも危うい。男物の服をもらって、行き違いであったとしてもそのままで済ませてよいのかい？」

「それで、着ろと？」

「既存の概念を破壊してみるんだ。きみはすでに失われた魔法を復刻し、若き賢者として名を馳《は》せている。知恵があり、権威がある。今の王と王妃が持っている愚かさが足りない」

「無礼よ」

それ以上失言を重ねたら首を刎《は》ねる、とでも言わんばかりの視線で、エリンナはイオニアを射すくめた。だが、イオニアは涼しい顔のままだ。

「だが事実だ。愚かさはつまり恐ろしさ。ここぞというときに交渉の余地などないという圧倒的ななにかが足りていない。今の王や王妃と自分を見比べて、そう思ったことはないかい？」

「……ただ着るのでは媚《こ》びてると思われかねないわ」

エリンナが興味を示した。イオニアが、しめたとばかりに微笑む。

「そうだ。もっと逸脱した遊び心が必要だ……。例えば、あの上着と合わせるのはどうだろう？」

イオニアの言葉に嘘はない。

ここでイオニアは、自身の真の目的を語ろうとはしなかった。

「で、本当の目的はなに？」

「……言わなきゃダメかい？」

だがそんな小賢《こざか》しい考えなど、エリンナには通用しなかった。

course 3

仲直り
リボンハット

menu

炎天下ウォーターアイス

Witch Hand Craft

「現時点で判明したことを幾つか報告します」

マシューが再び、ジルの屋敷にやってきた。

今日はいつものように、糸や生地を持ってきたわけではない。

今日マシューが届けにきたのは、書類の束とキャロルであった。

「こ、こんにちは。ええと……リッチーさんのことを知りたいんですか……？」

キャロルが今ひとつ曖昧な顔で尋ねた。

「はい。できるだけ詳しく」

「は、はぁ……。私に協力できることでしたら幾らでも手伝いますけど……。オーナーとリッチーさんの手紙なんかも私が受け継ぎましたから」

「ありがとうございます、助かります」

ジルが謝意を示す。

そしてマシューが咳払《せきばら》いをして、本題に入った。

「リッチー・アンドロマリウス。オーナーのロジャー・アンドロマリウスの弟で、七年前の隣国オルクスとの戦争で亡くなっています。ところでオーナーがどういう風に亡くなったかは……ご存知《ぞんじ》ですね？」

「ええと、リッチーさんの横領を庇《かば》おうとしたんでしたよね。それで散財を重ねたと」

「はい。騎士団員だったリッチー氏はオーナーの尽力で名誉剝奪《はくだつ》などはされませんでした。その後、別の騎士団に復帰したそうなのですが……ここからの足取りがよくわかりません」

「そうでしたか……」

「ロジャー氏とリッチー氏の手紙を読ませてもらったのですが、リッチー氏自身、自分の所属がよくわかっていなかったようです」

「え？」

曖昧な答えに、ジルが怪訝《けげん》な顔をする。

そこでキャロルが口を挟んだ。

「ええと、オーナーとリッチーさんの手紙が残ってたんですが……。リッチーさんはどうしても横領の疑いが掛かってたから復帰した先で持て余されてたみたいなんです。それで別の騎士団に貸し出されて、更にそこから別の騎士団に貸し出されて……所属と働いてる内容が全然食い違ってたみたいで……」

「それは……大変ですね」

「で、うやむやでわからないまま隣国との戦争に出て、戦死の知らせが来ました。手紙のやり取り以上のことはちょっとわかりませんね」

キャロルが申し訳なさそうにうつむく。

「い、いえすみません。調べてほしいと言ったのはこちらの我《わ》が儘《まま》でしたから」

「だ、大丈夫ですか？　こないだ渡した物と関係あるとか……」

「ああ、そちらは全然関係ありませんよ。大丈夫です」

ジルは少々嘘《うそ》をついた。

悪魔創造の手引書によって、前の持ち主がリッチーであることを知ったのだ、無関係とは言い難い。

だが、それを説明するとなるとこの本の真価をキャロルに伝えることになる。

秘密を知ればそれだけ危険も大きくなるとジルは判断し、黙っていることにしたのだった。

「そうですか……良かった」

「ところでちょっと聞きたいんですが、リッチーさんはどんな人でしたか？」

「う、うーん……私が最後に会ったのは十五年近く昔で……」

キャロルが難しい顔をして首をひねる。うろおぼえのようで自信なさげな様子だった。

「……横領するような人に見えましたか？」

「いや、真面目そうだったような。外見は真面目っていうかちょっと怖かったかな」

「身長が高かった」

「あ、はい」

「黒髪で眉毛が薄くて……いかめしい雰囲気」

「はい……。あれ、私、言いましたっけ……？」

「無駄遣いが嫌い」

「そう、でした……。あ、そうだ、思い出してきた。怒るとおっかなくて……。でも意外と優しくて。嬉《うれ》しいときとか恥ずかしいときは」

「顎を撫《な》でる癖がある」

「…………な、なんで知ってるんですかぁ？」

キャロルが震え声で尋ねた。

だがジルはそんなキャロルを無視して、マシューに向き直った。

「マシューさん。死んだ人のことを深く調べるにはどうしたらいいと思いますか？」

「……ジルさんが知りたいのは、足跡のわからなくなったあたりですね？　正確にどの騎士団に居たのか」

「はい。それと……どういう風に戦死したのか。それと、他にも調べてほしい人物の名が幾つか」

「それは……以前見たという夢の人物のことですね？　そんなに気になるんですか？」

「……恐らく、オーナーの弟は、私の夢に出てきたリッチーさんです。夢の中でカレンダーを書いていました。それは七年前の日付で、恐らく彼が亡くなる直前あたりかと思います。そして」

ジルは言葉を切り、慎重に呟《つぶや》いた。

「伯父様……コンラッド様が戦死した年でもあります。きっと私の夢、リッチーさんの死、そして伯父様の死。どれも繋《つな》がっているような気がするんです」

「なんですって!?」

マシューの顔色が変わった。

キャロルは話についていけず、ジルとマシューの顔を交互に見ていた。

「今更、七年前のことを知ったところでどうしようもないことではあります。ていうか優先度としては雑貨店経営の方が高いです。でも、このまま放置したくはないんです」

「そのへん正直なところがジルさんの良いところだと思いますよ」

「それ褒めてますか？」

「それはもちろん」

マシューは微笑《ほほえ》んでジルの疑問をスルーした。

ジルも、しょうがないなと溜《た》め息《いき》をつく。

「しかし、どちらもシェルランドに居てはわからないことばかりですね……。丁度良かったかもしれません」

「丁度良い？」

「そろそろ王都の方へ行こうかと思っていたところだったので。私は毎年、夏から秋にかけて王都へ行って色々と仕入れてくるんですよ」

「あ、そっか」

マシューは自分自身の店舗を持たない。

町から町へと旅する交易商人であった。

「普段ならもう出発してる時期なんですが、今年は妙に居心地が良くて」

「すっ、すみません、色々と助けてもらってばかりで」

「いえいえ。むしろいつも楽しい仕事があって充実してますよ。ただ王都や他の町にもお客さんがいて待たせるわけにもいかなくて。ですのでそちらに足を延ばすついでに、調べられそうなところを調べてこようと思います」

「それは……」

ありがとうございます、と言おうとしてジルは言葉に詰まった。

「私が戻ってくる頃には、支店も繁盛してるかもしれませんね。楽しみにしてますよ」

ここでジルはようやく、マシュー抜きで商売をしなければならないと気付いた。

そして今まで、どれだけ助けてもらったかを身に沁《し》みて思い出す。

思い返せばジルは、多くの人に助けられてきた。

一人旅の最中にイオニアとカラッパと出会い、森の屋敷に辿《たど》り着《つ》いた。シェルランドの町に着いてからも多くの人と出会った。

その中でもマシューの存在感は大きかった。マシューがジルの作った物に注目してくれなければ、雑貨店を開くという夢が実現したかどうか少々怪しい。仮に今と同じような状況になるにしても、倍以上の時間が掛かったことだろう。そのマシューが、この町を去る。

心細い。

だがそれでも、引き留めるべきではないとジルは思った。

そもそも無理なお願いをしているのはジルの側である。

むしろジルは、今まで学んだ成果というものを見せなければいけないという気がした。

商売において、ジルはマシューに師匠のような敬意を抱いている。服や小物のこととなると目の色を変えて猪突猛進《ちょとつもうしん》になってしまうところはあるが、それでも冷静な判断力でジルを支えてくれた。

そのマシューが「楽しみにしていますよ」と言っている。ジルがマシュー抜きに店を運営することに何の不安も感じていない。だったら、安心するなどという領域を超えて、あっと驚かせてやろう——ジルは、この瞬間に決意した。

「はい！　任せてください！」

雑貨店「ウィッチ・ハンド・クラフト」、シェルランド支店。

今は準備中の立て札が掛けられているが、開店準備はほぼ完了していた。リフォームはすでに終わっており、今はカーテンや棚などが搬入されている。

「なんていうか、凄《すご》く明るい感じですね……！」

「マシューのやつも残念だな。こいつを見てから出発すりゃ良かったのに」

「まったくだよ。兄貴はあんな顔しといて風来坊なんだから困っちまったもんさ」

キャロル、ガルダ、モーリンの三人が内装を見て、感心しながら口々に言った。

「でしょう？　カーテンもちょっと頑張ってみました。欲を言えば窓ガラスを使えたら良かったんですが、そこはちょっと我慢ですね」

「そりゃ仕方ねえだろ。ずっとここに住むわけじゃねえんだから盗まれちまうぞ」

ガラス製品は、白い磁器と同様に高級品だ。

アルゲネス島の中で作れないわけではないが、なにせ職人が少ない。ガラス作りには強い火力、それに耐えられる炉が必要になるが、アルゲネス島での製法は火と土を扱う優れた魔法使いが必要不可欠だった。

だがここ二十年は多くの国を巻き込んだ戦争が続いており、多くのガラス職人が戦争へ駆り出され、そして「職人になるくらいなら勇敢な兵になるべし」という風潮が強まっていた。反乱もまだまだ多く、そうした空気が払拭されるにはまだ時間が掛かりそうだった。

ちなみに白磁器についてもガラスと同様の事情があり職人が少ない。ただ白磁器はガラスよりも食器として愛用されている。さらには茶導師《ティーマスター》が磁器職人を保護しているためにガラス業界ほどの存亡の危機に立たされてはいなかった。

「魔法を使わずにガラスが作れればいいんですけどねぇ……。でも私は割っちゃいそうでちょっと怖いですけど」

キャロルがそう言うと、くすくすとジルが笑った。

「でも、ガラスも金継ぎで直せますよ」

「え!?」

「接着した面が見えちゃうから金箔《きんぱく》を貼るとか工夫は必要ですし、陶器より難易度は上がりますけどね。でも漆を使って直すという基本的な流れは変わりませんから」

なんてことないように語るジルを、三人がぽかんとした顔で見つめる。

「ご主人様……もうそれだけで食っていけるんじゃないかい？　貴族様のところに顔出して食器直しするだけでそこそこいい金になるよ？」

モーリンの呆《あき》れ気味《ぎみ》の言葉に、ジルが首をひねる。

「そうですかね……？　金継ぎは見た目のインパクトが強いから、みんなに受け入れてもらえるかは未知数ですし。とりあえず紅茶や軽食の器に金継ぎしたものを使って反応を見てみようとは思いますけど」

「いーや、予言するぞ。金持ちほど敏感に反応するぜ。そりゃ茶導師《ティーマスター》好みだ。大騒ぎになるかもしれないぜ？」

「だと嬉しいですね」

ジルがのほほんと返事をした。

その様子に、ガルダとモーリンが苦笑した。

いつも通り大騒ぎになる予感をひしひしと感じていた。

「しかしガルダさんもキャロルさんも、手伝ってもらって時間とか大丈夫ですか？」

「俺は納品が終わってヒマだったからな。それに、まがりなりにも弟子が独立するんだ。手伝わなきゃいかんだろう」

「それはそれはありがとうございます、お師匠様」

ジルが茶目っ気《ちゃめっけ》たっぷりに言うと、ガルダが快活に笑った。

だがその一方で、キャロルは微妙に陰鬱な顔をしていた。

「私は、まあ、高等遊民《ニート》ですので……」

「そ、そうですか……。もし仕事決まらなかったら店番とかお願いしましょうか？」

「お世話になってばっかりで申し訳ないのですが、もしそのときはお願いしますぅ……」

泣き崩れそうになるキャロルを見て居心地が悪くなったのか、ガルダがあえて声を張り上げた。

「じゃ、じゃあ内装の整理とかやっちまおうぜ！　今はまだカーテンを掛けたばかりだし、棚を並べたり品物を陳列したり、色々とやることがあるだろ」

「そうだね。どういう風に配置するつもりなんだい？」

まってましたとばかりにジルがにやっと微笑んだ。

「それなんですが……この店のテーマは、南国にしようと思うんです」

「南国？」

「はい！　海が見えるリゾートのように、きらきらとした雰囲気を楽しめる場所にしようと思います」

そしてジルはカーテンを手で示した。

カーテンは確かに、「海」を彷彿《ほうふつ》とさせるものだった。

ほのかに温かみのある白地の麻を、半分だけ濃紺で染めている。

また近くには色鮮やかな観葉植物が置かれている。

配置する前の段階でも華やかさが匂い立つようだった。

「窓側は広めのスペースを作って、カーテンと観葉植物を置いて背景にしつつアロハシャツやワンピース、麦わら帽子なんかを着せたトルソーを幾つか置こうと思います」

トルソーとは、胴体だけの彫像である。手足のないタイプのマネキン人形のようなもので、服を陳列するためのものだ。

「いいな。それはイメージを摑《つか》みやすそうだ」

「それで店の中央に棚を置いて服や小物を並べて……。金継ぎの食器に関してはカウンター奥に並べる感じにしようかと」

「売るんじゃなくて使うんですか？」

キャロルが不思議そうに尋ねた。

だがジルは首を横に振る。

「いえ、売ります。ただ割れ物ですから服と一緒に並べておきたくないんですよね。で、飾っておくならそこしかないかなと」

「なるほど、お客さんはお茶を飲みながらカウンター越しに食器を眺める……というわけですか」

「ええ。飾っておけば欲しいと思う人も増えるかなって。あとはカーテンや棚なんかも、正直買いたいって人がいれば売ってもいいと思っています。売りたくないのはお客さんに出すために実際に使う食器類、カウンターテーブルとキッチン用品くらいですかね」

「なんでも売り物ってわけですか……不思議なお店ですねぇ」

はぁー、とキャロルが感心した。

「さあて、おしゃべりはそのへんにしておいて仕事を進めるよ！　さあ動いた動いた！」

モーリンが手を叩《たた》く。

棚を置き、商品を陳列し、店内には彩りが満ちていく。

ここから、本格的な出発だ。

瞬間的な感動がジルの心にこみ上げる。

涙が滲《にじ》みそうになるのをこらえて、ジルも声を張り上げた。

「それじゃあ、頑張りましょう！」


シェルランドの町の一角。

密談横丁《みつだんよこちょう》という怪しげな名前の通りがある。

そこは昔、飲食店の激戦区であった。数多くの喫茶店が新たに生まれては潰れているため、常に多くの人が行き交っていた。評判の味を求めて高位貴族がお忍びで来ていたという噂《うわさ》もあり、誰が出入りしていても不思議ではない。

そのため密談や密会にはもってこいの場所で、初々しい若者がデートスポットに使うこともあれば、商人同士の外に漏らしたくない密談に使われたり、あるいは伴侶を持つ者同士が許されざる逢瀬《おうせ》の場所に使っていたりもした。

とはいえ、それはありし日の姿だ。喫茶店ブームやレストランブームは去り、「密談」といういかがわしいイメージを避けるために移転したり、潰れたりして、今やごくごく普通の住宅街となった。流行の衰退に決定打を与えたのが、喫茶店『アンドロマリウス』の廃業だ。

不運のうちに死んだ喫茶店のオーナーに周辺住民は深く同情し、そして恐れるようになった。あの喫茶店に手を付けようとした者は例外なく幽霊に襲われているのだ。何も知らずに忍び込んだ泥棒の「幽霊が出た！」という叫び声は、住民に今もなお生々しく耳に残り続けている。

そんな薄暗い記憶の染みついた店の跡地で、何やら工事が始まった。

「ねえあなた……知ってる？」

「おお、どうしたカレン？」

幽霊屋敷の隣に住むウォレスとカレンは、この通りに住んで十年ほどになる。丁度、喫茶店ブームが落ち着きを見せ始めて土地が安くなったあたりで家を建てた。密談横丁に住むなど物好きだと友人たちには笑われたが一向に気にしなかった。

ウォレスは、密談横丁の未来を正確に予想していたからだ。盛り場としての価値はどんどん下がっていき、やがて落ち着いた街並みになっていくだろう。その予想は正しかった。レストランが潰れて更地となり、ウォレスの後を追うように住宅が建つようになった。飲食業に関係のない仕事の人間が増えた。

ただ一つ誤算だったのは、隣の喫茶店オーナーが非業の死を遂げて建物が幽霊屋敷になったことだった。

「隣の廃屋なんだけど」

「またその話か……」

ウォレスは露骨に顔をしかめた。

正直ウォレスは、この話題にひどく疲れていた。オーナーの訃報を聞いたときはひどく同情し、悲しく思ったが、流石《さすが》に七年も昔のことだ。何年も建物を相続する人間が決まらず、雑草は生えるし、野良猫やネズミは住み着く。果てには、度胸試しで若者が忍び込んで騒ぐことさえあった。

ようやく建物の所有者が決まったかと思えば、現れたのは、まだ二十歳前後の若い女の子であった。事情を聞けば、親族間で引き取り手のいない遺産を押し付けられたという格好らしい。財産を継いだというよりも借金を背負ったようなものだ。流石にウォレスもカレンも同情して、建物をこまめに管理しろと無理強いもできなかった。

そしてウォレスはある日、「こんなところに家を建てるんじゃなかった」とぽつりと呟いたことがあった。それが妻カレンの逆鱗《げきりん》に触れて夫婦ゲンカに発展した。

度胸試しに来る若者に注意をしたり、入り込んだネズミや野良猫を追い払ったりしたのはウォレスだが、日々の細々《こまごま》とした掃除や地道なトラブル対処は基本的にカレンがやっていたのだ。お互いに「こっちは頑張っている」という自負があった。

「またその話って……そういう言い方ないじゃないの！」

「休みの日じゃダメなのか？　流石に平日の夜に相談されても気分が悪いぞ」

「私だって捨てられたゴミ片付けたり、雑草取ったり、向かいの家から嫌味を言われるの我慢したり頑張ってるのよ！　そういう言い方しないでよ！」

「いやお前を責めた訳じゃないよ」

「だいたい、ここに家を建てるって決めたのあなたじゃないの！」

「そりゃそうだが！　こんなことになるなんてわからないじゃないか！　引っ越しの頭金だって貯《た》めてるんだ！」

「それを言い訳にして家に帰るのいっつも遅いじゃないの！」

お互い、「やってしまった」と内心思っていた。向こうが悪いわけでもないからこっちが譲らなければ。でも自分だって悪いわけじゃない。そんな悶々《もんもん》とした感情の悪循環だ。

「ごめんなさい、やめましょ」

「……すまん、疲れてて。ちゃんと話を聞くよ。悪かった」

ウォレスの言葉に、カレンは心なしかほっとして話を始めた。

「あの幽霊屋敷、リフォームするらしいのよ」

「なんだって？」


次の日、ウォレスは幽霊屋敷に出向いて工事現場の大工たちに告げた。

「悪いことは言わん、止《や》めとけ。悪霊が出るぞ」

もちろん嫌がらせのつもりではない。心からの同情であり、同時に「一応忠告だけはしてやった」という形を取るためだ。ウォレスとしては放っておきたい気持ちもあったが、大工に依頼した家主が「ご迷惑をお掛けします」と言って菓子を届けにきてくれたことを考えると無下にもできなかった。

「へっ、俺たちはそんなこたぁ気にしねえんだよ。なぁお前ら！」

「そうだそうだ！」「おうともよ！」

大工の親分はまだ若く、血気盛んな雰囲気だった。

部下たちも少々おっかなびっくりな気配を漂わせながらも親分に同調する。

「だいたい、悪霊はいなくなったんだぜ。出ねえものを心配しても仕方がねえや」

「いなくなっただって？」

大工の自信たっぷりの言葉に、ウォレスは思わず聞き返した。

「なんでえ、知らねえのかい？」

「知らん。そもそも疑わしいな。名のある僧侶様でも無理だったんだぞ」

「へっ、ウチの依頼主はそんじょそこらの坊主どもとは話が違ぇんだよ。昨日も朝から夕方までずっと工事してたけど悪霊なんざ出なかったぜ」

「なんだと？」

ウォレスが大工に話を聞くと、どうやら大工の依頼人は悪霊が出る原因を突き止めたとのことだった。なんでもオーナーが祟《たた》る原因は大きなカウンターテーブルの下に眠っている割れたカップが心残りだったためらしい。依頼人はそのカップを修理すると誓うと、オーナーの悪霊は感激し、緑色の光を放ちながら魂が天に召された……と、大工が少々もったいぶった言い回しで語った。

「それが本当ならいいんだがな……。まあ、ともかく忠告はしたぞ」

ウォレスはそう言って家に帰った。またどうせ大工たちも悲鳴を上げて逃げ出すだろうという確信を抱きながら。だがその予想は裏切られて、今日のリフォーム工事は何事もなく終わった。

ウォレスは大工に聞いた話をカレンに告げると、カレンが妙なことを言い出した。

「あ……そういえば先週、変な光を見たのよね」

「変な光？」

「その緑色の光よ。何やらあの屋敷にキャロルちゃんが何人か連れて入って何かしてたみたいなの。ちょっと覗《のぞ》いたら変な色の光が漏れて大騒ぎしてて。様子見にいこうと思ったけど怖かったし……」

「そんなことあったか？」

「だってあなた、急に仕事入って帰れなかったじゃないの」

「それは……いや、すまん。部下が病気になって誰も当直がいなかったんだよ」

「それはわかってるわよ。とにかく隣の幽霊屋敷に何かがあったのは間違いないわ」

「となると、悪霊がいなくなったって話は本当なのか……？」

ウォレスはそれでも半信半疑だった。カレンも同様だ。

二人とも、七年間に及ぶ悩みがいきなり解決することなどあるわけがないと思っていた。

そして二人の予想は裏切られた。


その日は朝からうだるような暑さであった。

あまりの暑さに蜃気楼《しんきろう》でも見たのかと一瞬思ってしまうほどだった。

「リフォーム、終わってるな……」

「そ、そうね……」

「まるで生まれ変わったみたいだ……」

「本当ね……」

ウォレスとカレンは、呆《ほう》けたような顔で建物を見上げた。

ボロボロだった壁は白く塗り替えられ、爽やかな佇《たたず》まいをしている。扉も新品で、輝くような艶やかさだ。建物の周囲は綺麗《きれい》に掃除され、塵《ちり》一つない。また扉のすぐ傍には『雑貨店　ウィッチ・ハンド・クラフト』という看板が掛けられている。

そして更に、他にも異彩を放つものがあった。

「私、夢を見てるのかしら……大きなカニの魔物が草むしりしてるわ」

「……ダイランカラッパだな」

「ど、どうしましょう。騎士団を呼んだ方がいいのかしら」

「いや待て。ダイランカラッパは人に悪さはしない。こっちが危害を加えん限りは大丈夫だ」

「そ、そう……」

これといって気の利いた言葉も出せず、ウォレスとカレンは道路に突っ立っていた。

数分ほどそうしていると、たまたま通りかかった郵便配達人がウォレスに声を掛ける。

「おーいウォレスさんよ！」

「うわっ!?　なんだビックリしたな。急に声を掛けるなよ」

「いやいや、あんたらこそボーッとして危ねえよ。馬車にひかれちまうぞ。それより、ジルさんってぇのはここに住んでる人でいいのかい？」

「ジル……？　いや、建物のオーナーはキャロルって名前のはずだが……」

そこでカレンがぽんと手を叩いた。

「あ、確か工事中に看板が立ってたわ。工事の依頼人の名前も書かれてて……確かジルって名前だったわね」

「じゃあ、そのジルさんとやらがこの建物を買ったか借りたかしたわけか」

ウォレスがそう呟くと、郵便配達人がカバンから封書を出した。

「んじゃ、手紙渡しといてくれる？　ポストがまだないんだよ、ここ」

「いやいや、普通にノックして渡せばいいだろう」

「こっちも時間がないんだよ。頼むよ」

「知らん。俺の仕事じゃない」

ウォレスが受け取りを拒否して腕を組む。郵便配達人はウォレスに無理やり渡す……ふりをして隣で成り行きを見守っていたカレンに押し付けた。カレンがうっかり受け取ってしまった隙に郵便配達人が颯爽《さっそう》と逃げ出す。

「あっ、おい！」

「悪いな！　幽霊屋敷にゃ関わりたくねえんだ！」

ぽつんとその場にウォレスとカレンが取り残される。

カレンが泣きそうな顔でうつむく。

「ご、ごめんなさい……」

「いや、いいさ。郵便局に行ってあいつの上司に後で直接文句言ってやる。それより……」

カレンの手元の手紙をウォレスは眺める。

「このまま放置もできないし渡すしかないな……俺が持つ」

「わ、わかったわ」

ウォレスは意を決して、元幽霊屋敷の扉をノックした。

「すまん、誰かいるかー？」

「あっ、はーい！」

ウォレスにとって聞き覚えのある声が中から響いてきた。

がちゃりという音とともに出てきたのは本来のこの屋敷の家主、キャロルだ。

見知った顔が現れてウォレスもカレンも内心安堵《あんど》した。

「あっ、ウォレスさん、カレンさん！　どうもおはようございます！」

「あ、ああ、おはよう。手紙がここに届いてるんだが……ジルさんというのは居るのかい？」

「居ます。店長ですね。てんちょー！　手紙でーす！」

「今いきまーす！」

キャロルが奥へ声を掛けると、これまた少女の声が奥から響いてきた。

「すみません、郵便配達員さんですか？」

「いやそれが、郵便配達員の野郎が押し付けて逃げてったんだよ。ポストを置いといてくれるか？

この分だと毎回ウチに手紙が届きそうだ」

「あっ、忘れてました……すみませんご迷惑お掛けして！」

店主が恥ずかしそうに頭を下げた。

やれやれとウォレスは肩をすくめる。

「ところで……ここは雑貨店、なのか？」

ウォレスがおずおずと聞くと、店主は顔を上げて元気良く頷《うなず》いた。

「はい！　あ、喫茶もできますよ」

「そ、そうか……。こんなことを聞いてはいかんのかもしれないが、前のオーナーのことは知った上でオープンするのか？」

「ええ。ああ、そうだ。大工さんたちから聞いたかもしれませんが、悪霊はもういないので気にしないでください」

内心聞きたかったことを聞く前にずばりと答えられてウォレスは言葉に詰まった。

カレンも驚いて反応できないでいた。

「お隣で色々とご迷惑お掛けして本当に申し訳ございません……。これからは大丈夫ですので……」

キャロルがしおしおと申し訳なさそうに頭を下げた。

それを見て店主が不思議そうに尋ねた。

「お隣さん？」

「こちらのウォレスさんとカレンさんは、お隣に住んでる方なんです。廃屋同然だったときに掃除を手伝ってくれたり、何かと今までご面倒を掛けてしまってて……」

「あー……そういうことですか。確かに『悪霊』がいたら落ち着いて過ごせませんよね……」

店主がしみじみと納得したように相槌《あいづち》を打った。

「悪霊よりも人間に困ってる。特に今日みたいなうだるような暑さの日には度胸試しや肝試しをするバカな若い連中が多いんだ」

「そんな人がいるんですか……」

「リフォームして店が出来たならそんな連中も来ることはないだろうがな。まあ頑張ってくれ」

ウォレスはそう言って去ろうとした。

店長が思案げな顔をしていたが、手をぽんと叩いてウォレスに呼びかけた。

「ではお詫《わ》びというのも変ですが、冷たいものでも食べていきませんか？　今日はとっても暑いですし」

その店主の言葉に、キャロルが喜んで頷いた。

「あ、それはいいですね！　ぜひゆっくりしていってください！」

「い、いや、まだ開店前なんだろう？　流石に邪魔するのも申し訳ないし……」

ウォレスは躊躇《ためら》った。

散々困らされた屋敷で飲み食いすることにウォレスは抵抗があった。

そもそもウォレスは『悪霊』が本当にいなくなったのか半信半疑だ。

ウォレスは断る口実を探そうと、カレンをちらりと見た。

だがカレンは、とある物をまじまじと見つめていた。

「ねえあなた、これ、もしかして……」

「うん？　どうした？」

「棚に置いてある帽子って……もしかしてエミリー夫人の麦わら帽子じゃないかしら？」

カレンの指差す方をウォレスが見た。

そこには、妙に綺麗な麦わら帽子が並べられていた。

網目は細かく、綺麗な半球を描いている。

また、様々な色違いのリボンが用意され、見ているだけでも華やかだ。

野良仕事などで使われる帽子とは一線を画しているのがウォレスの目から見てもすぐにわかった。

「俺はよく知らんが……確かに洒落《しゃれ》てるな」

「そうよね」

「ああ、エミリー夫人には懐妊のお祝いに帽子を贈りましたよ。丁度あそこにある麦わら帽子と似たようなものを」

「ほらやっぱり！」

店主の言葉に、カレンがそれ見たことかと喜色を浮かべる。

ウォレスは「しまった、出ていく機会を逸した」と思う一方で、胸を撫で下ろしていた。最近ケンカが多く、どうにも二人だけでいると気まずくなるときが多かった。こんな風に無邪気に笑顔を見せられるのも久しぶりという気がする。

「手に取ってご覧になりますか？」

「いいのかしら……？」

「ええ、どうぞ遠慮なく。こちらが婦人用で、こちらが紳士用になっております」

店主の勧めるがままにカレンは帽子を受け取った。

均整の取れた半球型ではなく中折れ帽であり、つばはさほど広くはない。

麦わらが綺麗に脱色されており、ほのかに温かみのある白色をしている。

大きな桃色のリボンが締められていかにも華やかだ。

そしてもう一つも同じ中折れ帽の形状だが、こちらはシックな黒いリボンが締められていた。

また色は明るい小麦色をしている。

「……綺麗なもんだな」

「どうぞ、ゆっくりご覧になってください。あ、今お茶を淹《い》れてきますね」

店主が奥へ引っ込んだタイミングで、キャロルがカレンに話しかけてきた。

「カレンさん、ウォレスさん、こちら鏡があるのでどうぞ被ってみてください」

「あら、ありがとう」

嬉しそうにカレンが帽子を被るのを見てウォレスは思った。

我が妻ながら、可愛《かわい》いじゃないか。

「似合ってるぞ」

「な、なによ、もう。あなたこそ被ってみなさいよ」

カレンの顔が、かぁっと赤くなる。

「俺はいいよ。帽子なんぞ被る機会なんてないし」

「いいから、はい！」

無理やり帽子を乗っけられて鏡の前に出された。

ウォレスは自分の姿を見て、おっ、これは悪くないなと思った。

「あなたも似合ってるじゃない」

「こら、茶化すんじゃない」

カレンがにやにやと鏡の中のウォレスを眺めている。

ウォレスはつい反論してしまうが、それでも普段のケンカのような険悪さはなかった。

「あ、そういえば、キャロルちゃんはここで働いてるの？」

「なんとか再就職できました……」

カレンが帽子を嬉しそうに被りながら雑談に興じている。

仕方ない、もう少しここに居ようとウォレスも諦め混じりに椅子に腰掛けた。

そしてようやく、店内全体を見渡す余裕が出てきた。

「なんていうか……爽やかな店だな」

どうせ薄気味悪い店だろうというウォレスの先入観が、少しずつ払拭されていく。

服や帽子、小物などが並べられているが、今被った麦わら帽子のようにセンスの良さを感じさせた。

特に目立つのはトルソーに着せられているシャツだ。

とても派手で、ウォレスはこれまで見たことも聞いたこともない。

ここまで傾《かぶ》いた服を着る勇気は流石にウォレスにはない。

どちらかというと、棚にそっと並べられている革製品の方が気になっていた。

「なんでカニの焼印を……？　そういえば看板の端っこにも似たようなマークがあったな」

「あ、これは店長のペットです。……ペットでいいのかな？」

「カニをペットにするなんて珍しい……。いや、でもユニークだな」

不思議な店だとウォレスは感じた。

高級感を感じさせつつも人を遠ざけるような気位の高さはない。

金が貯まったら自分も革の財布くらいは持ちたいものだとウォレスはしみじみ思う。

自分専用の革の小物を使いこなすことに、ウォレスは少々の憧れがあった。

「こちら試作品なんですが、良かったら」

白磁の、背の低いカップが出てきてウォレスとカレンは心底驚いた。

だがよく見ると、純粋な白一色のカップではない。

金色の筋が入っている。

「割れたカップを頂戴して修理したものなんです。ああ、大丈夫ですよ、体に害があるものは使ってませんから」

「金か……確かに金なら食器にしても問題ないだろうが……凄い発想だな」

「い、いいのかしら、こんな食器を使ってしまって」

「ええ。あ、修理品ですから言うほど高級なものではないですよ。少なくとも、新品を買うよりは遥《はる》かに安く仕上がりますし」

「そ、そうなのか……。ところでこれは、もしかして氷なのか？」

カップに盛られているものから、ひんやりとした空気が放たれている。

ウォレスが見たままに表現するならば「色付きの氷を細かく砕いたもの」と言えた。

「そうですね。濃縮したオレンジジュースを凍らせて細かく砕いたものです」

「アイスとはちょっと違うんだな。ほほう……」

実はダイラン魔導王国には、牛乳や卵を使ったアイスクリームは存在しているが、かき氷はマイナーだ。

理由はごく単純だ。美食のために氷を作ることが少々不道徳であると同時に、かき氷やシャーベットは栄養価が乏しい。食糧事情が悪かった時代の名残りで、ただ美味《おい》しいだけのものは厳しい目で見られがちだった。

「あら、美味しいわ！」

「そうだな……暑い日に食べる菓子としてはぴったりだ」

とはいえ、今日は猛暑だ。

そんな日に冷たいものを食べる誘惑に抗《あらが》える者は少ない。

それにこのウォーターアイスに使ったオレンジジュースは、ジルが魔法でオレンジジュースの水分を抜いて濃縮したものだ。自然な甘味と酸味は爽やかで二人の喉を潤していく。

「美味しいわね、あなた」

「ああ、これは美味《うま》い」

カレンの言葉にウォレスが頷いた。柑橘類《かんきつるい》特有の酸味と甘みは氷になっても舌を刺激するが、それは口の中でさらりと溶けて喉を潤していく。

「……白磁のカップを見ると若い頃を思い出すな。身の丈に合わない高級店に入って恥ずかしかった」

「ああ、あったわねそんなこと！　まったくもう、本当恥ずかしかったんだから！」

ウォレスは結婚する前に、勇気を出して高級なレストランにカレンを誘ったことがあった。だがそこは下級貴族と富裕層に足を踏み入れた庶民あたりの層が出入りする店で、若い頃のウォレスとカレンが出入りするには少々勇み足だった。ウェイターは微笑ましく受け入れてくれたものの、周りとの違いにカレンは身を縮こまらせたものだ。

「すまんすまん……あのとき初めて大ゲンカしたっけな」

ウォレスが、懐かしむようにもう一匙すくうとカップの底が見えた。

そこに傷口があったと思われる箇所がある。

金色の輝きが傷を誇らしげに示しているようだ。

割れたカップを直せるということ。

いさかいは収められるということ。

そして再び美しく生まれ変われるということ。

このカップがそれを象徴しているように思えた。

「……なあカレン。色々とすまなかったな」

「え、どうしたの急に？」

「忙しいとか言って話をあまり聞かなかったり……平日の昼間も任せきりにしちまってた。甘えてた」

「な、何よ急に……恥ずかしいじゃない！」

この人たちいきなりイチャイチャし始めたんだけど何事？　という店主たちの生ぬるい視線は、ウォレスとカレンに届いていなかった。夜どころか昼にさえなっていないのに愛を囁《ささや》きあい、お互いを褒《ほ》め称《たた》えている。

「ああ、カレン。お前にはあの帽子なんか凄く似合うんじゃないか？」

「そ、そうかしら？　でもあなただって似合ってたわ」

「じゃあ……二つセットで買うか」

「あ、麦わら帽子は一つ一万ディナですので、合わせて二万ディナになりますが……」

店主の説明に、ウォレスとカレンは心の中で「思ったより安い」と快哉《かいさい》を叫んだ。

そして二人ともカウンターに身を乗り出すように言った。

「買った！」

course 4

舞台を照らせ、天使の光

menu

水分補給、足りてますか？
桃のジュースはいかがでしょう

Witch Hand Craft

どうせ仲直りするんだから、最初からケンカなんかしなければいいのに。

「馬鹿野郎！　あそこにゃ地下水が溜《た》まってるから気ぃつけろって言っただろうが！」

「兄さんが説明不足なんだよ！　あそこってどこだよ！」

また、ダスクとドーンが兄弟ゲンカしていた。

洞窟は天井が低いから、声がそこかしこに反響してひどくうるさい。

みんなやれやれという顔をしている。

「今回はどうしたの？」

私は耳を押さえながらガーメントに尋ねた。

「穴を掘るルートを間違えそうになったんだ。すぐに気付いて作業は止めたみたいだが」

「あー、そうなんだ」

またいつものことだね、という呆《あき》れと納得のニュアンスは、正確にガーメントに伝わったようだ。

彼もやれやれと共感するように肩をすくめた。

「兄に向かってなんだその口の聞き方は！　おめーとは絶交だ！」

「こっちこそ！」

ダスクとドーンがツルハシを投げ捨てると、がらんがらんという音が響き渡った。

そこだけ妙にリズミカルで、まるで打楽器の演奏が流れているかのようだった。息ぴったりだと思わず笑いが零《こぼ》れそうになるけど、バレたら二人とももっと不機嫌になるから頑張ってこらえた。

二人とも途中まで黙って歩き、途中で正反対の方向に別れた。この洞窟はまだまだ狭いので、顔を合わせない方法は限られている。兄のダスクは倉庫へ、弟のドーンは厨房《ちゅうぼう》へと向かった。

「仲良くすればいいのに」

「仲がいいからケンカもできるんだ。本音を言える家族が近くにいるだけ羨ましい」

その寂しそうな言葉に、私はちょっとかちんと来た。

「……おととい、ガーメントは私の顔にいたずら描きしたでしょ。私にケンカ売ったもん」

「あれはお前が寝坊したバツだ。それに魔法の絵の具だから跡も残らない」

「じゃあ今度ガーメントが寝坊したらいたずらする」

「ああ、やってみろ」

ガーメントが不敵に笑い、私もにやりと笑った。

罪のないイタズラを仕掛けてはやり返し、やり返され、ときには本気で怒ったり、怒られたりした。彼に驚かされ、彼を驚かす時間が、たまらなく好きだった。

「さあて、僕はドーンの方を見てくる」

ガーメントは私に「もう一人はよろしく」と暗に伝えている。こういう兄弟ゲンカの話を聞けるのは私たちくらいのものだからだ。

伯父様は自分の弟……つまり私のお父様と仲が悪いどころではなく明確に政治的な敵同士なので、兄弟ゲンカを収めようとしてもまったく説得力がない。リッチーは逆に兄に頭が上がらないのでこれもまた何も言えない。

なので、ダスクとドーンがケンカしたときは自然と私とガーメントが仲裁役になる。もう何度目のケンカかもわからないので、ガーメントとの呼吸もぴったりと合っていた。

「わかった」

私は倉庫の方へと向かった。

倉庫の木箱の中は私の定位置だが、ダスクの定位置は箱の裏側の、物陰になっている場所だ。ダスクはそこでぼろきれを敷いて、腕を枕にして脚を組んでフテ寝していた。

「おう、お姫様かい」

「はい、お姫様です」

「……こう、口説き文句じゃなくて、当たり前の事実として『お姫様』って呼べるのは面白えな」

「ダスクは、お姫様じゃない人にもお姫様って言うんですか？」

「女の子はみーんなお姫様よ。生まれや育ちの問題じゃあねえさ」

「そういう風にナンパするんですか？」

ごろんと寝ていたダスクが笑いながら上半身を起こした。

「あたぼうよ……つっても、あいつの方がモテるんだけどな」

「ドーンの方が？」

「あいつ、なんていうか細かいんだよ。気遣いもできるし。仕事は真面目だし。見る目がある女はドーンの方になびく。お祭りなんかじゃ俺の方がモテるんだけど長続きしなくってな。俺ぁちゃらんぽらんだ。自分でもわかってんのさ」

元気を出したと思ったら、そんなこともなかった。

「なんか、イヤなこと思い出したの？」

「……あいつの嫁、俺たちの幼馴染《おさななじみ》だったんだがな。俺もけっこう好きだったんだよ」

「え、ドーンって結婚してたの!?」

二人ともちょっと目つきの悪いところがあるし、ドーンなんてモヒカン頭だ。女の子にモテると言われて疑問符が頭に浮かんだが、結婚していたのは更に驚きだった。

「子供もいるぜ。女の子だ。俺の方はいまだに独身よ。まあ別に気楽でいいんだけどな」

「じゃあ、外に出たら結婚相手探し？」

「いや、姪《めい》っ子《こ》にお土産買ってく。目に入れても痛くねえってやつよ」

その仕草が本当に嬉《うれ》しそうで、私は思わずはにかんだ。

「その子とお友達になれそう」

「格好《かっこ》いいおじさんがいる仲間だ。マブダチになれるさ」

「そこはどーかな？」

「おおっと、俺が格好良すぎるか。格好いいのは罪だな」

「ポジティブすぎるところは凄《すご》いと思う」

私が呆れ気味に呟《つぶや》くと、ダスクは面白おかしそうに爆笑した。

ダスクは大言壮語を吐くし自慢するし、多分嫌いな人は嫌いなんだろう。

でも私も、そして巌窟《がんくつ》騎士団のみんなも、ダスクのことが嫌いではなかった。

「……なんでケンカしたの？」

「別に大したことじゃねえさ」

「でもいつもより怒ってた」

「……そうだな、そうかもしれねえ。ちょっと焦ってた。そろそろだからな」

そろそろ、という言葉の意味がわからず、私は首をひねった。

だがそれを見て、ダスクがまったくやれやれとばかりに肩をすくめる。

「おいおい、忘れたのか？　おめえの十一歳の誕生日じゃねえか」

「……それと、なにか関係あるの？」

「誕生日プレゼント。外の空を見せてやりたかったんだよ」

ダスクが恥ずかしそうにそっぽを向きながら答えた。

今度は私がまったくやれやれと肩をすくめる番だった。

「ナンパが上手」

「うるせえやい」

「でも、私、ここから出たくありません」

「おいおい。毎日泥まみれでメシも単調だってのに、よくそんなことが言えたもんだ」

「だって、毎日楽しいですもの。じめじめして暗いけど、気分はいつも晴れです」

ここに暮らしてもう何日目になるだろうか。

魔法の事故によって私が召喚された日から、もう一ヶ月以上経っているはずだ。

ここでの暮らしは楽しい。

王城での息が詰まる暮らしなんかよりも、遥《はる》かに。

皆、遊びでここにいるわけでないことはわかっている。

けれど私は、ここでの生活が充実していた。

ただそれでも狭いし暗いし、太陽も雲も一ヶ月以上見ていない。私だってストレスが溜まる。みんなはもっと内心溜め込んでいると思う。それでもダスクは冗談を飛ばし、げらげらと笑い、意識的なのかどうかはともかくとして明るく馬鹿馬鹿しく振る舞った。

そして弟のドーンは、兄が暴走しないようにいつもフォローしつつ、寡黙に自分に与えられた仕事をこなす。

やがて来るであろう、この洞窟からの脱出の日のために。

「そうだな。止《や》まない雨はねえ。晴れねえ雲はねえ。希望はいつだってある。それがウチの家訓よ……だから、こんな洞窟にだって晴れの日は来るのさ」

ダスクはそう言って、人差し指を天井へと向けた。

その天井が、少しずつ明るくなっていく。

柔らかく温かみのある光がダスクの指先から放たれている。

これは、ダスクだけが使える特殊な魔法。

その名も【快晴】だ。

「勝手に魔法使っちゃダメだよ？」

「でーじょうぶだ。ちょっと湿気が溜まってたから、どのみち払っておかなきゃいけねえ。食料が腐っちまうからな」

これは、私の【照明球】とはひと味もふた味も違う。【照明球】は光で周囲を照らすことが目的であるが、ダスクの【快晴】は、「晴れ」という天候や状況そのものを召喚する魔法だ。周囲には陽《ひ》の気配が満ち、湿気も寒気も消え去っていく。麦や野菜にも良い影響を与えるらしい。【照明球】のように小さな魔力で放つことはできないが、力強さや魔法としての格は、【快晴】の方が遥かに上だった。

一方で、弟のドーンは雨を呼ぶことができる。これも【快晴】と同様に凄《すさ》まじい魔法で、この二人の魔法があれば救われる集落も多いことだろう。

だが、二人はこの魔法を他人に見せることはないらしい。コンラッド伯父様に対しても、この洞窟で閉じ込められることになるまで一言も言わなかった。

「暖かいね」

「あったけえのはいいことだ。あったけえばっかりでもダメだけどな」

「ダメなの？」

「人生には潤いが必要だ。コンラッドの旦那がよく言ってるだろう？」

確かに伯父様はそんなことをよく言っている。そこまで深い意味で言ってはいないと思うけど……とは言わず、私はこくりと頷《うなず》いた。

「俺の使う【快晴】、そしてドーンの使う【雨雲】。どっちも禁止された魔法なんだ。他人に見せちゃいけねえ」

「……どうして、って聞いていいの？」

「おめえ歳の割には言葉遣いが賢いんだよなぁ。大人の事情なんざ気にしなくていいんだよ」

私の言葉に、ダスクが苦笑して肩をすくめた。

「だいたい聞いちゃ悪いならこんな話はしてねえさ。理由は簡単だ。ご先祖様がこの魔法を使って大失敗しちまったのさ」

「大失敗？」

「ご先祖様は、ありったけの魔力を使ってこの島に来る大嵐を止めようとした。それは大成功した……っつーか、しすぎちまった。アルゲネス島は半年間、まったく雨が降らねえ状態になっちまった」

それが本当なら、大災害だ。

一瞬冗談かと思ったが、ダスクは普段とは違って厳しいまなざしをしていた。

「まあ魔法で水は作れるが、それで助かるのは魔法が使えるやつらだけだ。魔法の使えねえ農民は干上がっちまうし、食料だって不足する。ご先祖様は首を刎《は》ねられちまうところだった」

「ってことは、助かったんですか？」

「おまえごときの魔法でそんな大それたことができるわけねえって、笑われちまったのさ。古代の遺産を使ってるわけでもねえし、血筋だってただの平民だ。単なる偶然が重なったんだろうってな」

私は思わず、ごくりと唾を飲んだ。

「……実際、どうだったの？」

「わからん。ただ、島全体の天候を制御するなんざ大魔法もいいところだ。俺だって何ヶ月もずっと晴れっぱなしなんてのはできねえ。本気でこの魔法を使ったこたぁないが、仮にやったとしても普通の雨を三十分止めるくらいのもんよ。ドーンも多分、似たようなもんだろう」

ダスクが皮肉っぽい笑みを浮かべた。

「……ただ、ご先祖様が干ばつのきっかけを作ったのは間違いねえと俺は思ってる。その証拠ってわけじゃねえが、ご先祖様は責任を感じて【快晴】と【雨雲】の魔法を封印した。使わねえと国や世界が滅びそうなとき以外、空を操ってはダメだってことにした」

「さっきも使ったじゃないですか」

「ちょっとその辺を暖かくしたり、水の気配を払ったりする程度なら他の魔法とそんなに区別はつかねえからな。それに、ホンモノの空に干渉しちゃいない」

正直、見たいと思った。

もちろんダメな考えであることはわかっている。

「ダメだ。見せてはやれねえ」

「何も言ってないよ」

「顔が言ってらぁ」

「……顔で言ったかもしれないけど、本当に見たいとは思ってないもん」

「そうだな。おめえはいい子だ。大人の言うことをよく聞く。別にもっとやりたいことやっていいのにな」

ダスクが私の頭を撫《な》でた。

見透かされたことを認めるようで、つい手を振り払う。

「それにどうせ私、強い魔法は覚えられないし」

「魔法の強い弱いなんてつまんねえこと気にすんなよ。俺だってケンカは弱えさ。声と態度がでけえばっかりでな」

だが、ダスクは気にせず私の頭を撫で続けた。その声は、普段のダスクとはどこか違った。妙に寂しさを感じさせるものだった。

「人間一人にできることなんざ限界があるんだ。コンラッドの旦那を見てみろ。別に旦那は腕っ節があるわけじゃねえ。それでもみんな、旦那についていこうって決めたんだ。それが本当の強さってもんだ」

「……うん」

私が頷くと、ダスクも嬉しそうに頷いた。

「だから、魔法は見せなくてもいいからドーンと仲直りして」

「は？」

ダスクは、一瞬呆《ほう》けたような顔をした。

そして弾けるように笑った。

「あっはっは！　こいつぁ一本取られたな！」

「私、ケンカの仲裁に来たんです。お叱りもらうために来たんじゃありません」

「そうかそうか。だったら俺が見当違いだった。悪いなお姫様」

「わかればいいんです、わかれば」

なおもダスクは笑い続けた。

そして私のほっぺをぷいっと引っ張った。

まるで子供をあやすような仕草に少々腹が立つ。

「こらダスク、何するんですか王女のほっぺに」

「気に入った。お姫様。俺の魔法を見せてやることぁできねえ。だが、教えてやらんでもねえ」

「いや、流石《さすが》に怖いから要らないですけど」

「全部は教えねえ。ただ、ちょっとしたコツみたいなものだけだ」

人の話を聞いてますかと怒ろうとしたが、私はこのとき好奇心に負けて聞き返した。

「コツ？」

「天気ってのは操作するもんじゃねえ。お願いするもんだ。そしてお願いする相手ってのは何もお天道様だけが相手じゃねえ。原っぱに生えてる草や、森に生えてる木。野山を走ってる馬や猿。どこにでもいる虫。神々しいものだけじゃねえ。そこらにありふれているものやちっぽけなものを尊び、頭を下げて、どうか俺の話を聞いちゃくれねえかと頼み込む。そういうもんだ」

「……………それって魔法なの？」

「なんでえ、そんなに変か？」

きょとんとした顔で聞き返された。

でも、私が教わった魔法の考えとはあまりにかけ離れている。

正直ちょっとびっくりした。

「……お母様は、魔法っていうのは敵を倒したり支配するためのものだって言ってた」

「うっわ、やだやだ。俺って育ちがいいからそういう野蛮なノリ嫌いなんだよ」

はぁーあと、びっくりするくらい大きな動作で肩をすくめて、海の底まで届かんばかりに深い溜《た》め息《いき》をついた。あまりにオーバーすぎて笑ってしまった。

「へんなの」

「なんだよ、じゃあお前はどっちがいいんだ？」

「…………きらい」

「どっちが？」

「お母様の教える魔法。本当は、だいっきらい」

「そうだな、悲しいことだ」

「悲しいこと？」

「魔法で誰かを支配したりされたり、殴ったり殴り返さなきゃ生きていけねえのは悲しいもんだ。どっかで終わらせなきゃいけねえ。魔法は、みんながハッピーになるために使うのが一番さ」

「召喚事故……？　っていうか召喚って、何……？」

朝に目を覚ましたジルは、ベッドで目をぱっちりと開けて疑問を呟いた。

だがその答えを持つ者は、どこにもいなかった。


雑貨店「ウィッチ・ハンド・クラフト」シェルランド支店が開店した。

幽霊屋敷の謎を解いて、ご近所に住む人々の警戒や心配を解いて華々しくオープンしたその店は、閑古鳥《かんこどり》が鳴いていた。

「はー、今日は晴れると思ったけど雨が強くなってきたねぇ……」

モーリンがうんざりしながら呟いた。

ここ数日間の天気はとても悪く、今日もざぁざぁと雨が降っていた。湿度が高く気圧も低いせいか、生地や服を整理しているキャロルもどこか本調子ではない。

「明日から本格的に嵐になるみたいです。はー、やんなっちゃいますねぇ」

キャロルがそんなことをぽつりと呟いた。

「毎年この時期は仕方ないさ。秋も近いしね」

モーリンはそう言いつつも、キャロルと同じくどこか憂鬱そうだ。

「てんちょー。お店の方はどうしましょ……てんちょー？」

「え？　あ、この様子だとお客さんも来ないでしょうし、明日は休みにしましょうか」

ジルは、物思いに耽《ふけ》っていて反応が遅れた。

どうにも夢を見て以来、空模様や天気が気になって仕方がなかった。本来は客足の少なさや幸先《さいさき》の悪さを心配して色々と考えるべきなのに、どうしても頭に考えがまとまらない。

「ご主人様も本調子じゃなさそうだね」

モーリンが苦笑した。

「うーん……そういうわけでもないのですが」

ジルは、ちょっとまずいなと思った。

妙な夢を見てしまったばかりではない。お店が具体的な形として出来上がったために、少々満足してしまっている。このままではいけない。

「……よし、嵐が過ぎたら客さんを呼び込む作戦を考えましょう。って、え、嵐？」

「呆れた、本当に上の空だったんだね」

「す、すみません。ええと、嵐ってけっこう大変ですよね？　なにかした方がいいですか？　森の屋敷に避難民を連れてくとか、神殿に寄付するとか」

「あはは、そんな大それたもんじゃないよ」

ワンテンポ遅れて慌てふためくジルを、モーリンがくすっと笑った。

「このへんは夏から秋にかけてよく嵐が来るのさ。ここを建て替えした大工だって承知の上だよ。屋根はきっちり手入れしたみたいだし雨戸も新品にしてるから、しっかり戸締まりしておけば大丈夫と思うよ」

「あ、なるほど……じゃあ貴重品は屋敷の方に持っていって、あとはモーリンさんの言う通りしっかり戸締まりするくらいにしておきましょうか」

「あいよ」

「嵐を止められたらいいんですけどねぇ」

「あっはっは、確かにそりゃいい。家も壊れないし人も怪我《けが》しないからね」

モーリンがからからと笑い、そして肩をすくめた。

「でも来ないなら来ないでそれも困りもんなんだよね。川や湖が干上がっちまっても困っちまうし」

「ですよねぇ。バランス良く降ったり晴れたりすると嬉しいんですが」

「そうはいかないのがお天道様ってもんさ。とはいえ仮面舞踏会までにはなんとかなってほしいもんだけど」

モーリンが発した耳慣れない言葉に、ジルは思わず尋ねた。

「仮面舞踏会……って、なんですか？」

「あ、ご主人様はまだ知らなかったか。夏の終わりの収穫祭のあたりでの定番の催しでね。仮面を付けて貴族も庶民も踊って遊ぼうってやつで、その日ばかりは無礼講なのさ」

「えっ、なにそれ凄く面白そうなんですけど」

和気あいあいと雑談を交わしていた、丁度そんなときのことだった。

扉の前に、気配がある。ごそごそと雨具を仕舞《しま》う音がする。

「おや、またあの夫婦かね？」

モーリンが声を潜めながらカウンターに入った。

お隣のウォレスとカレンの夫婦は、事あるごとにこの店に来て茶を楽しんでいた。キャロルが言うには、長年の夫婦ゲンカがこの店の開店をきっかけに不思議と解消したらしく、お礼を兼ねて食事を楽しんでくれているらしい。

ジルたちがこっそり茶の用意をしながら待つと、ドアにつけたベルが鳴り、一人の客が入ってきた。

予想外なことに、ウォレスとカレンの夫婦ではない。まったく初めての客だ。

「おおい、まだお店やってるかぁ？」

「えっ、あっ、いらっしゃいませ！」

なんとも迫力のある美丈夫だと、ジルはひと目見て思った。

オールバックにした艶やかな漆黒の髪。張りのある小麦色の肌、高い背、そして分厚い胸板。服は、ワインレッドのチュニックをさらりと着こなしている。目鼻立ちがくっきりしており、背筋がぴんと伸びている。妙に大きく見えたが、実際の背丈はそこまででもない。

視線と姿勢がまっすぐで、不思議と大きく見える。そんな男だった。

「つたく、晴れると思ったら今日も雨か。濡《ぬ》れちまったよ」

「大丈夫ですか？」

服が濡れているのを見て、ジルはタオルを渡した。

「おお、悪いな……眺めてもいいかい？」

「ええ、どうぞ。男性用ももちろんございます。ぜひ手に取ってご覧ください。試着されるときは声を掛けて頂ければ」

「ああ、ありがとう」

声も張りがある。

声楽か何かの訓練を受けていると思わせる、惚《ほ》れ惚《ぼ》れするような美声だ。

恐らく顔立ち以上に、声こそがこの人の魅力なのだと思わせる。

「ふぅん……。聞いてはいたけど、これは面白いじゃないか……」

男は、しげしげと服や小物を眺めている。

特に興味を示したのはアロハシャツだ。模様や形状をつぶさに観察している。

「なあ、店員さん！」

「あっ、はい。なんでしょう？」

「これ、他の色はないのか？　たとえば白地で絵だけがあるようなものは？」

「ごめんなさい、今は切らしてますね」

「惜しいなぁ……そういうのがあれば舞台で映えるんだが」

「舞台？」

ジルがきょとんとした顔で呟いた。

そこで、キャロルがジルに説明するように口を挟んだ。

「あのう、間違ってたらすみません……金糸雀座《カナリア》のトップスター、ブランドン様ですね？」

「おや、もしかしてファンかな？　はっはっは、ありがとう！」

ブランドンと呼ばれた男が、眩《まぶ》しい微笑《ほほえ》みを浮かべた。


ブランドンは雪花絞りのシャツを一着買い、さらりと帰っていった。

ついでに「また改めて来る」と意味深な言葉を残して。

「すみませんキャロルさん。金糸雀座って何ですか？」

「この町で一番評判の高い劇団ですよ！　私、びっくりしちゃいました……！」

「ああ、演劇をやってらっしゃる人ですか」

なるほど、とジルは納得した。

立ち居振る舞いがそこらの貴族よりもどこかぴんとしていた。人に見られることを当たり前のものとして受け入れている、そんな気配を感じた。ジルが一瞬、どこかの王族なのかと思ってしまったくらいだ。

「歌も歌いますが、やはり演技の評価が高いですね！　私もたまに演劇を見にいくんですけど、本当に凄くって……！」

「キャロルさん、観劇趣味があるんですね」

「特に、投獄された男が死刑を受けるまでの十日間を描いた『ロアールドの十夜』の死刑囚役がもっとも評判が高いですね。過ちを犯し、悔い改め、復讐者《ふくしゅうしゃ》に対峙《たいじ》する演技は批評家の評価も高いんです」

「はぁ」

「他にも、魔族と人間の許されない恋を描いた『魔王裁判』、三人の王子の愛憎に満ちた王位争いを描いた『三羽鴉《がらす》』、脛に傷を持つ博徒や元犯罪者たちが開拓民になり、罪を悔いながら力を合わせて宿場町を作る『暴れ竜食堂』など、様々な演目で活躍しています。情念のこもった演技は他の男性俳優の追随を許さず……」

キャロルは早口であれこれと演目と登場人物の名を挙げつつブランドンを絶賛した。彼女の目がきらきら……いや、ぎらぎらしているとジルは思った。

「ええと、キャロルさん、ファンなんですか？」

「……………はい。すみません、つい熱くなっちゃって……」

キャロルが恥ずかしそうに俯《うつむ》いた。

「いや、でも、この町でファンじゃない人間というのはそうそういないんですよ、本当に」

「面白そうですね、私も機会があれば観てみます」

微笑ましいものを見た気持ちになった。

だが、キャロルは首を横に振った。

「いえ、チケットは普通には手に入りません。予約しても半年……いや、一年後の公演になるかも」

「え、そんなに!?」

「そのくらいの俳優なんです。ブランドンは」

「はぁ……」

凄い人もいるものだ……と思い、あれ？　とジルは気付いた。

「そんな凄い人が、なんでウチに？」

ジルの疑問に、モーリンが答えた。

「エミリー夫人あたりから伝わったんじゃないのかい？　あの人、観劇趣味もあったはずさね」

「……もしかして、けっこう大変なことになったりします？　あの人に触発されてお客さんがたくさん来るとか」

ジルも当然、物を売るために雑貨店を営んでいる。客が来るのは喜ばしい。だがこのまま客が押し寄せて「期待させておいて肝心の商品がない」という事態になることは避けたかった。

「いや……どうでしょうね？」

キャロルの返事は曖昧だった。

「あれ？」

「ブランドンのプライベートってあんまり知られてないんですよね。お忍びで行動してるか、ずっと稽古してるかのどちらかって、ファンの間ではもっぱらの噂《うわさ》です。町で見かけたのは私も初めてですし……これは凄く珍しいですよ」

「へぇ……」

「芝居以外のことでもてはやされたりするのが苦手なんだとか。そういうストイックな姿勢を含めて老若男女問わずファンから好評を得ていて……」

「凄い人なんですねぇ。でもそれなら、ブランドンさんのファンが押しかけて大変なことになる……ってこともないですかね？」

「ですね、多分大丈夫だと思います」

キャロルの返事に、ジルは安心してホッとする。

だがジルは、すぐに見通しが甘かったことを知ることになる。

嵐は過ぎ去った。

さほどの猛威を見せることはなく、古い建物の雨漏りこそ頻発したものの川の洪水や氾濫、家屋の倒壊といった大きな騒ぎは見せなかった。こころなしかシェルランドの町の住民もほっとしており、太陽が燦々《さんさん》と降る町並みを歩いている。雨漏り修理に駆り出されている大工が昼休みで談笑している声が、店の方にもかすかに漏れ聞こえてきた。

町の人は嵐の後始末に追われてまだまだ遊ぶ余裕もないようで、今日も『ウィッチ・ハンド・クラフト』シェルランド支店は閑古鳥。

ジルがそう思っていた矢先のことだった。

「なあ、きみ！　俺の舞台衣装を作ってみないか？　報酬は弾むぞ！」

再びブランドンが店にやってきた。

そしてつかつかとカウンターに直行し、開口一番にそんなことを告げた。

「え、ええ……？」

嵐の如き勢いにジルは狼狽《ろうばい》し、たまたま様子を見にきていたガルダがぎょっとした目でブランドンを見る。

「おっと、いきなり言われても困るか」

「そ、そうですね」

落ち着いてくれたかとジルは一瞬ほっとする。

「では一から説明しよう！　演目は『エンジェルズラダー・ドロップアウト』。定期公演をやってるネタなんだが知ってるかい？　南の方にあった集落のフォークロアを舞台用の脚本にリライトしたものでな。いんちき占い師として金をふんだくってる男が、災害の予知夢を見てしまって本物の救世主になるってお話なんだが……」

だがブランドンの方はまったく落ち着いていなかった。

怒涛《どとう》のごとく情報の洪水を浴びせてくる。

「ちょ、ちょっと待って！　待ってください！」

「あ、忙しかったか？」

「いえ、そうではなくて……舞台衣装、ですか？」

「ああ、そうだが？」

当たり前だろうと言わんばかりの自然な返事だ。

何をどう話せばいいかジルは悩んだ。

「あー……ジルさんよ。お前さんそういう受注制作の仕事って請けてんのか？」

たまたまその場に居合わせたガルダが口を挟んだ。

「ん？　誰だいお前さん」

「ここの店主の取引相手だよ」

「そうか、じゃああんたも話に加わってくれ」

ブランドンがガルダの横槍《よこやり》などまったく気にせず、もう一度説明を始めようとする。

ガルダさえもブランドンの強引さに押されつつあった。

そこにモーリンが溜め息交じりに話に割って入った。

「ほぼ初対面でそういう込み入った仕事の話をされても困るんだよ。物事の順番ってものを守ってもらわないとウチのご主人様だって困って……ご主人様？」

「舞台衣装」

モーリンが心配して話しかける。

だがジルに声が届いている様子がない。

「舞台衣装ということは……少々ブッ飛んだものであっても構わないのでしょうか？」

ジルは最近、ちょっと気が抜けていた。

支店が出来上がって、少しばかり目標を達成してしまって「次はなにをしよっかな」と迷っていたところだ。加えて変な夢を見たこともあり、もやもやしたまま数日を過ごしてきた。

だが、「演劇に使う舞台衣装を作る」という話を聞いたときに、うっかり痺《しび》れてしまった。アイディアがぽんぽんとジルの頭に飛び交い始める。

「あったりまえじゃないか！」

ブランドンが手を広げて、ジルの問いを大いに肯定した。

「主人公の占い師はもともと詐欺師で、貴族のボンボンに化けたり女装したり、あるいは幽霊に化けたり、色んな変装をする……つまり、舞台の上で七変化するってわけだよ。楽しいと思わないか？」

ジルとブランドン以外の、その場にいた全員に危機感と呆れの混ざった視線が交錯した。

こんな面白そうな話に、ここの店主が飛びつかないはずがないじゃないかと。


「今まで招待状を贈る側ばかりだったので、もらう側というのは新鮮ですね」

雑貨店の休みの日、ジル、モーリン、キャロルの三人はシェルランドの大通りを歩いていた。

彼女らの向かう先は劇場である。

「こんな風に前列のチケットもらえるなんてなかなかないことですよ……！　チケット争奪戦が凄くって、前列の席なんて一度も手に入れられたことがなくって……！」

キャロルは手を広げて嬉しさを露《あら》わにしている。

やれやれとジルとモーリンが微笑みつつ肩をすくめた。

「劇場は逃げないさ。まだ時間はあるしゆっくり行こうじゃないか」

「あっ、す、すみません。ついはしゃいじゃって……！　でもこんなことになるとは思ってもみなくって……！」

つい先日来たブランドンは、突然様々な提案をとめどなく浴びせまくって帰ったが、実際にどうしようかとなると意外と慎重だった。後から手紙が来て「公演をご覧になって頂いた上でご検討頂ければ幸いです」という一筆とともに公演のチケットが送られてきたのだ。

「ご主人様は観劇とかしたことあるのかい？」

「あることはあるんですけど、社交の場になるから集中して見られないんですよね。純粋に劇を見るだけっていうのは初めてかもしれません」

「……気苦労が多いと確かに楽しめなそうだね。ま、今日はせっかくの休みだし、楽しむとしようじゃないか」

「そうですね」

モーリンの苦笑交じりの言葉にジルが頷く。

そんな風に雑談をしながら歩くうちに、すぐに劇場の入り口に辿《たど》り着《つ》いた。

これはなかなかどうして、美しい建物だとジルは一目見て思った。

「これは素敵なところですね……！」

赤レンガ造りの瀟洒《しょうしゃ》な建物だ。正門は重厚で、女神と装飾の草花が彫り込まれている。有機的で躍動感溢《あふ》れる佇《たたず》まいだ。その一方で青みがかったグレーの屋根も、壁に並ぶ窓も、幾何学的かつ均等に配置され、格調の高さを演出していた。

入り口の扉の両脇に控える門番は腰に剣をぶら下げているが、そこまで物々しくはない。真っ赤なチュニックには革のベルトを腰に回し、首元には飾り紐《ひも》を締めている。真っ黒いシンプルな黒いズボンと相まっていかにも伊達男《だておとこ》といった風情で、門をくぐる客ににこやかな微笑みを向けていた。

そしてジルたちは受付にチケットを渡し、観覧席に着席した。窓はカーテンで締め切られており、昼間だというのに明かりに頼らなければならないほど暗い。座席はゆったりしており、背もたれも肘掛けもしっかりしている。ジルがちらりと見たところ、後方の座席は簡素なもので、もっと後ろは立ち見席だった。キャロルもジルと同じことに気付いたのか、ぷるぷる震えながら呟いた。

「ここ、関係者席やビップ席ですよね……？　近くに俳優さんとか脚本家さんとか座ってるんですけど……」

「キャロルさんは嬉しくないですか？」

「嬉しいを通り越して怖いです。我を忘れてサインもらいに行きたくなります。そのときは止めてください」

「ブランドンさんとかこないだ来たときにもらっておけば良かったですね」

「あっ、確かに……！」

ジルたちが忍び笑いをもらす。

すると、もともと弱かった会場の明かりがまた一段と暗くなると同時に声が響いてきた。

「本日はアンリ・クラリッサ平和祈念劇場にご来場頂き、誠にありがとうございます。これより公演する演目は、金糸雀《カナリア》座による『エンジェルズラダー・ドロップアウト』です。なお公演中は静粛にお願いします。飲食につきましても……」

その他、細々《こまごま》とした注意喚起をしたあとに、ごゆっくりお楽しみくださいと言って司会は言葉を締めくくった。

そして数秒後。

舞台に降ろされた幕が、ゆっくりと上がっていく。

「おおっと！　今日のあんたたちは人生でいっとう運のいい日だ！　なにをやったって上手《うま》くいく！　博打《ばくち》をしたっていいし、好きなやつに思いの丈を伝えたって構わない。さあさあ、景気良くいってみな！」

騒がしくも陽気な声が、観客席に響き渡った。

圧巻、の一言だった。

ジルは正直言うと少々舐《な》めていた。王城で暮らしていた時期に観劇をしたことは何度かあった。あまり面白いと思ったことはない。それは上演する目的が王と王妃を喜ばせるため、あるいは不興を買わないためのものであり、その他の観客を向いたものではなかった。

現行の王室や政策を賛美する内容が随所にちりばめられており、率直に言って「媚《こ》びている」と評されても仕方のないものしか見ていない。それならばジルは、コンラッドが読み聞かせてくれた物語の方が遥かに面白かった。

そのためジルは、舞台というものにそこまで期待を寄せてはいなかった。「まあ王城に居たときよりは面白いだろうけど」程度の思いは完全に裏切られた。

「凄かったですね……！」

ジルは、高揚した顔でキャロルやモーリンと頷き合った。

「こんな素晴らしいお話とは思ってもみませんでしたよ……。王都ではこんなの見られませんね……！」

ジルは、自分が思ってもいないほどに興奮していることに気付いた。

今回の演目は喜劇であり人情話であった。ブランドン扮《ふん》する主人公サンソンは詐欺師で、普段は占い師に変装して酒場や賭場に出入りし、金持ちを見つけて大金をせしめる……という悪党だ。

とはいえ狙う金持ちは身分下の人間をいじめる貴族であったり、あるいは税金を横領する徴税役人であったりで、善良な金持ちを狙うことはない。奪った金も、ひとしきり自分が飲み食いした後はスラムの子供たちや養護院にこっそり配ってしまう、そんな義賊のような詐欺師であった。

放蕩者《ほうとうもの》に見えて技巧は鋭く、そしてある一面ではとことんお人好《ひとよ》し。そんなサンソンのもとに、一人の少女が落ちてくる。サンソンは慌ててその子を解放した。

目が覚めた少女はサンソンに、自分は天使であると告げる。

更には、近い将来、町に大きな地震が起きるらしい。地が揺れ、建物は倒壊し、人は大勢死ぬ。

そして天使たちを統括する天使長は「退廃した町を救うこともない」と言って座視する構えだ。

しかし、サンソンの前に落ちてきた天使は違った。悪徳に塗《まみ》れた町にも守るべき善人がいると知っていたのだ。それこそはサンソンであり、サンソンが庇護《ひご》する貧民街の人々だった。

だが、天使は少々間抜けであった。サンソンの「仕事」については見落としていた。サンソンの変装があまりに見事すぎて、天という遠い距離からはサンソンが詐欺をしていることなどまったくわかっていなかったのだ。

天使はサンソンの真実の姿を知ってショックを受ける。しかも天の国から抜け出たときに羽を怪我して、天の国に戻ることができなくなっていた。

このままうかうかしていれば町は大地震に襲われてしまう。大ピンチの中、サンソンは「だったらこの町の悪党共を改心させて、全員救ってみせらぁ」と大言壮語した。

こうしてサンソンは天使の力、そして変装や騙《だま》しのテクニックを使い、悪辣な人間に罰を与えるのではなく改心を促す大芝居に打って出るのだった。

……といったあらすじで、コメディ、恋、友情、人間のしょうもなさや情けなさ、時として見せる気高さが入り混じった面白おかしいストーリーが展開していった。

ブランドンは、サンソンのちゃらんぽらんでありながらも底抜けに優しい男を情緒豊かに演じきった。また、手品のような早着替えも見事であった。一瞬で老婆に化けたときは、声も振る舞いもまさに老婆そのものであった。

愉快で痛快な舞台の背景には、入念に計算された演出があり、そしてたゆまぬ努力の結晶ともいうべき演技力がある。千変万化するその姿に、ジルは感動した。

劇場ではまだ興奮冷めやらぬ観客たちが、ざわざわと驚きや感動を語り合いながら観客席から退場していく。そろそろ自分らも移動するか、とジルが思ったあたりで、隙のない黒い立て襟のシャツを着た小柄な男が近づいてきた。

「すみません、ジル様でいらっしゃいますでしょうか」

「はい。なんでしょうか？」

「ご挨拶が遅れて申し訳ございません。金糸雀座のマネージャーを務めているクリスと申します。先日はうちのブランドンが突然お邪魔してしまったようで……」

「いえ、ご来店ありがとうございました」

「その……大丈夫でしたか？」

「大丈夫？」

ジルがきょとんとして尋ねると、男が悩ましげな顔をした。

「いえ、その……ブランドンは基本的には常識的なのですが、舞台や仕事のこととなると途端に強引になってしまって。大道具や衣装もこだわりすぎるくらいこだわるので、私のような人間が間に入るのです」

「あっ」

納得の声が出てしまい、ジルは慌てて口を押さえた。

クリスが苦笑しながら言葉を続けた。

「この後ご予定はございますか？　よろしければ、ブランドンが皆様をお食事にお誘いしたいと申しておりまして」

ジルたちはしばらく待たされた。

とはいえ別の小ホールでは金糸雀座以外の劇団が舞台を公演していたり、あるいは劇場のすぐそばで野外演奏をするキタラ弾きやラッパ吹きがいて、時間を潰す方法は幾らでもあった。むしろ待たされているという意識さえもなかった。

「慌ただしくってごめんなぁ！　どうだった!?」

クリスに再び呼ばれて行った先は、劇場に併設されているレストランの個室だった。どっしりとした黒檀《こくたん》のテーブルと、壁に掛けられている花の絵画が目立っているが、それ以外は小綺麗《こぎれい》な間取りだ。窓から差す昼の光は眩しく、劇場内の煌《きら》びやかさとは一転してとても落ち着いた風情であった。

「すっごく面白かったです！」

ジルはほくほくした顔で頷くと、ブランドンもまた嬉しそうに微笑みを浮かべた。

「そうだろう？　もう何度もやった演目なんだが、人気が出ちゃって定期公演になってなぁ。ああ、でもその都度色々と見直したり演出を変えたりしてるんだ」

「演技も演出も、とっても素晴らしかったと思います」

「だが、もっと演出方面で色々と工夫したい。今回の劇は演者も場面も抑えめにしたからやりやすかったんだが、複雑なものもやりたいんだ。脚本家や演出家と相談してはいるんだが、美術に割けるパワーが不足してる。なあ、マネージャーもそう思うだろう？」

「落ち着け、ブランドン」

前回来たときと同様、ブランドンが怒涛のごとく話を始めた。クリスが咳払《せきばら》いをするとその場は苦笑して話を止めるが、好きな話になるとまた暴れ馬のごとく止まらなくなる。このアグレッシブさに、なんとなく懐かしさを覚える。好きなことに夢中な人は、ジルにとって仲間だった。

だが話が盛り上がっているうちに、ジルはふと気付いた。

ブランドンの方の皿は、まったく減っていない。

彼は一口食べただけで、後は茶を飲んでいただけだ。

「ところで、何も召し上がらないんですか？」

「ん？　ああ、公演の日はあまり腹が空《す》かなくてな」

その言葉に、クリスが怪訝な顔をした。

「大丈夫か？　朝もそんなに食べてなかったんじゃないか？」

「大丈夫だ。集中してるとこうなる」

「いやお前、公演前はけっこう食べる方だったよな」

「体調くらい変わるものだろう。別に悪いわけじゃあるまい」

突然、ジルたちを置いてけぼりにして口論が始まった。

だが、ただの口論ではないとジルはどこかで感じた。

クリスの顔や声の険しさは、苛立《いらだ》ちではない。むしろ泣きそうな切実さがあった。

「もしかしてお前……またあれを使ったのか!? 今度は禁制品じゃないって言ってただろうが!」

「嘘《うそ》じゃない。ちょっと混ぜただけだ。色がちょっと気に入らなくて」

「嘘と同じだ! あの白粉《おしろい》はもう使わないと……」

禁制品の白粉という言葉。

そしてブランドンは舞台俳優だ。

この二つが示すものは明らかだった。

「お、おい、ブランドン!?」

そしてジルの嫌な予感は的中した。

立ち上がってクリスと口論していたブランドンが、突然膝の力を失ったかのように崩れ落ちた。

まずい。

まずい、まずい、非常にまずい。

「だっ、誰か、医者を呼んでくれ……!」

クリスの悲鳴のような声に咄嗟《とっさ》に応じたのはモーリンだった。すぐに個室を出てウェイターを捕まえて事情を説明している。次にキャロルが椅子やテーブルを部屋の隅に運んでいる。おそらく担架が来たときのための気遣いだろう。

ジルは、すぐに動けなかった。

判断が遅れたためではない。判断してしまったからだった。

「すみません、マネージャーさん」

「な、なんですか！」

「今、禁制品の白粉と仰《おっしゃ》いましたね？」

「あ、いや、それは……」

クリスが言いよどんだが、ジルは構わずに追及した。

「誤解しないでください、禁制品を使ったと咎《とが》めようというわけじゃないです。秘密があるなら守ります。彼は鉛中毒ですか、ということを聞いています」

クリスは、観念したように頷いた。

「……恐らくそうでしょう」

「確実なところを知りたいです。恐らく医者が来ても同じことを言うはずです」

「ブランドンの私物を持ってきます」

クリスが部屋を出た。

「ご主人様、何か心得があるのかい？」

「治癒の魔法は使えます。骨折や大きく血を失うような傷は苦手ですが、解毒ならば……得意分野です」

ジルの魔法は精緻を極めている。

その特異さは熱を与えたり奪ったり、あるいは水の流れを操作することに使われる。だがその一方で、ジルは自分の実の父——アラン王から教わった治癒の魔法の心得もある。

ジルはそれを人前で使うことはない。自慢なども決してしない。ちょっとした怪我や火傷《やけど》を治す程度ならともかく、重病人を診ようなどと思ったこともなく、病院や施療院の看板を掲げるつもりは毛頭ない。

「……御主人様、顔が青いよ。難しいなら医者に任せた方が」

「違います。恐らく医者に見せるよりも私がやるのが確実でしょう」

それは、謙虚ではない。遠ざけていたい恐怖の過去があったからだ。

ジルは伯父コンラッドの養育下から離れた後は実の両親に育てられた。王女にして随一の魔女バザルデから魔法を教わったが、同時にアラン王が得意とする回復や治癒の魔法も習っていた。

しかし、ジルはアランの弟子ではない。少なくとも周囲にそう認知されてはいない。アランがジルに魔法を教えようとして、半年も経《た》たないうちに止めてしまった。アランが見切りをつけたためだ。大きな魔力が必要とされる攻撃魔法よりも、繊細さが求められる回復魔法の方が遥かに適性があったにもかかわらず、アランはジルに教えることを諦めた。

(解毒は嫌というほどやった。自分で自分の身を治すのは何度もやった。五年以上使ってなかったけど……まだ覚えている)

アランにとって怪我を治し、毒を解き、命を救う魔法は、何より恐ろしい武器であった。アランはジルの魔法の修行のため、ジルの目の前で自分の腕をもぎ、魔法で治癒してみせた。顔色一つ変えることはなかった。

また、アランはジルに毒を飲ませた。日々の食事の中に当たり前のように混ぜ込み、ジルは体調の異変に気付いて必死に治療した。その日の何気ない会話の中に、解毒魔法のコツがあった。心の傷を得る代わりにジルは自分の体を治し、そして魔法を習得した。

だがもっとも恐ろしかったのは、アランが自分の施術をジルに見せたことだ。アランの前にある日、暗殺者が現れた。暗殺者はよく訓練されており、王宮の騎士相手に口を割ることは決してなかった。だがアランの責め苦の前ではどんな鋼鉄の意思があろうと無意味なことであった。

そこでジルは、完全に心が折れた。伏して泣いて、教わりたくないと頼み込んだ。コンラッドと似た面影がありながら性質はまったく違う。いや、同じ人間として見ることなど到底できない。ジルは人として母バザルデを恐れていたが、アランに対してはひたすらに怪物として恐れていた。

「で、でも……金属の中毒って魔法でどうにかなるんですか……？」

「回復魔法ではなんともなりませんね。普通の薬でも無理です」

「で、では、どうやって……？」

「血の中に溜まり続けた鉛を外に出す。これしかありません」

ジルは、流体や液体を自由自在に操る。

染料の濃淡を精妙にコントロールし、乾燥することも自由自在だ。

そして、人間の体に巡り続ける血液もまた、液体である。

その中に含まれる重金属を探し当てて、それだけを排出することはできるか。

「【液体操作】」

ジルは、できる。

それができなければ、今日まで生きることはできなかった。

そんな苦痛に満ちた思い出とは裏腹に、ブランドンの顔は少しずつ健やかになっていった。


劇場の裏手にはスタッフ用の様々な部屋があり、医務室もある。

ブランドンはそこに運ばれ、ジルが治療を行っていた。

金糸雀座のマネージャーのクリスも、そしてモーリンやキャロルも、呆気《あっけ》にとられてその様子を見ていた。

「すみません、医術が専門というわけでもないのに手を出してしまって」

「い、いやいや！　素晴らしいお手並みかと……脱帽しました」

クリスは、ジルの手腕にひどく驚いた様子だった。

「……鉛中毒となると、手の施しようがあるまいと思っておりました。それがまさか、こうも見事に治療するとは……」

「解毒には少々覚えがありまして。モーリンさん、手を貸して頂いて助かりました」

その言葉に、モーリンはなんとも言えない悲しい顔をした。

ジルは、うっかり毒を吐いてしまったことに気付いた。医者でも薬師でもないジルのような人間が「解毒が得意」ということは、毒を飲まされることもあったと吐露しているようなものだ。モーリンはジルの出自を知っており、貴族や王族の生活にそうした残酷さが付きまとうことも承知している。事情はなんとなく察してしまうだろう。

「あたしは別にいいんだよ。それよりご主人様こそ休みな」

「気にしないでください。それより、止血を手伝ってもらえて助かりました」

ジルは、自分の魔法を応用して人間の体内から異物を取り出すことができる。特に、血の中に溜まり続けた重金属を除去するのは得意だ。同時に体内や臓器の細かい傷や炎症なども治療できるため、毒の治癒においては相当な実力者であった。

もっとも、骨折や大きな火傷、その他重い怪我は不得手だし、病気などはそもそも魔法では何ともならないものも多い。また血液中の異物を体内から出すときはどうしても出血を伴うため、血が失われる。毒を出そうとして失血死してしまいました、では話にならない。

「このくらいは慣れてるさ。ただ、血は減ってるから体調もすぐには戻らないと思うけど」

「言うことを聞いてくれるなら助かるんですけどね……どうも無茶《むちゃ》な御方《おかた》のようですし」

ジルは溜め息をつき、ベッドに視線を送った。

そこにはブランドンが静かな寝息を立てて横になっていた。

「あの、クリスさん。もしかして……常習的に使っているんですか？」

その言葉に、クリスは顔を曇らせた。

「一座では禁止しています。他の劇団も同様です……同業者同士で組合を作り、鉛の白粉を追放したり、あるいは貴族や出資者から白粉を塗るよう要求をされても団員を守れるようにしたり、色々と活動はしてきた……つもりなのですが……」

「それでも出回っている、と」

「鉛のないものよりこちらの方が見栄えするからと、求める者がいまだにいるのです。それに応えるように、こっそりと作る錬金術師もいるようで……」

白粉。

それは、舞台に立つ俳優にとって必要不可欠な化粧だ。元々は女性が肌に塗って白く見せたり、ベースメイクのために使用されていたが、やがてそれは舞台俳優が舞台でより自分を際立たせるために使用されるようになった。

だが、アルゲネス島にしろ、海を隔てた大陸の国々にしろ、そこで作られる白粉には人体に有害な重金属が含まれていた。鉛である。

ごく微量の鉛であれば体に影響はない。しかし鉛で作った食器を使い続けたり、廃坑から出た汚水を飲み続けたり、あるいは鉛が含まれた化粧品や白粉を使い続ければ、確実に体が蝕《むしば》まれる。

症状としては疲労が取れなくなり、貧血を起こし、最終的には神経と消化器が破壊される。これを治療するには体に溜まり続けた鉛を出す他なく、ジルのような特殊な方法以外での治療法は皆無だ。死の病、と表現しても差し支えなかった。

「もっと鉛が体に溜まりすぎていれば手遅れだったでしょう。命を落とすか、大きな後遺症を残すことになっていたと思います」

「よく言い聞かせます……。しばらく監視もさせます」

クリスが平身低頭でジルに詫《わ》びる。

この人が悪いわけではないんだろうけど……と思いつつもジルは謝罪を受け取った。

実際、この人に頑張ってもらう他はないのだろう。

「う、うむ……ここは……？」

「あ、気付かれましたか」

そんなとき、ベッドのブランドンが目を覚ました。

「ブランドン！　馬鹿野郎！」

「待った待った、気持ちはわかるが相手は病人だよ！」

クリスが摑《つか》みかかろうとしたところをモーリンが止めた。

「……そうか、俺は倒れたのか」

ブランドンが、どこか虚脱したような調子で呟いた。

体力が戻らないというわけではなさそうで、自分の顔をぺたぺたと触って確かめている。

「もしかして、ジルさんが助けてくれた……？　それとも医者が来てくれたのか？」

「まあ、直接的には私ということになりますが……」

「腹が減ってる」

「あ、そういえば料理食べてませんでしたね」

「そうじゃない！　食欲が戻ってるんだ！　凄い……！　本当にありがとう……！」

ブランドンががばりと起き上がって、大きく手を広げた。

血色は戻りきってはいないが、それでも十分に爽やかな笑みを浮かべている。

「無理はなさらないでください。鉛を出した際に血を失っています。まずはゆっくり休んで……」

「こんなに爽やかな寝起きは本当に久しぶりだ！　もう現役引退か死ぬかって感じだったがまだまだ頑張れそうだ！」

ダメだ、話を聞いてくれない。

もう少し落ち着かせないと……とジルは頭の中で作戦を練り始めた。

だが、そこから続くブランドンの言葉は、ジルの思惑などをふっとばすものだった。

「これでまた倒れても何とかなるぞ！」

「………………なんですって？」

ジルの口から、ジル自身思ってもみなかったほどの硬質な声が出た。

「自分がなにを言ってるかわかっているんですか！」

ジルは、誘惑の森の屋敷に住むようになってから初めて怒鳴り声を上げた。

「え？　なにをって……。変なこと言ったか？」

ブランドンはきょとんとした顔をしている。

「……たとえ再びあなたが倒れても、私は治療を拒否します。舞台衣装の制作もお断りします」

「お、おい、なんでそんなに怒ってるんだ？」

ブランドンは助けを求めるようにクリスの顔を見る。

「も、申し訳ございません！　ブランドン、これ以上迷惑をかけるな！　ひとまず帰るぞ……あ、帰らせて大丈夫ですか？」

クリスが哀れなほどにぺこぺこと頭を下げ、右往左往している。

ジルはそれを見て、ようやく落ち着いてきた。

自分がこれ以上怒っても、この人を困らせてしまうだけだろうと気付いて呼吸を整える。

「すみません、大声を出してしまって……。ブランドンさんの体は回復しました。少し体力は落ちてるでしょうけれど、馬車に乗せて家に帰るくらいならば問題ないと思います」

「そ、そりゃ助かる。これ以上迷惑かけてもマズい。一旦帰ろう」

「いやお礼もまだしてないし……治療代も」

「こっちで万事整えるからお前は家でゆっくりしてろ！　死ぬところだったんだぞ！」

クリスがブランドンをどやしつける。

数時間前に見たような口論にはならなかった。ブランドンは流石にこの場で反論するのは控えている様子だった。

居心地の悪い空気が残ったまま、この場は解散となった。


次の日、ジルはいつものように「ウィッチ・ハンド・クラフト」シェルランド支店のカウンターに立っていた。一日時間を置いて、流石のジルも怒りが収まり落ち着きを取り戻している。流石に病人を放り出すような真似《まね》をしたのはマズかったかなと、少々反省していた。

「昨日のこと、気にしてんのかい？」

「ええ、まあ。もう少し言い方があったかなって」

「いいんだよ。ああいう馬鹿は騎士団にもいたさ……」

やれやれとモーリンが肩をすくめた。

「自分から危ない方に突っ込んじまうやつとかね。悪いやつじゃないから、かえってタチが悪いのさ。しかも男ってのはああいうやつを尊敬しちまう。あのマネージャーみたいに後ろで支えているやつがいるってことを忘れてね」

「どうして命を粗末にするのでしょうね」

「華々しく死ねば生きた証を残せると思ってるのさ」

「生きた証……」

「あたしの古巣は、なんだかんだ言って斬った張ったが仕事だったからね。死んで叙勲したやつもいるし、英雄みたいに扱われたやつがいる。でもそいつらが尊敬されるのは死んだからじゃない。精一杯生き抜いたからさ。そこを勘違いしちまうやつがいるんだよ」

モーリンは、皿を拭きながら何気なく語った。

しかし、その視線はどこか遠くを見ているようでもあった。

「……舞台俳優ともなると、いるんでしょうね。憧れの眩しい人が」

「だろうね。生き死にに関わらなくていいってのに、因果なもんだ」

「命懸けてる人、たくさんいるんでしょうね」

キャロルの声も、どこか沈んでいる。

憧れの俳優ブランドンの姿に、少々ショックを受けている様子だった。

「……あれ、じゃあ、もしかして」

ジルはそんな雑談をするうちに、ふと気付いた。

「ん？　なんだい？」

「もしかして、鉛の白粉って、もしかして蔓延《まんえん》してるんですか？」

そのジルの言葉に、モーリンもキャロルも言葉に詰まった。多分、その通りだと頷きかけて、それがなにを意味しているのか理解したからだ。もしかしたら、何気なく鑑賞した演劇の舞台裏は、ひどいことになっているのではないか、と。

「すみません、ジル様はいらっしゃいますか？」

そんなとき、店の扉が開いた。

隙のない黒いシャツを着た、物腰の低い小柄な男性。金糸雀座のクリスだった。

店内のテーブルにジルとクリスは座った。

「どうか、これをお納めください」

そしてクリスは、ずっしりと重い布の袋をジルに差し出した。

中身はすべて金貨だ。もしかしたら百万ディナに届くかもしれないほどの大金である。

「いえ、こんなに受け取れませんよ。私が出しゃばって治療したようなものですし……」

「そんなことはありません。どんな医者に診せたところで匙《さじ》を投げられたことでしょう。むしろ少ないくらいです」

当然ジルは受け取ろうとしなかったが、クリスの方も頑固であった。

「では、受け取ってお返しします。お仕事のキャンセル料ということで」

「それは受け取れないと同じでありましょう。それに……」

クリスが妙に重々しい口調で話しながら、意味深に言葉を切った。

「それに？」

「ブランドンが助かったことは、劇場関係者や他の俳優にも恐らく見られています。口止めはしていますが、噂そのものは止められないかと……」

「うっ」

確かにあのとき、ジルは他人の目など気にしていなかった。

生死が懸かっている状況でそれを気にしている人間がいたら、叱りつけていたかもしれないとジルは思った。

「鉛中毒を治療しただけでもただ事ではないのです。その上無料で治療した……となってしまうと、恐らくは相当な厄介事を招きます。正直申しまして、そこに気付いていらっしゃるかの確認もしておきたかったのです」

「すみません、気付いてませんでした」

しゅんとジルは肩を落とす。

「い、いやいや！　怒りにきたわけではないのです！　ただあくまでご注意をした方がよいかと思いまして」

「ご主人様はそうやって大したことをしても、大きさに気付かないところあるからね……その注意はよく聞いておいた方がいいよ」

モーリンが苦笑しながらジルに語りかけた。

「ここでいじめないでくださいよ。気をつけますから」

「箴言《しんげん》をするのも家来の務めさ」

モーリンが横から茶化してくれたおかげで、クリスの顔にも微笑みが浮かんだ。

そしてジルも冷静に状況を考えることができた。この金を受け取らないことは、確かにクリスの言う通りの問題を招くだろう。また、クリスがこうした懸念をする原因についても、ジルは話を聞かなければと思い始めた。

「わかりました。確かに治療費として頂戴します。それとこの件はできる限り……」

「ええ、もちろん口外しません」

「その上でクリスさん。もしかして、ブランドンさん以外にもいるのですか」

ジルが聞いているのはブランドンと同じ病気の人間、つまり有鉛の白粉を使う人間のことだった。

「残念ながら、います。残念ながら、鉛が入っている方が品質が良いのです」

クリスが、苦渋の顔で頷いた。

「白粉を使い続けて志半ばで引退する者もいます。そして二度と体の健康を取り戻すことはない。何度悲惨さを訴えても演者や俳優には届かず……。ブランドンが回復したことは心から嬉しいのですが、この話が出回るのは正直申しまして、非常に困るのです。今よりもっと軽率に白粉を使う者も出かねません」

「それは……確かに……」

「追放したいのです。役者の命を削るものを」

その言葉に、ジルは胸を衝《つ》かれた。

ブランドンに舞台衣装を作らないかと言われたときは、ただ情熱が湧き上がった。だがこのクリスの言葉は、より過酷で悲しい決意がある。

「……なぜそんなに、頑張るんですか？」

「なぜ……って、不思議ですか？　まがりなりにも、私は一座の長ですし」

クリスがきょとんとした顔をした。

「裏切られることもあるでしょうし、わかってもらえないこともあるでしょう」

「ブランドンは馬鹿ですが、悪い男ではないんです。あいつにはあいつなりの、必死な理由があるので……。ただ、そういう身内びいきを抜きにして……好きなんですよ」

「好き……それは、演劇のことですか？」

「誰かが憧れる人物を表現する。心を痺れさせる脚本を書く。見る者を飲み込むような凄まじい演出をする。どれもこれも、心が躍ります。そのためならば面倒な者たちの尻拭いくらい、大したことはありません」

クリスの顔に浮かんだ疲労が、一瞬だけ消えた。

「頑張りましょう」

「え？　ああ、はい。頑張ります」

クリスは、ジルの言葉の意味がわからず曖昧に応じた。

「それでちょっとお願いがあるのですが……追加でもうちょっとお金、頂けますか？」

この時点でジルの心に、火が灯《とも》っていた。


案の定、クリスの心配は現実のものとなった。

「な、なあ……鉛中毒をあんたが治したって話、本当かい……？　若い頃はバカな真似をしちまってよ……。今も頭痛が止まらねえんだ……」

「ねえ、お願いなの……もう一度あれを使いたいの！　主演をできるのは最後のチャンスなのよ！」

「どうしても失敗できないお見合いがあるんです！　どうか、どうか……！」

雑貨店「ウィッチ・ハンド・クラフト」に、妙に思い詰めた人々が訪れるようになった。それは決して大勢ではなかったが、誰も彼もが深刻な顔つきをしていた。

中には真夜中に店の前に現れて、地べたで平伏する者さえいた。幽霊騒ぎの再来になるから止めて欲しいと思いつつも、ジルは全員を受け入れた。

そしてジルは、彼ら彼女らににっこり笑って、こう告げた。

「モーリンさん。キャロルさん。連れていきなさい」

「よしきた！」

「承りました！」

「「「え？」」」

ジルは、患者が来る度に馬車に押し込んで屋敷へと連れていき、空き部屋に押し込めた。

数日の内に二十人近くの患者が集まったが、全員が目を白黒させていた。

そしてある日、ジルは全員を食堂へ集めてこう告げた。

「えー、あなたたちはご禁制の白粉を使い、自分自身の健康を害しています。患者であると同時に禁を犯してしまったという自覚を持ってください。よろしいですね？」

「そ、そりゃそうだけど……あたしたちを連れてきて、どうするっていうんだい……？」

患者の女性の一人がおずおず問いかけた。

彼女も劇団俳優のようで、ブランドンと同じ理由で白粉を常用していたらしい。

「そりゃ決まってますよ。治療です。そのために来たのでしょう？」

「ええっ、本当に……!?」

「そのかわり、一ヶ月は入院してもらいますが」

「え、でも、ブランドンさんは一日で治ったとか……」

「ブランドンさんは重篤でなかったことに加えて、体力が尋常ではありませんでした。我こそは彼と同じ超人の部類であるという人はいますか？」

その言葉は、全員にそれなりの説得力をもって響いたらしく、挙手する者はいなかった。

ジルはちょっと嘘をついた。

ジルの治療は、血を通して体に溜まった鉛を除去するもので、治療を急げば一度に失われる血の量も増える。逆に言えば、体の大きい者や軽度の者であれば即日治療することもできなくはない。

だがそれについてはジルは黙っていた。時間を掛ける必要があった。

「あなたたちにはここで入院生活を送ってもらいます。そして二度と、鉛入りの白粉を使わないという誓約を交わしてもらいます。もし再び使ったら私は決して治療しません」

「わ、わかったよ……」

「報酬は後払いでも構いません。相談にも応じます。ですが、そのかわり……」

「そ、そのかわり……？」

患者の女性は、ごくりと唾を飲み込んだ。

この女性に限らず、集められた男女全員が、不思議なジルの威厳に圧倒されていた。

「ここであなたたちは、鉛の白粉にかわる新たな白粉の開発と実験を手伝ってもらいます」

これこそがジルの目的であった。

店を建てて、次なる目標が漠然としてなにを作ればよいか迷っていたときに降って湧いた「演劇」というテーマ。そこにジルは衣装を作るのではなく「白粉」に目を付けたのだった。


その日の夕方、ジルは『アカシアの書』を読んでいた。

『そのため江戸時代では鉛の他に水銀を利用した白粉が主流であり、健康被害も多く……』

「水銀は代用品になってないじゃないですか！　却下！」

『アロマクラフト関係の書物をお調べになった方がよろしいかと存じます』

「それしかありませんか……。すみません、怒鳴って」

はぁ、とジルは溜め息をつく。

『心が落ち着かないときはハーブティがおすすめです。アロマキャンドルなどもおすすめですよ』

「まったく、あなたとは変なところで趣味が合いますね……」

ジルが今調べているのは、白粉の製法や材料であった。

正直言ってジルは、高をくくっていた。染め物、金継ぎ、帽子の作り方など、『アカシアの書』を調べればすぐに答えに行き着き、ジルの手で再現することができた。

だが、白粉については別だった。

鉛を使わない白粉を作ろうとしたとき、どうしても材料の問題が出てくる。酸化鉄、酸化チタン、雲母《うんも》などなど、金属や鉱物などが結局必要になるし、そうした無鉛の白粉は現状、この国にすでに流通している。ただ品質が悪く、かつ、高いのがネックだ。

今回ばかりは、「異世界の知識を使って白粉を作りました」という解決はできない。

「白粉ではなく、異世界のファンデーションを……。あ、いや、結局材料は似たようなものですね……」

そもそも異世界における化粧関係の本を読むと、すでに白粉は廃れて、そのかわりにファンデーションというものがメイクに使われていた。白粉について詳細に記述した本は少なかった。

「ううん、こういうときにマシューさんやイオニアさんがいれば……。あ、いやいや、いけませんね。人に頼ってばかりでは……」

マシューは博識で顔も広い。なにかしら安く材料を手に入れる方法や代替案を見つけられるだろう。イオニアは画家で、美に関する造詣は深い。顔料や鉱物にまつわる話であればなにかしらアイディアを持っているかもしれない。

だが、ここにはいない。

「いや、雑貨店の店主は私です。まずは自分の力で頑張らないと……！」

ジルは『アカシアの書』をぱたんと閉じる。

「ご主人様、ちょっといいかい？」

そのとき、扉をノックする音が聞こえた。

「どうぞ」

「人を集めてきたよ。騎士団の診療所で働いてた連中を引っ張ってきた。病人や怪我人の面倒は慣れてるからこきつかってやってくれ」

モーリンが連れてきた人員は男が二人に女が二人。

皆、一様に緊張していた。この森の屋敷に来られたことそのものに驚いているのか、建物そのものへの興味深い視線を隠しきれていなかった。

「突然で、しかも臨時のお仕事に来てくれてありがとうございます。皆さんのお仕事はここにいる患者たちのお世話ですね。基本的にはモーリンさんが直属の上司という格好になります。なにかトラブルがあればもちろん私も動きますので」

「姐《あね》さんのご主人とあらば否も応もありません。どうぞよろしくお願いします」

四人の中の一番いかつい男が、少々荒っぽさを見せつつも丁寧に挨拶をした。

「基本的にこの屋敷に寝泊まりして頂くことになります。本当は私が皆さんのお食事を用意したいところではあるのですが、忙しくてそうも言ってられなくて」

「残念ですが、そこは我々で用意します。お口に合えばいいのですが」

いかつい男がにっかりと笑う。

こうして、苦難の一ヶ月が始まった。


誘惑の森の屋敷は大所帯となったが、予想以上に上手く回った。

患者は当初二十人ほどであったが、支店の店番を任せているキャロルのところに遅れてやってきた患者もいて、三十人に増えた。

その患者たちの面倒を見るのはモーリンとその元同僚たちであった。衣食住の世話をすることが表向きの目的ではあるが、もう一つ大事な目的がある。勝手に脱走するのを防ぐことだ。ちなみに患者の家族や、患者が所属する劇団に対してはクリスが説得していた。ジルはクリスも気にせず巻き込むことにしていた。

そして患者の治療をするのはジルだ。

だが、治療そのものは一日十分程度のものだ。あとは安静にして体調を整えることと、経過を観察するくらいなものである。ジルは有無を言わさずにこの屋敷に患者たちを連れてきたが、本当のことを言えばわざわざ連れてくる必要もなかった。

連れてきたのは、再び白粉に手を出さないように行動を封じ、代替品を使うことを習慣化させるためだった。

「……次、こちらの白粉はどうですか？　酸化チタン……白の顔料を増やして葛《くず》と雲母を粉末にしたものです」

「うーん……」

ジルは町の商店から無鉛の白粉を買ったり、あるいは『アカシアの書』を元にして無鉛の白粉を自作し、患者たちに使わせていた。これは『だれでも作れる天然化粧品』という書籍で得た知識を元に作ったものだ。

「白さは出ているのと思うのですが……良くないですか？」

しかしジルの努力とは裏腹に、患者の女性はどれも難色を示していた。

「その、ここまでしてくれて申し訳ないんだけど……舞台には向かない。結婚式とか見合いとかには十分これでいいんだろうけど」

「それはなぜです？」

「舞台は暑いのさ」

「ああ、体を動かして演技してたら、汗もかきますよね」

「それもあるけど……どうしたって屋内劇場だと照明に火を使うからね。凄く暑いんだよ」

「あ」

そして色んな試行錯誤をするうちに、「どうして鉛の入った白粉」を愛用するかに行き着いた。綺麗な白が出るだけではない。使い勝手の良さがあるのだ。

特に、舞台で演技する俳優や役者は、長時間舞台に立ち続けなければいけないこともある。化粧崩れを阻止する、強い化粧が必要になるのだ。

（『アカシアの書』、異世界の薬学や錬金術の本も選書しておけばよかった……。いや、本があって

も生兵法《なまびょうほう》では毒を作りかねないですし、堅実にやるしかありません)

他にも、様々な問題が発生した。

異世界の知識を元にした無鉛の白粉を作ろうとしても、原材料が非常に高価だったり、不純物が多く化粧品として使うには危ないものだったり、あるいはジルの知識では意味不明の物質だったりした。考えれば考えるほど、鉛の入った白粉の利点が浮かび上がる。

健康問題を度外視してしまえば、入手のしやすさと美観において鉛の入った白粉に、無鉛の白粉では勝てないという現実が浮き彫りとなった。

「あんたが頑張ってくれてるのはわかったよ……。あたし、もういいんだ。そこまで頑張ってくれたならあたしも諦めるよ」

患者の女がジルの作った白粉を試している最中、ぽつりとそんなことを呟いた。

「諦める?」

「年も取って、役者としての旬は過ぎたなんてこと、本当はわかってたんだ。みっともなく夢にしがみついてた。あたしだけじゃない、みんなそうさ」

「そんなことは……!」

「あたしらみたいなのは、ブランドンやあんたみたいな特別な人間じゃないんだ。ああ、文句が言いたいわけじゃないよ。分をわきまえて、やけっぱちにならないで、地に足つけて生きていかなきゃ……って、そう思ったんだよ」

そんな風に思って欲しいわけじゃない。

だが、ジルはこのとき一瞬だけ、ほんの一瞬だけ、納得しかけて心が楽になった。

「……いえ、絶対に完成させてみせます」

ジルは、誘惑を振り切って首を横に振った。

「そうかい……。まあ、手伝うことがあるならなんでも言っておくれ」

患者の女はそう言って、微笑みを浮かべた。

無理だろうけど好きにしなとでも言いたげな、諦観を含んだ優しさであった。


暑い。

なにもしていなくても滝のように汗が吹き出す。

真夏の、真昼の、炎天下の往来に立っているようなものだ。

「……ちょっと過酷じゃありません？」

「今が一番強い光量で、演出上そうするのは長い時間というわけではないのですが……過酷であることはまったくその通りです。まあ、慣れると汗をかかない者もいるのですが……」

「それはそれで不健康です」

クリスの言葉に、ジルは少し引きつった苦笑を浮かべた。

今ジルは、以前来た劇場を再び訪れていた。

だが、特になにか公演をしているわけではない。

観客席には床掃除をする職員がいるだけ。

ジルとクリスが、眩しく照らされた舞台の上に立っている。

「これじゃあ、汗で化粧が落ちるのも当然ですね……」

ジルがこんなことをしているのは、舞台の本番がどんなものかを体感するためであった。

天井から舞台を照らしているライトは魔道具であり、ガスもオイルも使わずに火を付けられること、そして火種の周りは球形のガラスで覆われているために、火事の心配が少ないという利点がある。更にガラスの上に磨き上げた鉄でできた傘が貼り付けられており、光の広さや方向を手動で調整できる。

ただし、ガラスは材質がとても高価であること、そして明るさがある分、非常に熱い……という欠点があった。

「で、いかがですか？」

「うーん、これは流石に想定外ですね……。光って弱められないんですか」

「演出を考えると、光はどうしても欠かせません……。野外劇場での公演ならばともかく、基本的には屋内でやるものですから。演出によっては足元からも光を照らしますし、厚手の衣装を着ることもあります」

「もっと暑い状況もありえるわけですね」

ジルの問いかけに、クリスは力なく頷いた。

「これに負けない白粉や化粧か……ちょっと想像してたよりも難題でしたね……」

「あまりご無理はなさらないでください。死にかけていた者を救っただけでも奇跡なのですから」

クリスの言葉を、ジルは汗を流しながら噛《か》み締《し》めた。

「……私、ブランドンさんの舞台に感動しました」

「以前、来て頂いたときのことですね」

「こんなに楽しいものがあるんだなって、素直に尊敬しました。あのトラブルがなければ、今頃は舞台衣装を作るのに夢中になってたと思います。きっとここには、人生を懸けるに値する、なにかがある」

そう言って、ジルは上を見上げた。

そこには偽りの太陽がある。人を人ならざる美しき者へと昇華させて観客を魅了するかわりに、そこを目指す者は灼熱《しゃくねつ》に耐えなければならない。舞台に立つ者の願いを叶《かな》える灼熱と光の名、それは舞台照明であった。

「……でも、命は懸けないで欲しいんです」

その言葉に、クリスは静かに頷いた。

「因果なものです。わざわざ命を懸けなくても良い仕事のはずなのに、命を削ろうとする者が現れます」

「生きてさえいれば、またなにかを作り出すことだってできるのに。……それに残される方だって、二度とその人の輝きを見ることはできなくて、消えた人の残り香だけを求めてしまう。そんなの寂しいじゃないですか」

クリスは、沈痛な表情でジルの言葉を噛み締めていた。

この人にも、瞼《まぶた》の裏に焼き付いた誰かがいるのだろうかと想像した。

「……実はジルさん。そのブランドンからお詫びとお話がありまして……。よろしければ会って頂けませんか」

クリスが顔を上げて、ふとそんなことを言った。

「え、ええ」

ジルは曖昧に頷いた。

正直気まずいと思っていた。以前のジルはブランドンを叩《たた》き出《だ》したようなもので、どういう顔をして会えばいいかわからない。

だが会わないわけにもいかないだろうと、ジルはクリスに案内されて劇場の控え室に向かった。

そこで、ブランドンはおもむろに跪《ひざまず》いてジルに詫びた。

「白粉は止める。手持ちの分は全部捨てた」

「へ？」

ジルは流石に面食らって一歩後ずさった。

が、ブランドンは気にせずに言葉を続けた。

「本当にすまなかった。あのときは嬉しくて……まだ役者をやれるってことが信じられなくて……馬鹿なことを言った」

「え、ええ、わかってくださったなら全然いいんですけど。ていうか普通に椅子に掛けてください！」

「そうか、助かる」

ブランドンはすっくと立ち上がると、すぐにジルのために椅子を引いて促す。

その流れがあまりにも自然で、ジルは面食らったままなんとなく座ってしまった。

（しまった、私、流されてる）

そんな危機感を抱きつつも、正面にブランドンとクリスが並んで座った。

高身長な伊達男の役者と、小柄な優男のマネージャーのコンビはどこかユーモラスだなと感じつつも、真面目な話が出るだろうと、ジルは表情を引き締めた。

「あんた……いや、ジル様のやっていることをクリスから聞いた」

「あ、そうなんですね」

「他のやつらも助けてくれたんだってな」

「まあ、なりゆきで」

「それで、白粉の代替品を作るのにも難航してるってことも聞いてる」

「……そうですか」

「舞台に上がってみて、ライトを浴びて、どうだった？」

「めちゃめちゃ暑かったですね」

「だがあのくらいにしないと観客席からはよく見えないんだ」

「……でしょうね」

ジルは、不承不承頷いた。

光量を下げられないかという話をしようかと思ったが、それを嫌がる気持ちもなんとなくわかってしまう。そもそもジルは演出家ではなかった。

そんな風にジルが悩んでいたところ、ブランドンがぽつりと呟いた。

「俺が俳優仲間を追い詰めちまったんだ」

「え？」

「完璧を求めすぎた。演技以外の、演出だって化粧だって妥協しなかった。白粉が一番悪いがそれだけじゃない。無茶なスケジュールの公演もしたし、徹夜で準備したことだってある。いい舞台になるって信じたらどんなことだってできた。……けど、それは後に続く人間に見せていいもんじゃなかった」

「そんなことは……」

ある。

ジルは否定しようとして、否定できなかった。

観劇趣味のない自分でさえジルはブランドンの演技に魅了された。もし自分が子供の頃に『エンジェルズラダー・ドロップアウト』を見ていたら、女優になりたいという夢を持っていたかもしれない。

そして恐らくこの町で舞台を志す人々は、きっとブランドンを目指しているのだ。

「……ジルさんが連れていった者は、症状が出て困っている者だけでした。ここぞというときに有鉛の白粉を使うという俳優は想像より遥かに多かったんです」

クリスの説明に、なるほどとジルは思った。

三十人の重症者がいるということは、軽症の人間が数倍はいるだろうと薄々感づいていた。ジルが「なんとかしないとまずい」と思った理由でもある。

しかし理想の白粉の開発は難しい状況だ。

ここで状況を一変させる手があるとしたら、なにがあるか。

「だから、俺が白粉に頼らない演出を成功させてみせる」

それは、トップスターからの鶴の一声だ。

「白粉に、頼らない……」

「ああ。俺が使うからみんなが使っちまうんだ。だったら俺が白粉を使わずに、最高の舞台を作ってみせたら、観客も、俳優たちも、それを受け入れるはずだ。なんとしてでも成功させてみせる」

「……できるのですか？」

「できるかどうかはやってみなきゃわからないさ。けど、突然この町に現れて色んなものを作ってきたであろうあんたに言われるのは心外だな。『面白そう！』とか『頑張って！』とか応援してくれていいんだぜ？」

そう言ってブランドンがウインクをする。

それがあまりにも様になっているものだから、ジルは怒るのも忘れて吹き出しそうになった。もしかしたら他人から見た自分は、こんな印象なのかもしれないと思った。

「そうですね、何事もやってみなければわかりません」

「……あんた一人に背負わせたような形になってしまって、本当に悪かった。あんたの目から見たら俺は馬鹿野郎で愚かだろう。けど舞台でなんとかするってことにかけては絶対の自信がある。どうかここからは、俺とクリスに任せてくれ」

そう言うブランドンとクリスは、決意に満ち溢れていた。

「……わかりました。楽しみにしています」


こうしてジルは、いきなり暇になってしまった。

「いらっしゃいませー。お一人様とお一匹様ですか？」

「テラス席、使ってもいいですか？」

「ええ、どうぞ！　カラッパちゃんこっちねー。トマト食べる？」

ジルは、劇場から出て屋敷に戻る前に喫茶店に立ち寄った。

ここは以前、マシューと出会ったお店だ。店員はどうやらジルのことを覚えていたらしく、一緒に来ているカラッパに興味津々だった。

「あ、すみません。エサ代払いますから」

「いいのいいの。ところであなたの方のご注文は？」

「ええと、それじゃあ……季節のフルーツジュースください」

「はーい。果物はなににします？　色々選べますけど、お任せもできますし」

「あ、えっと……じゃあ、お任せで」

店員は少々お待ちを、と元気のいい声で応じてキッチンに下がっていた。

妙に疲れた、とジルは感じた。

ここ一ヶ月ほどは休むことさえ忘れて、鉛中毒患者の治療や、新しい白粉の開発に取り組んできた。患者の治療はほとんど終わり、全員が快方に向かっている。白粉を開発する必要性もなくなってきた。

（あ、そっか。もういいんですね、あくせく働かなくても……）

ジルの肩の力が、急に抜けていった。

テラス席は上手く日陰になっていて涼しい風が当たる。さきほどまで熱いライトに当てられていたせいか、ひどく心地良い。

店員が飲み物を置いていくのを、薄目で見届けた。

「お疲れみたいだし、桃ジュースにしておいたよ、栄養がつくからね。ゆっくりしてってね」

「あ、ありがとう……ございます……」

半分瞼が下がりながら、ジルはなんとか店員の言葉に応じた。

グラスの表面の水滴がこぼれ落ちてゆく。

瞼が完全に落ちて暖かい微睡《まどろ》みに包まれていく。

『お前、寝るのが本当に好きだな』

いつかどこかで聞いた少年の声が聞こえた気がした。

『ちゃんと守ってください。私の騎士なんですからね』

そして自分は、憎まれ口を叩いた気がする。

ジルは、夢の中の相手と仲睦《なかむつ》まじい言葉を交わした。

少年と、伯父コンラッドのことを語った。

あの人はいつも派手で、大仰で、突然歌い出すこともあったし、古臭い詩や古典を引用して弁舌を振るったりもした。ジルがブランドンの演技に感動したのは、伯父の口調を思い出したからだとジルは気付いた。あの伯父のわざとらしさをもっと洗練させたらブランドンのようになるのだろう。

少年と、リッチーのことを語った。

あんなに可愛《かわい》い姪っ子がいたんだから、心配だったんだろうなと。得意なことや性格は全然違うけど、真面目で優しく、貧乏くじを引きがちなところはとてもよく似ている。キャロルと一緒に働いていると知ったらリッチーはどれほど驚くだろうかと思いを馳《は》せた。

少年と、ダスクとドーンのことを語った。

彼らは、舞台の上で輝く偽物の太陽を見てどう思っただろうか。ばかやろーあんなせめー場所で火を焚《た》いたら茹《ゆ》で上がっちまうだろーそんくれー調整しろや、手本を見せてやると、腕をまくりながら言っただろうなと容易に想像が付く。そして大言壮語をした兄の面倒を弟がやれやれと肩をすくめながら見ているのだろう。

そして少年を——愛《いと》しいガーメントのことを、思った。

ぶっきらぼうで、皮肉屋で、しかしこういうときになにも言わずに一緒にいてくれる。

そして色と光を扱うことにかけては天才で、暗い洞窟の中にいても太陽だって虹だって描いてみせる。

ああ、彼ならどんな舞台演出をするのだろうか。

きっと美しいだろうと、ジルは思いを馳せた。

「……お前は寝るのが好きだな」

微睡みの中でガーメントが語りかけた。

太陽の光がジルの眠りを妨げないようにと、ほんの少しだけ「影」を描いた。

ガーメントは言っていた。

影を描きたいならばただ黒を使って暗くするのではなく、あえて明るい青やピンクを使うのもいいと。そして魔法の筆を空中に踊らせると、そこに絵が現実となって浮かび上がる。

そうだ、彼はこうしてなんだって描いてみせる。

「ありがとう……ガーメント……」

そして居心地の良い微睡みの中にいて、ジルは気付いてしまった。

どうして夢で見た人のことを今、鮮明に覚えているのかと。

今聞こえた声は果たして誰なのかと。

「だれ……？」

「おや？　ジル殿じゃないか。こんな場所で寝るとは少々油断のしすぎだね」

目を開けて前を見ると、そこにはいるはずのない男の姿があった。

銀髪の、妙に浮世離れした美貌の持ち主。

「……イオニアさん？」

「ああ、久しぶりだね」

しまった、寝顔を見られたという羞恥と、「なんでここにこの人が？」という疑問がカクテルになって頭を通り抜けていく。

「なっ、なにしてるんですか！」

「喫茶店で休もうと思ったら友人がうたた寝していた。邪魔をするのも失礼かとは思ったが、挨拶をしないのもどうかと迷っていてね。丁度良く目を覚ましてくれたようだ」

嘘つき。

私の夢の中の少年が持っていた絵筆をあなたが持っているのはなんでですか。

そうやって涼しい顔の裏側でなにを思い、なにを考えているんですか。

観念してさっさと白状しなさい。

……と、ジルは言おうとして口をつぐんだ。

なにかを尋ねて答えが返ってくるのが怖かった。

問いかけに正直に答えてくれるはずもないだろうと思い、だがそういうタイミングで不意打ちのように真実を話すこともある。そういう風に自分ばかり心を乱されるのは、なんだか悔しかった。ぎゃふんと言わせてやりたい。あのときのように服や帽子など、自分の作った美で彼を驚かせたいという対抗心が、不思議なくらいむくむくと湧き上がってくる。

「相席、よいかな？」

「ええ、どーぞ」

そんなジルの不満をそらすかのように、イオニアは涼しい顔をしてジルの対面に座った。

「またここには一ヶ月は滞在できそうだ。遊びにいってもいいかな？」

「今は少し慌ただしいので、一週間ほど待ってください」

「おや、残念だ。色々とお礼の品を持ってそちらに行きたかったのだが」

「結構ですよ。服の件でしたら代金は受け取っていますから。……ところで、エリンナお姉ちゃ……エリンナ様への謁見は上手くいったんですか？」

ジルの何気ない言葉に、イオニアは顔をほころばせた。

「素晴らしい反応だったさ！　ドレスに夢中だったよ。お抱えの職人や美術家として雇えないのが残念だとさえ言っていた。エリンナ様にとっては最大の賛辞だろうな」

「そうでしたか……」

その言葉に、ジルはひどく安心した。

政治的に敵対する人間と和睦できた、などという打算ではない。ただ純粋に、遠くにいる親戚が喜んでくれたという事実が嬉しく、白粉開発に失敗して気が沈んでいたジルにとってはまさしく光明であった。

「僕からもエリンナ様からもお礼の品がある」

「エリンナ様からはともかく、あなたからは別に……あ」

そこでジルは、気付いた。

目の前の人間には色々と相談する価値がある、と。


「……なるほど」

イオニアは、珍しく真剣な顔をしてジルの話を聞いていた。

ブランドンが白粉の鉛中毒で倒れたこと。そしてブランドンと同様、鉛中毒の患者がいて屋敷に入院させていること。治療と同時に、代替品となる無鉛の白粉の開発にチャレンジしたこと。それは上手くいかなかったものの、ブランドンと座長のクリスが本格的に改革に乗り出したこと。

ブランドンに激昂《げきこう》してしまったことだけは伏せて、ジルはほとんどのことを話した。

「どうでしょうか」

「そうだな……鉛中毒の患者を治せるということが、その……常識から外れてる」

「じょ、常識外れですかね？」

「この国に、いや、この島にそんなことができる人間が何人いると思う」

「……四人か五人くらいですかね」

ジルは、ひーふーみーと指折り数えた。

「全員王族だろう」

「お父様は私などより遥かに上手でしょうね……。あとはお父様側の血族に一人か二人ほど。ただ、私よりは恐らく下手です」

「王族しか使えないような魔法による治療を、喫茶店で普通に出会える少女ができることをどう思う？」

「……少々怪しいですね」

ジルの呑気《のんき》な言葉に、イオニアは額に手を当ててどんよりとした気配を放ち始めた。

「い、いや！　口止めはしてますよ！　誤解はしないで欲しいんですけど、喧伝《けんでん》するようなことはしてませんからね！」

「ま、いいさ。得意な魔法を使う者は町に一人や二人はいるものだ」

イオニアは気を取り直してジルと再び向かい合う。

「それと、白粉の開発はきみの得手とするところではないだろう。あれは顔料や鉱物の性質をよく知る人間の専門分野だ。きみの服飾の腕前の右に出る者はいないだろうが、化粧品は他の専門家に頼る方がいい」

「……はい」

「それだけだ。他はなんの問題もない」

その言葉に、ジルは安堵《あんど》と落胆を感じた。

自分にはもうできることがないという宣言として、ジルの心に響いた。

もう諦めよう。

ゆっくり休めばいい。

ジルはそう思いながらも、未練たらたらの言葉を呟いた。

「あ、いや……課題はあります……ブランドンさんが白粉を使わない舞台演出を考えてるのですが、上手くいくかどうか」

「ああ、それは難しいだろう。長期的にはともかく、短期的にはファン離れを起こす。伝統にうるさいのは作り手よりも観客の方なのだからね。改革というものを万事つつがなくやり遂げる……というのは土台無理な話だ」

イオニアの冷たい言葉に、ジルは少々ショックを受けた。

それが事実だとしても、言い方というものがあるのではないだろうかと、ジルは抗議しようとした。

だが、続くイオニアの言葉は、まったく予想外のものだった。

「そこは汗で落ちやすい、無鉛の白粉を使い続ければいいだけの話だ」

「え？」

「灼熱の光に照らされて汗を流す。なるほど確かに、そういうこともあるだろう。……であれば簡単な話さ。熱くない光を放てばよい。そんなことは麦わらで帽子を作るよりも、染めを使って生地に絵を描くよりも、遥かに簡単なことだろう？　いったいなにを迷っているのか理解しかねる」

「な、なにを迷ってるって……え……？」

ジルは中途半端に立ち上がりかけて、その場で固まった。

それを見たイオニアが微笑みを浮かべ、ジルの顔が羞恥に染まった。

「もう一度聞こうか。熱くない光を放つのは、そんなに難しいことかい？」

イオニアが優しく問いかける。

その瞬間、ジルの目の前がぱぁっと開けた。

どうして自分でも気付かなかったのか、馬鹿馬鹿しくなるほどに。

「そうだ、あの魔法なら……！　すみませんイオニアさん、急用ができたので失礼します！」

そう言ってジルは、テーブルに置かれたままのジュースを少しばかり飲んだ。

キンキンに冷えた桃の果汁が、汗を流し渇いていたジルの体に染み渡っている。疲れ切って、緊張が解け、弛《ゆる》みきって、しかして希望が舞い降りたジルの体にとって、これほど美味なものはなかった。

そんなジルの様子を、イオニアは嬉しそうに見守っていた。

「頑張りたまえ。落ち着いたら遊びにいくよ」

「はい！」

ジルの心にくすぶっていた火が、蘇《よみがえ》った。


雑貨店『ウィッチ・ハンド・クラフト』シェルランド支店の扉を、ジルは勢い良く開けた。

「キャロルさん！」

「わひっ!?　いらっしゃいませ！　あっ、店長!?」

ジルが森の屋敷で鉛中毒患者の治療に当たっている間、店はキャロルに任せきりであった。とはいえ宣伝もなにもしていないためか、客のいない店内でキャロルは居眠りしそうになっていたようだった。

「あ、いえ、寝てません！　寝てま……」

「キャロルさん、魔道具の作り方を教えてください！」

「……え？」

キャロルは、話が飲み込めずにぽかんとした顔をしていた。

「難しいですか？」

「えーと、魔道具作りたいんですか……？　簡単なものならできますけど、複雑なものはちょっと……複数の魔法を掛け合わせるとか、道具を組み合わせて便利な機能を付けるとかは私には難しくて……。多分、ご主人さまは凄く高度なものを作ろうとしてますよね……？」

キャロルはジルに畳みかけられて、わたわたと言葉を返した。

このときのキャロルは、凄まじい精妙な魔道具を作らされるに違いないと内心ぶるぶると震えていた。店長の思いつきなのだから、相当凄いに違いないと。

「いいえ。たった一つの魔法を使うだけの、シンプルな魔道具です。きっとできますよ」

ジルは微笑みながら、キャロルの言葉に首を横に振った。

キャロルから絶対嘘だと疑われていることに気付きもしない、眩しい笑顔だった。

森の屋敷に戻る途中、キャロルは見習い通りの怪しい露天で様々なものを買った。

ジルから「必要なものは遠慮なく買ってください」と言われたキャロルは、今まで見せたことのない顔を見せた。

「おじさん、魔石なんだけどもうちょっと透き通ってるのありますか？」

「店頭に並んでるものだけ？　うそ。後ろのズタ袋、鉱山の焼き印入ってますよね。直送品じゃないですか？」

「そう、それ。魔石と一緒に刻印刀も一揃《ひとそろ》いで買いますから。大人しく出してください」

謎の交渉力と貪欲さを発揮したキャロルによって魔道具製作に必要なもの一式を買い揃《そろ》え、屋敷へと戻った。

そしてジルの洗濯場兼作業場へと向かって、買い込んだ荷物を広げる。

「魔道具製作は誰でもできるというわけではありませんが、店長の器用さを考えたら決して難しくはないと思います。ただそれでも注意点はあります。よく聞いてくださいね？」

珍しくキャロルがジルに、少々圧の強い口調を使う。

「はい先生」

「せ、先生はやめてくださいよぅ」

だがすぐに態度は崩れて照れが出た。

「あ、ダメですか？」

「ダメってわけじゃないですけど……。とにかく真面目な話をします」

キャロルが咳払いをし、ジルが真面目に頷いた。

「まず魔法とは、人間が魔力を込めて詠唱をして発動するものです。それに対して魔道具とは、魔石が人間の代わりをします」

「魔石は、さきほど露店で買ったものですね？」

ジルが、テーブルに広げられた石を見つめる。

キャロルがそれをひょいと拾い上げた。

「ええ。この石に使いたい魔法の名や祈りの言葉を刻印し、魔石が持つ魔力を消費して魔法を発動します。ですが」

「ですが？」

「普通、魔法って強弱をつけるとか、あるいはどこを狙うとか、そういうコントロールしますよね。特にジルさんはそれがとても得意だと思うんですが」

「まあ、多少は」

「魔道具は、基本的にそれができません」

「ああ、なるほど」

ジルが、納得したように頷いた。

「ですので魔道具式の氷壺《こおりつぼ》とか着火の魔道具とか、一定の大きさの魔法をただ発動するだけの道具に向いています。人間が細かく調整しながら使うものは魔道具に向いていません」

魔道具式の氷壺は、いちいち氷を補充しなくとも冷気を保ち、食品が傷むのを防いでくれる道具だ。実はジルの店にも大きめの氷壺があり、作り置きのケーキなどはそこに仕舞ってある。

着火の魔道具は、ごく弱い火の魔法を放つだけのものだ。かまどに入れた薪《まき》や落ち葉に火を付けることによく使われる。

「でも、実際には強弱を調整できるものも世の中に出回ってますよね？」

「それは複数の魔石を並べてるか、魔道具以外の部品でなんとかしてるかのどちらかです」

「魔石を複数？」

「強めの火の魔法を放つ魔石と、弱めの火の魔法を放つ魔石を使い分けるとか、あるいは同時に使って最高火力を出すとか。そうすれば鍋を温める魔道具は火力を調整できるわけです」

「なるほど……」

スマートなやり方ではない、とジルは思った。

恐らく「あの魔法」を使えばもっと精妙なコントロールができる。古代の魔道具などはキャロルが説明したようなつくりにはなっていないはずだという確信がジルにあった。

「ジルさん？」

「あ、いえ、なんでもないです。もう一つの方法っていうのはなんですか？」

「魔道具のガワでなんとかする方法ですね」

「ガワ？」

「例えば風を送り出す魔道具があったとして、送風口にラッパを付けたら音が鳴ります。そのラッパのピストンを抑えたら音程が変わって、楽器が出来上がります。あるいは燭台《しょくだい》やランプの魔道具があったとして、カバーを被《かぶ》せたら光は遮られます」

「なるほど。部品を工夫して物理的になんとかする……というわけですか」

「まあ、外側の部品や道具に頼らない魔道具の方が少ないと思います。氷壺だって、温度が下がらないように保温性のある壺を容器として使ってますし、着火の魔道具だって持つときに火傷《やけど》しないように取っ手がついてます。こういうのはジルさんの方が得意分野ですね」

「ふむふむ……」

ジルが面白そうにキャロルの話を聞いている。

これ絶対凄いことに巻き込まれるやつだと思いつつ、キャロルはおずおずと尋ねた。

「えーと、それで、どんな魔法を魔道具にしたいんですか？」

「この魔法ですね……【照明】」

ジルは魔法を唱えた。

手の平から強い光が放たれる。

「これは、ご覧の通り光を放つだけの魔法です」

「あ、でも明るいし便利ですね。火の光みたいに、熱に気をつければなんとか」

「いいえ、その必要はありません」

ジルが微笑みをたたえながら首を横に振った。

「え？」

「これ、本来は熱と光を一点に集中させて焼き切る魔法なんですが、失敗すると全然熱くならないんです。ただ明るいだけですね。これはこれで便利なので私は松明《たいまつ》代わりによく使ってます」

「なるほど、この魔法を魔道具にするわけですか……。え、いや、これを魔道具にするってことは」

キャロルは、今ジルが頭を悩ませていることを知っている。

無鉛の白粉の開発が上手くいっていないことは聞いていたし、じゃあどうするかというところで行き詰まっていたはずだ。そして今、【照明】の魔道具を作ろうとしている。

キャロルは、込み入った説明を聞く前に答えに行き着いた。

「ジルさん、つまりこれを……舞台に？」

「面白いと思いませんか？」

ジルの心の灯火《ともしび》が、うっかりキャロルにも燃え移った。

「ああ、そうだよ！　俺の占いはぜーんぶインチキだった！」

迫真の声が、開き直り冒瀆《ぼうとく》的なまでの笑いが、舞台から響き渡った。

「詐欺だ！　他人を騙し、偽りの安心を与え、カネをふんだくる！　俺はずーっとそうしてきた！

全部覚えてる！　そこの婆《ばあ》さん、久しぶりだな！　俺だよ、木賃宿の隣にいた占い師だよ！　同い年の婆さんのふりして悩みを聞いてやったっけ！　そっちのあんたは市長の秘書だな？　お前のことも覚えてるぜ！　東の異国の王様だって言ったら美味《うま》いメシと酒を食わせてくれたよなぁ！　人生で一番極上の料理だったぜ、ありがとよ！　そこの女も懐かしい！　あんたも！　あんたらの訴えは、俺が偽物だっていう訴えは、ぜーんぶ正しい！」

この野郎、騙しやがって！　金返せ！　という罵声と怒号が飛び交う。

ブランドンは客に背を向け、罵声を浴びせる演者たちに向かって「わかった」とでも言うように両手を上げた。

「俺は逃げも隠れもしない。ただ、あと一ヶ月。一ヶ月経って、みんなが生き残ってたら、大人しく縄につく。だが！」

そしてブランドンがくるりと振り返る。

ブランドンが眩しい光に照らされた。

「俺が死ぬまでのほんの一時だけ、神様が俺を本物にしてくれたんだ！　さあ、そろそろ予言通り大雨が来るぜ！　だがそれは一分だけの通り雨で、すぐ晴れが来る！　もしそうならなかったとしたら、この騎士が大剣で俺の首を刎《は》ねる！　さあさあさあ！　とくとご覧じろ！」

そして、豪雨が訪れた。

正確には、豪雨を模した音を立てる打楽器と弦楽器の協奏。そして魔法とシャワーを組み合わせた人工的な雨だ。

水の量は、衣装や化粧を過度に濡らさないように最小限の量ではあるが、水しぶきに光をあてて目立たせると同時に背景音楽と組み合わせ、凄まじい雨が降っているかのような錯覚を観客にもたらした。

「おお、雨だ！」

「嘘だろう、本当の雨だ！」

「あいつは本物の予言者だったんだ！」

だがすぐに水と音楽は消えて、舞台全体が晴れを示すようにライトで照らされた。

「さあ、わかっただろう！　予言も全部当ててきたぞ！　俺の首が欲しいやつはいるか!?」

ざわめく群衆。

そのブランドンの言葉に反論する人間はいなかった。

「あ、あいつは、俺のなくした金貨を見つけてくれた！　昔のことは知らないが、予言は本当だと思う！」

「あたしのときは、結婚詐欺師を捕まえてくれたわ！」

「儂《わし》には、生き別れになった娘を見つけてくれた」

「「少しだけ、信じてやろう。あいつのことを」」

群衆の声が重なる。

そして、群衆たちは舞台袖へと去っていく。

ついに舞台に立っているのはブランドン一人となり、独白が始まる。

「さあ、ニセモノの雨で俺の一世一代の大博打は大成功。本当はもう、俺の予言の力なんて使いきって消えちまったんだ。それでも、この先大地震が来るってことだけは本当だ……。あとは王様をだまくらかして、民を一刻も早く避難させなきゃいけねえ……。俺にできるのか、それが？」

「できるかできないかなど些細《ささい》なこと。さあ、歩み続けるのです」

暗がりから、背中に翼を、頭に輪っかを付けた白装束の女が現れた。

「天使様よ。俺のペテンに付き合ってもらって悪いな」

「でしたら弱音など吐かないことですね。でも神に授かった奇跡の力はこれで打ち止め。あなたの力だけで、民を救うのです」

そのとき、一条の光がブランドンを刺した。

舞台背景には曇り空。

雲と雲の間に差し込まれる直線的な太陽の光を、人はこう呼ぶ。

「エンジェルズ・ラダー……」

「ふふふ、別に私が天に祈りを捧《ささ》げたんじゃありませんわよ。この光は、あなただけを照らす光」

「神様よ、試練の道を歩き続けろってか？　なんてひでえやつだ。あっはっはっは……！」

ブランドンの大きな哄笑《こうしょう》が響き渡る。

天使役の女がそれを優しく見守る。

荘厳な音楽と共に緞帳《どんちょう》が降りてゆく。

完全に落ちきった瞬間、万雷の拍手が巻き起こった。


「良い舞台だった」

隣に座るイオニアも拍手を送っていた。

「舞台演出。脚本。演技。どれも一級品だ。色んな国や町を巡ったが、この金糸雀座ほど完成された劇はなかなかお目にかかれない」

「ええ、そうでしょう？」

「美術顧問殿も鼻が高いだろう」

ジルは、【照明】の魔道具を完成させてブランドンとクリスに見せると、それはそれは凄まじい反応を見せた。

彼らは白粉を使わない演出や美術を検討していたが、それもまた難航していたのだ。ジルに見せた笑顔は、つまるところ虚勢であり痩せ我慢だった。

ジルとキャロルの作った【照明】の魔道具は、舞台においてはまさにベストマッチであった。

熱を発生させないがゆえに魔力消費の効率が高く、強い光量を放っても長持ちする。

同時に、舞台が灼熱地獄に陥ることはない。冬場に薄着の俳優はつらい思いをすることになるが、白粉や化粧を溶かさない環境を維持できることの方が遥かに大事であった。

「しかし魔道具とはいえあんな風に光量を細かく調整できるとは、魔道具職人は素晴らしい腕と見える」

「ぎくっ」

今、劇場に設置されている【照明】の魔道具は使用者の魔力に反応し、光を強くしたり弱くしたり、あるいは光を絞ったり、広範囲に拡散させたり……ということができる。これはただ職人の腕がいい、というだけでは説明の付かないことだった。

「ご、ご想像にお任せします。職人が迂闊《うかつ》に自分の技法を明かすとは思わないことです」

その秘密の正体は、キャロルとリッチーの実家、アンドロマリウス家が伝え残した書物『よくわかる悪魔創造と悪魔使役』であった。

この書物は【悪魔】を懇切丁寧に解説しているものだが、その中に「魔道具と組み合わせて便利に活用しよう」という項目がある。ジルはそこを初めて読んだときに驚愕《きょうがく》した。【悪魔】は言葉を喋《しゃべ》ったり、あるいは合い言葉に反応して動作をするだけではない。魔道具を制御する力があるのだ、と。

この知識さえあれば、どんな複雑な魔道具だって実現できるとジルは思った。思ってしまった。迂闊で軽率であった。

書物の内容は膨大で難解だった。【悪魔】の特徴やできることなど、概要を知ることは簡単だったが、いざ実践するとなると話はまったく別だった。「言葉を喋らせてみよう」、「同じ言葉を十回繰り返す記述をしてみよう」、「午前中は『おはよう』、午後は『こんにちは』と喋る【悪魔】を作ろう」という初級の課題をこなすのに丸一日かかった。

だが基礎的な知識を身に付けていけば、応用編も簡単だろう……と思いきや、どんどん難しい課題が現れる。ジルはうっかり夜更かししてまたもモーリンに怒られ、そしてジルは再びキャロルを頼った。「基本の魔道具作りだけではなく、【悪魔】のお勉強をしませんか」と。

キャロルは当初、首を横に振った。

そもそも自分の手に余るものだからこそジルに託したのであって、中身を読んでしまうのは本末転倒だ。だが一方でキャロルは「先祖代々受け継いできたものを他人に押し付けたままでいいのか」という迷いをずっと抱いていた。

ついでに「魔道具を自由自在に制御できる」、「ジルの魔道具が完成すればシェルランドの町の舞台に革命を起こせる」という誘惑にキャロルは抗《あらが》えなかった。キャロルもジルの仲間であり、面白いものを作るという情熱を抱いていた。

そしてジルとキャロルは再び『よくわかる悪魔創造と悪魔使役』を読み解いた。二人で相談しながら本を読み課題を解き明かすのは、今までの倍以上の効果があった。先祖代々の適性があったのか、それとも魔道具製作の知識が生きたのか、キャロルには【悪魔】の魔法の才能があった。

そしてジルの発想力や器用さも加わって、光の強弱や絞り具合を精妙にコントロールする【照明】の魔道具が完成したのだった。

結局モーリンに「もう徹夜禁止！　ちったぁ休みな！」と怒られた。

「ははは、まったくその通りだ。奥義を他人に教えるものではない」

ここまでの経緯を思い出して苦い顔をするジルを見て、イオニアがくすくすと笑った。

「あなたの秘密と引き換えにしてくれるならば教えても構いませんが」

「秘密？」

イオニアが首をかしげた。

まるで心当たりがないといった顔をしている。

「…………最近、夢を見ます」

「夢？」

「ええ。洞窟の中で楽しく暮らしている夢です。恐らく、私が十歳くらいの頃でしょうか」

イオニアが、息を呑《の》む気配があった。

細かく話すべきかどうか迷っていたが、ジルはここで確信した。

彼は確実に、なにかを知っている。

「戦争に行ったはずのコンラッド伯父様。伯父様の副官で、悪魔使いのリッチー。空の声を聞くダスクとドーン兄弟。それと……」

そこでジルは、言葉を切った。

次の言葉を言う瞬間、イオニアの顔を見ることができなかった。

「魔法の絵筆を操る、オルクス占星国のガーメント王子」

ジルは疑っていた。

目の前の男が、もしかしたらガーメントと深い関わりがあるのではないか。

あるいはこの人こそが、本人ではないか。

「……僕はこの大陸の様々な場所を旅して、見聞を広めている。王族の事情も自然と耳に入る」

長い沈黙のあと、イオニアは話を始めた。

だがそれはイエスでもノーでもない、まったく別の話だった。

「え？」

「十歳の頃のことを覚えているかい？」

「え、ですから、夢だから漠然としていて……」

「違う。その前後のことだ。きみの経歴は軽く把握している。王の兄コンラッド氏に養育され、彼が隣国オルクスとの戦争に出征してきみは両親の手元に戻った。その頃のことを」

「え、ええと……」

そんなこと、当然覚えている。

ジルはそう言おうとして、言葉が出なかった。

「今から話す話は記録にも残っていることだ。十歳の頃、きみは病にかかった。熱もなく、それらしい体の異常もない。ただひたすらに眠り続けるという病気だ」

「え……？」

イオニアの説明に、ジルはまったく心当たりがなかった。

しかしイオニアは淀《よど》みなく話を続けた。まるで当たり前の事実であるかのように。

「国の名医や薬師が集められ、そしてアラン王も自ら治療をしたが、一向に回復する様子はない。アラン王が治療を諦めかけた頃に、きみは何事もなかったかのように目を覚ました。不思議な事件として記憶している者も多いだろう」

「……それと、私の夢と、なんの関係が？」

「つまりきみは、十歳の頃をほとんど寝て過ごしているはずだ」

「あ」

その話が事実であれば、確かにその通りだとジルは自分で納得してしまった。

なによりジルは確かに言われて初めて気付いた。

自分が伯父と引き離されたのは十歳になったばかりの頃で、父や母のもとで魔法の修行を始めたのは、十一歳になった後の頃だ。

その一年間の空白になにをしていたかと問われると、ジル自身もよくわからない。空白だと言われて初めて気付くほどの空白だ。

「私が見ている夢は、十歳の頃に眠り続けてたときの夢でもある……？」

「それもまた、いずれ思い出すだろう」

イオニアが、これで終わりとばかりに端的に答えた。

「え、いや、本題がまだなんですけど！」

「だめだ。思い出しかけているときに、無理に蓋を剥《は》がすようなことはするべきではない。少しずつ事実を集め、整理し、君自身が納得し、その上で思い出すことを選んだとき。改めてすべてを説明しよう」

「待ってください……じゃあ伯父様は……他のみんなは……!?」

「恐れることはない。ここに、この町に、きみを脅かす者はいない。アラン王も、バザルデも、王都を守護している……つまりはそこに縛り付けられている。ここに来ることはまずないし、彼らの密偵もやすやすとは入れない。だから決して、焦ってはいけない」

それだけを言って、イオニアは席から立ち上がった。

待ってくれと腕を引っ張ろうかと思った。

だが、彼の寂しげな顔を見て、ああ、本当に今は、これ以上話す気はないのだなとジルは悟った。

「……」

「え？」

劇場のホールから出る瞬間、イオニアの口が動いた。

声は届かない。そのはずなのに、なんとなく彼の言っていることがわかった気がした。

お前を守ると誓う。

それは、巌窟騎士団の誓いの言葉であった。

course 5

わくわく夢のマスカレード

menu

極彩色マカロンおかわり

Witch Hand Craft

劇場を出た後、イオニアは行方をくらました。

ガルダなど、彼のことを知っていそうな人に居所を尋ねても「いや、あいつ、自分の宿はあんまり周りに知らせないんだよ」という言葉が返ってくるだけだった。恐らく、どこかに自分用のセーフハウスがあるのだろうとジルは思った。あの景色すらごまかせる魔法の絵筆さえあれば、そのくらいは自由自在のはずだ。

だからジルは、一旦イオニアの話や自分の過去の話を棚上げすることにした。

なぜ、という疑問は尽きない。だが今のジルには色々とやるべきことがあり、充実している。夢を見てもあまり心が動かなくなった。ああ、きっとこういう思い出があったのだと、不思議とすんなり受け入れることができた。焦らなくていいと言われて、「ま、それもそうですね」と飲み込むだけの余裕があった。

ただ、ジルが謎の眠りの病にかかったのが事実であるということだけは調べた。町で働く医者や薬師に、王都に呼ばれたことがある人間がいたからだ。中にはジルの顔を見て「お目覚めになったのですね!?」と涙ながらに喜ぶ者さえいて、ジルは彼らを宥《なだ》めることに苦労した。

そんなこんなが落ち着いて、ジルはようやく雑貨店「ウィッチ・ハンド・クラフト」の店頭業務へと戻ることになった。

今まで臨時休業中だったり、営業していてもカフェコーナーが茶と焼き菓子のみだったりしたが、ジル不在で出せなかったガトーマジックもようやく復活する。ジルは気合いを入れてカウンターに立った。もっとも客はお隣の夫婦か冷やかしくらいしかまだ来ていないのだが。

「ところで店長。これ、どういう風に飾ります？　服の近くで明かりを付けっぱにしたらちょっと日焼けとか色落ちが心配かと思うんですが……」

キャロルが【照明】の魔道具を手に持ってうろうろしている。

当たり前の光景に微笑《ほほえ》ましさすら感じてつい笑みが浮かぶ。

「一つはここの照明代わりにしましょうか。それなら使い勝手や明るさがわかりやすいですし」

「それいいですねぇ！」

「残りは、壁側の空いてる棚に並べましょうか」

今キャロルが持っているものは、ジルが劇場に設置したライトの小型版だ。家庭で使えるように、ごく小さいサイズにしてある。ランプの火種があるべき場所に【照明】が発動する魔石を置いてあるだけで、既製品を使い回したリメイク品であった。

劇場に設置しているものとは違って、光量は控えめで悪魔による調整機能もないが、その分安価でシンプルだ。きっと欲しがる人は多いだろうと思い、ジルは店頭に並べることにした。

「しかし、このランプはいいね……いちいち油を補充する必要もないし、火事の心配もないし」

モーリンが感心したように【照明】の魔道具を並べた。

「でしょう？　このひんやりとした光は、暑い夏には特にいいと思うんですよ」

「でも商品としちゃ、名前がちょっと長ったらしいね。もっと端的な名前はないのかい？」

「……商品名とは違うんですが、舞台で使われる照明は『エンジェルズ・ラダー』とは言われるようになりました」

「店にあるちっちゃい方も『エンジェルズ・ラダー』って呼ぶのはちょっと大仰だねぇ」

「エンジェルというよりはフェアリーズ・ラダー……というのもちょっとわかりにくいですね」

うーん、とジルとモーリンが首をひねる。

そこに、キャロルが気楽に口を挟んだ。

「いっそわかりやすく、フェアリーライトとかでいいんじゃないですか？」

「あ、いいですね。シンプルですけど特徴は捉えてますし」

などと、ジルたちが和気あいあいと仕事をしているときのことだった。

からんころんと扉に据え付けられたベルが鳴ると同時に、凄《すさ》まじく怪しい客が来た。

「商品を見せてくださるかしら？」

ジルが「いらっしゃいませ」と言いかけて、言葉に詰まった。

「いらっしゃ……あっ、は、はい……」

妙齢の貴婦人だ。

だがなぜか、仮面舞踏会で付けるような派手な仮面を付けている。

口元は見えるものの、鼻から上は完全に隠れている。

目の部分には穴が開いているものの、影になって瞳の色や形まではわからない。

そして、貴婦人は妊婦だった。

お腹《なか》が出ており、ゆったりした服を着ている。

また、身分も高いのだろう。店の外に視線を送れば、小さめの馬車、そして御者兼護衛と思《おぼ》しき男が直立不動で待っている。

只者《ただもの》ではない。

目を引く要素が多すぎてジルは判断に困った。

キャロルとモーリンをちらりと見る。キャロルは完全に固まっている。モーリンは反射的にジルの前に出て護衛の態勢になった。

とはいえ、このままではいられない。相手が妊婦であることを考えれば怪しげなことはしないだろうと思い、ジルは咳払《せきばら》いして言い直した。

「いらっしゃいませ！　ようこそウィッチ・ハンド・クラフトへ！」

できるだけ警戒心が顔に出ないよう、ジルは笑顔を作って貴婦人に応じた。

同時にそれは「とりあえず普通に応対しましょう」というモーリンとキャロルへのメッセージだった。

「お邪魔するわ。あら、革の小物もあるのね……ああ、なるほど。馬鎧に付けた焼印ってこういう風にもできるの」

貴婦人は帽子を眺め、そして財布や小物入れもしげしげと眺める。

ここでジルは気付いた。

妊婦であること。万全の態勢で護衛がつくレベルの貴婦人であること。そもそも声に聞き覚えがあること。

「えーと、エミ」

リー夫人、と言おうとした瞬間、店の入り口で控えている護衛があまりにもわざとらしい大きな咳払いをした。

「うぉっほん！　ごほん！」

「ごほん！　えぁっほん！」

ジルは、生暖かい視線を護衛に送る。自分のわざとらしさを自覚しているのか、彼らはいかつい外見に似合わず少々顔を赤らめていた。

「あら、ごめんなさい。私の執事、ちょっと喉の調子が悪いらしいの」

「そ、そうですか……」

ここでジルはだいたいのことを察した。

お忍びで遊びにきているから気付かないふりをしてください、という話だ。

悪戯《いたずら》や冷やかしが目的でもないし別にいいか、とジルは思い、モーリンとキャロルに目配せをして接客を続けた。

「え、えーと、革の小物に興味ございますか？　こちらの焼印は、図案を出して頂ければその通りのものを付けられますよ」

「本当!?　……ああ、いえ、大丈夫よ。頼みたいけど私が一人占めするわけにもいかないし」

貴婦人は興味深そうに店内を眺めている。

「あ、よろしければどうぞお掛けください。お品物はカウンターに並べますので」

「そうしてくれると助かるわ」

ジルの意を酌《く》んで、モーリンが椅子を引いた。

キャロルは店内の代表的な品物を幾つか持ち、カウンターに並べていく。

エミリー夫人は嬉《うれ》しそうに一つ一つ眺めていく。

「こういうものもあるのね……あ、この造花も素敵ね」

「バリエーションは色々と用意してありますので」

余ったハギレを使った造花にエミリー夫人が反応した。麦わら帽子を飾るために作ったものだが、ジルは合間合間に色んな造花を作り、並べられる程度にはなっていた。今、エミリー夫人が持っている帽子につけた造花と入れ替えるだけで雰囲気はぐっと変わるはずだった。

「生花の方が好きなんだけど、こうして眺めてると宗旨変えしちゃいそうね……」

「ありがとうございます。ところで、お飲み物などはいかがですか？」

「ああ、お願い……と言いたいところだけど、茶は控えているのよ。あ、でも色々あるのね？」

貴婦人が興味深そうに、立て掛けてあるメニュー表を見た。

季節のフルーツを使ったジュースなどもジルは用意していた。

「せっかくだからジュースでも頂こうかしら」

「ありがとうございます」

ジルはそう返事しながら陶器のコップを出そうとする。

だがその瞬間、エミリー夫人が声を掛けた。

「ちょっと良いかしら……それは何？」

「はい？　このコップですか？」

「いいえ。そのコップの隣の、金色の……不思議なツギハギがあるティーカップなんだけど……」

「あ、修理したティーカップです。ご覧になりますか？」

ジルは、金継ぎで修理したティーカップをエミリー夫人に見せた。

「ねえ」

「はい」

「これ、元々こういうものなの？　修理したって言ったわよね？」

「ええ、割れてしまったカップを直したものですよ。金色の部分は割れた傷を覆っているんです。ああ、もちろん普段使いもできますので」

「そ、そうなの」

「ちなみに奥の棚に陳列してあるものは商品です。キャロルさん、下の段に並べてあるカップ、三つほど持ってきてください」

「はい！」

キャロルが金継ぎのカップをエミリー夫人の前に並べていく。

ちなみに、テーブルの下に隠されていたカップはここにはない。それはすべてキャロルが個人的に保管したり、客に使うためのものとして使っていたりする。ここにあるのはすべて、マシューが割れたカップを自分の得意先から引き取り、ジルが修理したものだった。

それを見たエミリー夫人が、まるで雷に打たれたような衝撃を受けていた。

「こ、これ、もしかして……！　私が新婚の頃にうっかり割った……」

「え？」

「あ、い、いえ、何でもないのよ、何でも！　これ一つ包んでくださるかしら？　あ、一緒のソーサーも付けてね」

「は、はぁ。ありがとうございます」

エミリー夫人の妙な言動に、ジルはピンときてしまった。

マシューは恐らく、エミリー夫人からも割れたカップを引き取ってきたのではないか。エミリー夫人の方も捨てるに捨てられなかったのを処分するつもりでマシューに引き渡したのだ。

だが、金継ぎによって問題なく使えるほどの修復がなされたことが予想外だっただけで。

「いい買い物をしたわ……ああ、こんな風に直るんだったら早く聞いておくべきだったわ。まったくマシューったらもう……」

エミリー夫人は包んだ茶器を大事そうに受け取る。

自分の素性を隠すことをほぼ忘れている言動に、ジルは内心くすっと笑った。

「それじゃあ失礼するわね。本当にありがとう」

エミリー夫人がそそくさと去ろうと立ち上がった。

「あっ、足元お気をつけて」

モーリンとキャロルがさっとエミリー夫人の横に立ち、扉まで付きそう。

そして、何事もなくエミリー夫人は去っていった。

「……何だったんでしょうか？」

キャロルがぽつりと呟《つぶや》く。

キャロルだけはこの場で唯一、エミリー夫人とは会ったことがなかった。なんとなく二人の調子に合わせていただけであった。

そののんきな姿に、ジルとモーリンがくすくすと笑った。

「え、私なにか変なこと言いました？」

「いえいえ。大丈夫ですよ」

一度だけの珍事かと思いきや、その後も変なことが起きた。

まず喜ばしいこととして、客が増えた。

次に悩ましいこととして、客が増えた。

「いらっしゃいませー」

「わあ、これエミリー夫人の帽子、本当に売ってる……！　被ってみてもいいかしら!?」

「ええ、どうぞ。鏡もございますので」

「ありがとう」

ジルたちが挨拶すると、ある客は楽しそうに帽子を試着したり、財布の紐《ひも》を緩めて色々と買っていってくれる。茶も軽食も楽しんでくれる、良客であった。

だがそうでない客もいた。

「いらっしゃいませー」

「……ふん」

「ど、どうぞ遠慮なくご覧になってください」

「どんなにいい店かと思ったら……全然品数が少ないじゃないの。期待外れね」

「は、はぁ」

口々に嫌味《いやみ》を残して、なにも買わずに帰ったりする。

つまり良客とクレーマーが同時にやってきた……という状況であった。

しかも両者には共通点と、目に見える違いがある。

どちらも仮面を付けているのだ。

また両者ともに、十代後半から四十代くらいまでの女性だ。

そして明確な違いとは、良客は白い仮面を、クレーマーは赤い仮面を付けていることだった。

服装や身分は様々だ。ごく普通の庶民的なチュニックやスカートの者もいれば、それなりに装飾が施された高級な服を着ている者もいる。

仮面を付けていることから先日来たエミリー夫人が関係するだろうとは思っていが、それ以上のことはなにもわからない。

「ご主人様。アレ、つまみ出していいかい」

モーリンが怒りを秘めた顔で、客から見えないように指を向けた。

「うーん、ただの嫌がらせならそうしてもいいんですが……」

ジルは、判断に迷っていた。

流石《さすが》に状況が特殊すぎる。それに、嫌味は言うがそれ以上の嫌がらせはしてこない。例えば他の客の買い物を邪魔するとか、商品を傷つけるとか、あるいは無茶苦茶《むちゃくちゃ》な値引きを要求するといった、一線を越えた行為は決してしなかった。

「妙に統制が取れているんですよね……。ごめんなさい、事情を把握するまではスルーしましょう」

「別にご主人さまが謝ることじゃないさ。そういう方針なら了解だよ」

「あまりにひどいときははっきり注意しましょう……ただ、そうなってしまうまでに指をくわえて見ているのも芸がありませんね」

「ん？」

ジルがカウンターから出て、警戒心を露《あら》わにしている赤い仮面の貴婦人たちに近寄った。

「いらっしゃいませ、お客様。なにかお探しのものはございますか？」

ジルが、三人の赤い仮面のグループに声を掛けた。

三人とも驚いて後ずさるが、リーダー格らしき貴婦人が代表してジルに応じた。

「べ、別に、見てるだけよ。営業中の店に入っちゃいけないとでも言うわけ？」

「いいえ、まさか。お目が高い方にご覧頂けるのは幸いですから」

「でも、どれも派手ね。趣味じゃないわ」

「落ち着いたものがお好みですか」

「ええ。それなりの家格の者が着るべき正しい服というものがあるのよ。風紀の乱れたものに毒されたくはないわ」

ふふん、という声が聞こえそうな態度であった。

だがジルは気にせずに接客を続けた。

「でしたら、生地をお売りしてそちらの針子にお任せするということもできますが」

「生地？　だから派手なものは……えっ」

ジルはキャロルに目配せをして、奥からとあるものを持ってこさせた。

それは、グレーベージュの反物であった。

薄い色合いの格子模様が描かれており、真夏を意図した店頭の服よりは落ち着きがある。

「これは木綿……あれ、違う、絹……？」

「素材は絹と同じ蚕の繭ですね。少々製法が違っていて絹よりは安価ですが」

これは、紬《つむぎ》である。

絹とは蚕の繭から糸を引き出して織った生地だが、繭の中には絹糸には適さないくず繭もある。あえてそのくず繭を潰して糸を引き出して織った生地が紬であった。

以前ジルは、従姉《いとこ》にして次期女王エリンナのために友禅染のドレス生地を作った。その過程で、絹の生地や絹糸をマシューから買い付けていたが、その中に「くず繭」があった。それを活用できないかとジルは試行錯誤していたが、その結果できたものが、今貴婦人たちに見せている紬の生地であった。

「ふ、ふうん。そうなの。まあ、絹ほど上質ではなさそうだし別にいいわ」

貴婦人は、明らかに興味のないふりをしていた。

体と顔はそっぽを向きながら、目線は強く生地の方を向いている。恐らくこの貴婦人の好みのものなのだろう。

「何種類かございますが、夏用のドレスを仕立てる程度の量であれば一万ディナもしませんよ」

えっ、という声が貴婦人たちの口から漏れた。

絹の生地に比べたらまさに破格であった。しかも、染の技法によって異国情緒豊かでありながらも落ち着きのある風合いに仕上がった生地だ。

「あー、アガサ様！　それはずるいですわ！　『赤』のグループは服を買わないって取り決めでしょう！」

そのとき、白い仮面のグループがジルたちのところにやってきた。

「か、買わないわよ！　私たちは、この町の風紀が乱れないか監視してるだけだもの！」

アガサと呼ばれた貴婦人が、慌てて反論した。

「あ、ラッキー。じゃあ私が買っても構わないわよね？」

「なんですって！」

売り言葉に買い言葉の口論が始まった。

風紀が乱れないか監視、という言葉に引っかかりはしたが、これ以上騒がれたら店としては困る。

ジルはそろそろお叱りの時間かなと思いながらモーリンに目配せをした。

「おやめなさい」

だが、口論を制する声がまったく別のところから響いた。

いつの間にか現れていた、エミリー夫人であった。


お忍びで来たエミリー夫人は、カウンターに掛けてジルに丁寧に侘《わ》びた。

「ごめんなさいね。色々と巻き込んじゃったみたいで……」

エミリー夫人にたしなめられた『赤』と『白』の貴婦人たちは、蜘蛛《くも》の子を散らすように逃げていった。

そしてエミリー夫人本人はすでに仮面を外している。いちいち顔を隠すのは止《や》めたようだった。

「えーと、お体は大丈夫ですか……？」

「ああ、それは大丈夫よ。今は安定期に入ったから。医者からも健康ですって太鼓判を押されてるわ。むしろ家に閉じこもったままの方が健康に良くないって言われたから大手を振って歩けるの」

「ああ、それはよかった」

ジルがほっと安堵《あんど》する。

「心配してくれてありがとね」

「いえいえ。ところで……最近いらっしゃる仮面のお客様はもしかして……」

「みんな私の友達」

友達というよりは取り巻きでは、というツッコミをジルは飲み込んだ。

「正確に言うと、この町に昔からある婦人会みたいな、互助会みたいな集まりよ。『エルネ川の集い』っていうんだけど……」

エルネ川の集い。

それは、シェルランドの町に古くからある、女性たちの集まりであった。

まだこの町が今ほど栄えてはおらず、また国々の戦乱も激しく不穏な情勢であった頃に組織されたらしい。目的は単純で「異国の軍や盗賊の襲撃があったときに、一致団結して避難をする」「男衆が防衛で出払っているときに、力仕事や炊き出しなどを共同で行う」というものだ。

しかし今では大きな戦乱もなく、不穏だった時代に活動していた盗賊も鎮圧され平和になった。晩餐会《ばんさんかい》の企画であったり、夫に殴られた者の駆け込み寺のようなことをしていたり、あるいは迷い猫の捜索をしたりと、「なんとなく一緒に困りごとを解決しましょうね」という団体に姿を変えつつあった。

その『エルネ川の集い』の代表には、常に領主の奥方や、あるいはその周囲の血縁者が就任するのが慣例となっている。

「あ、じゃあ今の代表は……」

「そう、私よ。私なのよね……。ああもう、なんでこんなことになっちゃったんだか……」

はぁ、とエミリー夫人が溜め息《たいき》をついた。ずいぶんとお疲れの様子だ。

「そのお悩みの件は、あの仮面を付けた女性たちのことですか？」

「……赤い仮面をつけた子たちは保守派なのよ」

「保守派？」

「そう。伝統を大事にして、マナーを守って、ついでに服や小物も今まで通りの美しいものを身につけましょう、みたいな」

「あ」

これは、ジルが今まで「いつか来るだろうな」と思ってたことだ。

ジルの作る服や小物は美しく、そして少々、今までの既成概念というものに反逆している。

その最たるものは、女性向けのズボンであった。

ジルはこっそり目立たないところに飾ってはいるが、赤い仮面を付けた貴婦人は特にそれに反応していた気がする。

「で、『白』は自由派かしら。面白いからいいじゃないとか……あと、個人的にあなたに肩入れしてる人もいる感じかしら？」

「肩入れ？」

はて、それはどういうことだろうとジルは首をかしげた。

ジルはこの町に来て友人知人は色々と増えたが、一種の派閥を形成するほどの多数の知り合いはいない。まるで心当たりがなかった。

「ご主人様。ご自分のなさったことを振り返っておくれ。特にここ最近」

「え？」

モーリンに言われて、ジルは自分の最近の仕事を指折り数えた。

幽霊屋敷を除霊したこと。幽霊屋敷が原因でケンカしている夫婦を仲裁したような形になったこと。ブランドンや俳優たちの鉛中毒を治したこと。これまでの照明器具に代わる新たな魔道具を開発したこと。

「あ、意外と仕事してますね私」

「意外とってレベルじゃないと思うんだけどね」

「……もしかして、私が病気の治療をしたのって噂《うわさ》になってたりします？」

「それが一番大きいわね」

モーリンに代わってエミリー夫人が答えた。

「それに私が麦わら帽子を褒めたり、外で被っちゃったじゃない？『エルネ川の集い』で帽子職人の話が噂になって……その後も、悪霊を追い出した謎の女性がいるとか、名俳優ブランドンを助けた謎の女医がいるとか、いろんな噂が集まって『もしかしてあの新しい雑貨店の店長が謎の人の正体では？』って推理されちゃってるのよ」

「あー……人の噂が出回るのって早いんですねぇ……」

ジルがしみじみ呟いた。

凄《すご》いなぁ謎の人、などとすっとぼけた感想さえ抱いたが、流石に口には出さなかった。ますます呆《あき》れられるのも少々悔しかった。

「全然関係ない人にとっては、あなたの存在って多分、怖く感じるのよ。突然外からやってきて、奇抜な服を作って、ついでにいろんなことをして……謎めいてるのね。でもあなたに助けられた人もたくさんいるわ。鉛中毒の人の家族だとか、演劇ファンとか。ああ、そういえば閲兵をやり過ごした件で、騎士団の人もあなたに感謝してる」

「なるほど……それで派閥ができてしまったんですね」

「ああ、元々、保守派と自由派みたいな対立はあったのよ。今回たまたまあなたの噂と結びついちゃったような格好ね。あなたが火を付けたとかじゃないからそこは安心して」

「なんだか申し訳ございません……」

「まさか！　むしろ私こそ軽率だったわ。もしまたトラブルが起きるようだったら、私から直々に叱るから」

　いや、それも角が立つだろうな……とジルは思った。色々と禍根を残しかねない。

　エミリー夫人に気後れして一歩下がっていたキャロルが、ジルの袖をちょいちょいと引っ張った。

「あのー、てんちょお……」

「あ、なんですか、キャロルさん？」

「ちょっと嬉しそうな気配が漏れてます」

　キャロルが小声でささやく。

　ジルは、言われて気付いだ。不謹慎なことに、ちょっと微笑みが浮かんでいた。

　マズいと思って、ジルはとっさに口元を手で隠した。

「え、えーと、なにか面白かった……かしら？」

　エミリー夫人が恐る恐る尋ねた。

「す、すみません。ついにこんな風に注目される日が来たんだなぁって、なんだか感慨深くって」

ジルは、今まで色んなものを作ってきた。

誰になにを言われるでもなく、ただひたすら好きなものを。

王城にいたときは、好きなことをすればするほど蔑まれた。

市井《しせい》の者であれば美徳とされることとさえも「王族としては不適格」とされた。人の上に立つ人であることを厭《いと》うことは悪徳であった。凶悪な魔法を操る、人の姿をした怪物の仲間であることを拒否することは許されなかった。

それに比べたら、ジルにとって今の状況はまだ可愛《かわい》らしいものであった。自分の行為や思想そのものが非難されているわけではない。自分の作ったものが高く評価されたがゆえに、人々の意見が割れている。

ジルは、マシューと初めて出会ったときの言葉を思い出した。

『面白いと言う人もいれば、ありえないと言う人もいるでしょう』

『慎重に作戦を練った方がよろしいかと』

『もはやそれは即《すなわ》ち、ブランドです。大事に育てなければならないものです』

これらすべて、真実であることが証明されたのだ。面白くないはずがなかった。

「不思議な人ね、あなたって」

エミリー夫人は、尊敬と呆れの混じった言葉をこぼした。

「お店のこと、ご心配ありがとうございます。今日いらっしゃった『赤』の人も、別に恨んではいませんよ。一線を越えるような嫌がらせには踏み込んでませんでしたし、私を怖がる気持ちもよくわかります」

「そう言ってくれると助かるわ」

「いずれ落ち着いてくれることを祈るだけです。信頼されるようになるまで頑張ります。どうしてもとなれば夫人を頼りますが、そうでなければ見守ってください」

ジルの明るい表情に、エミリー夫人がほっと胸を撫で下ろした。

「あ、そういえば……そろそろ仮面舞踏会の時期では？」

モーリンが唐突に呟くと、ジルはきょとんとした顔をした。

「そういえば、そんなイベントがあるんでしたっけ」

「ああ、ジルちゃんはまだ見たことがないのね。毎年この夏の終わりの時期は収穫祭があって、祭りの最後の日に仮面舞踏会をやるのよ。この日だけは身分も立場も気にせず仮面を被って楽しく遊ぶんだけど……」

そこまで言いかけて、エミリー夫人は顔をしかめた。

「……あの子たち、大丈夫かしら」

「なにか心配事が？」

「『エルネ川の集い』がその舞踏会の段取りをしてるのよ。私は産休で参加できないから副会長が仕切っているんだけど……。『赤』と『白』の仲が悪いじゃない？」

確かに、とジルは思った。こんな小さな店の中でケンカの気配を見せるくらいだ。エミリー夫人の懸念はもっともだろう。

「次の会合、行ってこようかしら。あなたの件も軽く注意しておくわ」

エミリー夫人の中で結論が出たらしい。

席を立とうとして、横に置いていたバッグを手に取る。

「ではエミリー夫人。いっそ私も直接行きましょうか？」

「え？」

ジルの提案に、エミリー夫人は間の抜けた声を出した。


エミリー夫人の懸念は、半分当たり、半分外れていた。

「へぇー、ここが婦人会ですか」

「大きめの集会場を借りてるだけさ。普段はもっと小さいところでやるんだよ」

今、ジルたちは『エルネ川の集い』の会合にこっそり紛れ込んでいた。

場所はエミリー夫人の邸宅の近くにある建物の会議室だ。普段は商工会、あるいは騎士、一部の趣味人などが臨時で部屋を借りて、会議や社交の場として使われている。今日は大きめの部屋をエルネ川の集いが押さえており、十代後半の女性から初老の女性まで、幅広い年齢層の女性が集まっていた。

「ところで未婚の女性が入ってもいいんですか？」

「別に問題ないさ。ていうか行くと決めたのはご主人様じゃないか」

「そうですけどね」

『エルネ側の集い』のトラブルを聞いたジルは、「じゃあ、ちょっとご挨拶してきましょうか。顔を見せてない謎の人物だから怖がられるんでしょうし」とこともなげに言ってのけた。

エミリー夫人は少々迷った。

が、自分が後見人のような立場となれば無茶なトラブルは招くまいと思って許可した。そしてジルが会合に行くとなれば、ジルの素性を知るエミリー夫人の両親など領主一族も首を縦に振らざるをえない。舞踏会の準備が上手《うま》くいっているか心配なエミリー夫人にとっては渡りに船であった。

「あの人が噂の雑貨店の店長ね……」

「凄い魔法を使うんだとか……」

「『あの御方《おかた》』の娘って噂も……」

建物の中に入って廊下を歩いただけで、ひそひそと噂話がジルの耳に届いてくる。

しかも、以前店に来た『赤』の派閥のアガサと呼ばれた女性もいる。ジルの姿を見て驚愕《きょうがく》に目を見開いていた。居心地は良くないが仕方あるまい。やるべきことをやってちゃっちゃと帰ろう……

と、ジルが思ったときだった。

「あっ、あのう……！　ジル様でいらっしゃいますよね……!?」

廊下で、四十絡みの女性がジルの前に進み出た。

「あ、はい。ジルです。はじめまして……ですよね？」

「わ、私！　ミレーナ・アルダンと申しまして……！　娘が大変お世話になりました……！」

「は、はぁ」

誰でしたっけ。と口に出す前に、こそっとモーリンが耳打ちした。

「アルダンってのは鉛中毒で入院してた女の子の名字だよ」

「あ、なるほど」

ジルは自分の記憶を探ると、白粉《おしろい》作りを手伝わせた女性に顔つきが似てると思い当たった。

あなたも演劇が好きなんですかと尋ねようかと思ったあたりで、怒涛《どとう》の説明が始まった。

「娘に口止めされてて会いにも行けなかったのですが、ああ、本当に、本当にありがとうございます……！　あの子は子供の頃から演劇が好きで好きで、夢をどうしても諦めきれず死にそうになって……それがあんな風に、元気な顔を見せてくれて……」

そしてミレーナは、めちゃめちゃ泣き出した。

「え、ええと……元気になってなによりです」

「なにか私にできることがあればなんなりとお申し付けください！」

ミレーナの友人らしき女性がやってきて、ジルに苦笑を浮かべながら一礼して、「ほら、迷惑になってるわよ」、「後で落ち着いて話しなさいな」などと説得されながらミレーナを引き剝《ひは》がした。

彼女らにジルはありがとうございますと伝えつつ、内心悩んだ。

今のやり取りで、空気が少々変わってしまった。『白』の派閥らしき人からは尊敬やあこがれが、そして『赤』の派閥らしき人からは警戒が。

ただ派閥争いをしたいだけであればジルは『白』に肩入れをすればよい。だが話はそう単純ではない。この『エルネ川の集い』そのものと対立するつもりはジルには一切ない。

（さて、どうなることやら……）

会議室に女性たちが着席し、ジルも通された。とはいえ、あくまで「見学」という扱いのためか、全員が座っているテーブルとは少し離れたところに席を用意された。

司会進行役が開催を告げると、こそこそという雑談が止まってしんと静まる。

「会長。ご挨拶頂いてもよろしいでしょうか」

エミリー夫人が、司会の言葉に頷《うなず》いて話を始めた。

「まず、みなさん出席ありがとう。休みに入っちゃって任せるような格好になってごめんなさいね。相談はいつでも乗るから遠慮なく言ってね」

エミリー夫人の言葉に、全員にほっとした空気が流れる。

「それと、今日は見学にきてくれた子がいるの。ジルさん」

「はい。ジルと申します。密談横丁で雑貨店を営んでおります」

ジルが話を向けられ、淀《よど》みなく挨拶をした。

「この町に来て日が浅いから、あんまり怖がらせたり困らせたりしちゃだめよ」

エミリー夫人からは、ジルについてそれ以上の言及はなかった。『赤』、『白』両方への注意とも取れる、絶妙な塩梅《あんばい》の言葉であった。

しかしそれでも全員、ジルに露骨な視線を向けてはいないが興味を隠せてはいない。誰もが背中越しに後ろの席のジルを意識している。

そんな空気の中で、会議が始まった。

「それでは今年の舞踏会の打ち合わせに入ります。今まで結論が出ていなかった議題がありますので、今回は会長にご判断頂きたく存じます。よろしくお願いします」

司会がそう言った瞬間、なんとなく会議室の温度が変わった気がした。

「なにが決まってないの？」

「食材の手配。業者への謝礼金。音楽家の手配。照明の魔道具のレンタルなどです。先日の嵐、シェルランドの被害は軽微でしたが他の地域での被害は大きく果物が値上がりしています。昨年と同様というわけにはいかず……」

「それは頭が痛いわね……」

エミリー夫人は物憂げに言いながらも、様々な意見を吟味して答えを出した。

小麦の方は余剰気味だから献立案を修正しましょう。負担が増える業者への謝礼金は増額を許可します。音楽家は、いつも頼んでるおじいちゃんがギックリ腰？　じゃ、誰かやりたい人いる？　練習用の場所は開放してあげるわよ……などと、ばっさばっさと今まで懸案となっていた議題の解決策を提示していく。

エミリー夫人が何かを発する度に、誰かが一喜一憂していた。どうやら『赤』の派閥と『白』の派閥での意見対立となっていたようだ。エミリー夫人はどちらの派閥にも味方しすぎない絶妙なバランスの答えを出しているようで、派閥の優劣が決まる事態にはなっていない様子だった。お見事だなぁとジルはエミリー夫人を眺める。

「えーと、次は魔道具の手配？」

「はい。舞踏会の会場のシャンデリアに取り付けていた魔道具が長年使い続けていたせいか、火がすぐ消えてしまうのです。現地で確認したのですがその通りでした。施設の者はなんとかすると言ってはいるのですが、彼らだけに任せて解決するかどうか……」

司会が苦しげに説明した。

どうやら本題の懸案はこれのようだった。

シャンデリアは恐ろしく高価な代物だ。ガラスや宝石をちりばめ、さらに魔道具による光源を取り付けてあり、高級素材の家具や調度品の中ではもっとも値が張る。

「会場って領主館の別館よね？　修理もその予算もお祖父様《じいさま》……領主様の管轄と思うのだけれど」

「どうやら施設管理の者が故障したのを黙っていて、予算の申請が間に合うかどうかも……。壊れ方から察するに誤って壊したなどではなく経年劣化によるものなのは間違いないのですが、自分が責任を問われると思い込んで躊躇《ためら》っていたようです」

「あらら……」

「あっ、あの、アイディアがあります！」

そのとき、挙手する女性がいた。

ジルは思わずその声の主を見た。聞き覚えのある声と顔だった。

「あ、お隣の」

「アイディアってなにかしら、カレン？」

エミリー夫人が名前を呼ぶと、カレンは嬉しそうにハイと返事をする。

「最近、照明の魔道具を扱い始めた雑貨店があるんです。ええと、名前は……エンジェルライトでしたっけ？」

「あ、フェアリーライトです」

ジルが思わずツッコミを入れてしまった。

会場にいた全員が、ジルの方を見る。

「あっ、すみませんジルさん！　フェアリーライトです！　とっても明るくって綺麗《きれい》な光を放って……シャンデリアにつけると凄く綺麗だと思います！」

「あ、いいですねそれ」

「それいいわね！」

ジルが頷き、エミリー夫人も身を乗り出して賛成した。

「私も見たわ、あのライト。火の光とは違って綺麗なのよね。ジルちゃん、どうかしら？」

「シャンデリアに取り付ける程度でしたら問題ありませんよ。魔石をシャンデリアに取り付けることになるので見栄えや調整は私一人では難しいですが、さほど難しい仕事にはならないかと」

二人のやり取りに、参加者たちがざわつきだした。

そんなに凄いものがただの雑貨店に売っているのかという質問や、いくらなんでもシャンデリアを直すなんで無理だろうと最初から馬鹿にする言葉もあり、あるいは絶対に大丈夫と太鼓判を押すカレンの言葉もあった。

そのざわつきを止めたのは、『赤』の派閥のアガサであった。

「エミリー夫人、私は反対です」

大きな声は放ってはいない。

だがその内に秘めた決然としたなにかが、全員の口を閉じさせた。

「アガサ。どうして？」

エミリー夫人が、代表して聞き返す。

「彼女の店は、ひどく……不道徳であるからです」

挑発的な言葉に、ジルは眉をひそめた。

ジルだけではない。モーリンはもちろん、『白』の派閥の面々も同様であった。

「どこが不道徳なのかしら？」

「並べている服です。あのように奇抜なものが広まってしまったら……いえ、広まりつつありますが……きっと大きな批判を招くでしょう。あんな……あんなものは危険です……！」

『赤』の派閥はアガサと同じことを思っているようで、アガサを応援するように周囲に鋭い視線を送っている。

「不道徳って……ええと、なんのことですか……？」

アガサはキッとジルを睨《にら》み付けた。

それを制するように、エミリー夫人が口を挟んだ。

「アガサ。もったいぶった言い方は止めて、率直に言ったらどう？　雑貨店『ウィッチ・ハンド・クラフト』の、いったいなにが不道徳っていうの？」

その言葉に、アガサはむしろ挑戦的な眼差《まなざ》しを返した。

そして、一呼吸置いて言い放った。

「私は別に、こちらのジルという御方が嫌いなわけでもありません。シャツやカップなども、少々私の美的感覚とはズレますが、悪いものではないのでしょう。しかしどうしても一点、許しがたいものがあります」

わなわなとアガサは震えた手を固く握りしめた。

「許しがたいもの……？」

ジルは、最近作ったものを振り返って、心当たりがけっこうあるなと思った。

悪魔製作の秘術が漏れたならばなんとか誤魔化《ごまか》さなければならない。あるいはアガサという女性が鉛の白粉の売買を手掛けていて、ジルの行動の結果として収入が下がった……などであれば、全面対決をしなければならない。

色んな想像を巡らしたジルであったが、続くアガサの言葉は完全に予想外なものだった。

「女性用のズボンです！」

「……え、そこ？」

ジルはぽかんとした表情を浮かべた。

「あんなものが町で流行《はや》ってしまったらどうなると思いますか！　ふしだらだと非難され、攻撃されるのは目に見えています！」

アガサの言葉に、『赤』の派閥が追従した。

「そうよ！　大問題になるわよ！」

「嫁入り前の娘に流行って嫁のもらい手がいなくなって責任取れるわけ!?」

「ズボンなんてはいたらうちの子が戦争に駆り出されるかもしれないじゃない！」

だが、『白』の派閥も負けじと反論する。

「そうやって否定したって、流行るものは流行るのよ！」

「だいたいズボン自体が舶来品じゃないの！　女がふしだらなら男はもっとふしだらでしょう！」

「女にできることが増えるならいいじゃないですか！」

ますますヒートアップしていく言い合いを、エミリー夫人が制した。

「おやめなさい！」

エミリー夫人の鋭い言葉に、全員が沈黙した。

「各々、言い分があることはわかりました。ですが無秩序な罵り合いは議論とは言いません。どうしても叫びたいのであれば外か屋上に出なさい」

流石に全員、エミリー夫人の制止を振り切るほどにはまだ過熱はしていなかった。

しばらく部屋を沈黙が包む。

エミリー夫人は頃合いを見計らって、穏やかに話し始めた。

「アガサ。代表して私に話をして頂戴。どうしてズボンがいけないのかしら？」

「エミリー夫人、この町の女性が暮らしやすくなるよう骨を折ってきたのは貴女様《あなたさま》です。しかし彼女のズボンは、それをすべて水の泡となる可能性があるのです。軽んじてはなりません」

「でも、今ここにいるモーリンも乗馬のときはズボンをはいてるわよ。モーリンでなくたって、仕事上やむを得ずズボンをはく人はいるんじゃないかしら」

騎士団で働いていたモーリンを知っている人間は会合にもいるらしく、納得の声が漏れ聞こえる。

モーリンも密《ひそ》かにほくそ笑んだ。

だがアガサは一切怯《ひる》むことなく反論した。

「それは乗馬であるがゆえに、騎士団の庇護《ひご》があったがゆえに許されたのです。男の仕事を肩代わりしたという名分がない人までズボンをはいたらどうなると思いますか。もちろん中には歓迎する人もいるでしょうが、大半は……特に、尊き方々は決して良い顔をしないでしょう。違いますか？」

「違う……とは言えないわね」

「女性が、誰のためでもなく自分のためにズボンをはくのは、きっと非難されます。そのような隙を見せれば今まで自由だったものさえも制限されるでしょう。私はそれを恐れているのです」

ジルは、アガサの話を聞いて納得した。

どうして彼女が、自分を目の敵にしたのか。それは嫌がらせややっかみではない。もしかしたらそれも含まれるかもしれないが、もっと大きなもののために怒りを燃やしている。

「……つまり、私が悪目立ちすることで『女性がズボンをはくのはダメだ』という世論ができあがるのが困る……。またそれをきっかけに、色んなものが弾圧されるのではないかと、それを心配してるわけですね？」

ズボンが槍玉《やりだま》に挙げられる。それだけならばまだ良い。

だが一度議論に火が付いてしまえば様々なところへ飛び火する。それはちょっとしたお洒落《しゃれ》を制限するものとなるかもしれない。あるいはモーリンのように活躍する女性への攻撃となるかもしれない。今はなんてことのないように見えても、影響の大きさは計り知れない。

女性用のズボンとはそういうものだと、アガサは告げていた。

「ええ、そういうことよ。ズボンに注目が集まればあなたの店の他のものだって敬遠されて売れなくなるでしょうし、そもそもお店を続けること自体が夢のまた夢になるんじゃないかしら？　ちょっとばかり技術があるからって、そういうものは生半可に手を出していいことじゃないのよ」

勝ち誇ったようにアガサは微笑みを浮かべた。

「なるほど。確かにあなたの言う懸念はあると思うわ」

エミリー夫人が静かに頷いた。

「そうでございましょう？」

「でもそれなら、ズボンを作って売るのを止めればいい話ではないの？　お店そのものを非難せずともいいように感じるのだけど」

「いいえ、違います。ズボンを生み出した彼女の才覚や思想が危険だと私は思います。夫人が麦わら帽子に一目惚《ひとめぼ》れしたように……すでに彼女の信奉者が出ているように、彼女には恐ろしいほどのなにかがある。世界や常識を変えてしまう、そういうものを生み出せる人です」

そんな大げさな、と失笑しかかった女性が一人、二人いた。

アガサは視線だけで彼女らを黙らせた。

他の参加者は押し黙っている。アガサの言葉が、決して冗談でもなんでもないと理解していた。

「……なにを大げさなと笑う人もいるでしょう。しかし私には彼女が、国や社会に叛逆《はんぎゃく》する者として映っています」

アガサの言葉に、全員が息を呑《の》んだ。

それが、この会議の答えであった。


次の日、ジルは久しぶりにレストラン『ロシナンテ』に来た。

ぼへーと疲れた表情をしたジルに、店主のローラン、その娘のティナが心配そうに声を掛ける。

「だ、大丈夫かい、ジルさん……？」

「ジルお姉ちゃん……」

「あ、すみません。ちょっと考え事を。あ、パスタセットをお願いします。アイスティーと……え、ハニーナッツアイスなんてあるんですか？　美味《おい》しそう」

「ああ。ティナとマルスが考えたんだ。粉にしたアーモンドを混ぜ込んで、粒のままのハニーナッツと岩塩と一緒に食べる。意外とアイスに合うんだよ」

「面白いですね。ではぜひそれを」

嬉しそうにジルが注文するのを見て、ローランはどこかほっとした様子だった。

「なんだ、ウチの嫁の話じゃ、相当ショックを受けたって……」

「お父さん！」

油断したローランをティナが咎《とが》めた。

「あ、もしかして会合の話って噂になってますか？」

「あー、まあ、ちょっとな」

ローランまでも知っているということは、それなりに広まっているのだろうとジルは思った。それも仕方ないだろうなと思った。自分が聴衆の側だったらモーリンやキャロルと話し合っていたに違いない。自分でもまだ興奮が冷めていないところがあった。

「気にしちゃダメだよ、ジルお姉ちゃん！　私、ジルお姉ちゃんの作る服が好きだもん！」

ティナが心配そうにジルの隣に来た。

「いい子いい子」

「え、あ、えーと……なんで頭撫《な》でるの？」

「なんとなくです。それに、別に悲しいとか怒ってるとか、そういうことはありませんよ」

「……そうなの？　アガサおばさんに怒られたって」

「ティナちゃんもアガサさんのこと知ってるの？」

「うん。商工会の一番えらい人の奥さんで、商店街でなにかあるとすぐにあの人が怒るんだって」

アガサについて語るティナは、ひどく怖々とした様子だった。

ローランが苦笑しながらそこに説明を付け加える。

「悪戯してる子供は貴族だろうが庶民だろうがカミナリを落とすから、子供にはおっかないんだ。だがあの人がピシャッと叱ってくれるおかげで助かってる人もいるし、悪い人じゃないんだが……ちょっと頑固な人でな」

「それはなんだか、誇らしいですね」

ジルの思わぬ言葉に、ローランもティナもきょとんとした。

「今まで色んなものを作ってきました。染め物もやりましたし、麦わら帽子やドレスの生地……あ、こないだはガトーマジックを一緒に作りましたね」

「そうだな。ありゃ楽しかった」

「楽しいもの、綺麗なもの、美味しいもの。それらを作ってきて『つまらない』って言われてたら凄いショックだったと思います。でもあの人は、『世界や常識を変えてしまう』って言ってくれたんです。この国や世界に叛逆するようなものだと。そんなこと言われたら……ローランさんはどんな気持ちになります？」

「そ、そりゃジルさん……」

ローランは顎に手を当てて考え込み、押し黙った。

そして自分の中でゆっくりと言葉を噛《か》み締《し》め、解釈し、にやっと笑った。

「……最大級の賛辞だ」

「ですよね!?」

「自分を気に食わない人間さえも振り向いて注目せざるを得ない。あいつは気に入らないが、あいつの作るものは素晴らしい。そりゃまさに料理人や職人として誉《ほまれ》だ」

くっくっく、とジルとローランが爆笑を押し殺した笑いを上げた。

「そ、そうかなぁ……？」

「ティナちゃんもいずれわかりますよ」

「変なの」

ティナが、大人のことはわからないとばかりに肩をすくめた。

「しかし、褒められたはいいが、目の敵にされなくなったわけじゃあるまい」

ローランの心配そうな声に、ジルはさほど気に病んだ様子もなく頷く。

「そうなんですよね。まあ、支店の経営方針は見直そうかと思っています。少し惜しいですけど」

「少しどころじゃねえが……アガサさんに睨まれちまったら仕方ねえか……。なにかできることがあったら言ってくれよ」

「ありがとうございます」

「お店、止めたりしないよね……？」

ティナがおっかなびっくりに尋ねるが、ジルは微笑みながら首を横に振った。

「大丈夫ですよ。もちろん私もそこまでするつもりはありません。こんなことじゃ負けませんよ」

「……うん！」

ジルは椅子から降り、ティナと同じ目線まで中腰になる。

ティナはジルの微笑みにつられて、同じように微笑んだ。

ジルはロシナンテを出た後、支店の方の『ウィッチ・ハンド・クラフト』へと向かった。

今後の方針をモーリンやキャロルと相談しなければならない。

足取りは軽かった。ローラン、そしてティナと話して、自分の実感を確かなものにすることができた。今までの自分がやってきたことが、この町の人々に影響を与えることができたと。

「とはいえ、急ぎすぎましたかね」

きっとそれは、愛する伯父、コンラッドが歩んだ道程と同じだと思った。

ローランの出したハニーナッツアイスは美味だ。こんな美味しいものを、一般市民が当たり前に食べることができる。アイスを食べる権利について、お歴々が顔を突き合わせて議論し、権利を勝ち得た。

そんな偉業に近づけることができたのであれば、ああ、私はなんと幸せなのだろうか。それを思えば諫《いさ》められたことくらいはなんてことはない。むしろアガサは、これから歩むべき道を示してくれた恩人と言ってさえよかった。

「あ、でも……あれはどうしましょうね……」

だが、心残りがあった。

舞踏会の懸案事項の一つ、会場の照明についてだ。このまま雑貨店『ウィッチ・ハンド・クラフト』を営業縮小させて、舞踏会の手伝いも止めるとしたら、困ることになるだろう。

自分の作った照明が女たちを照らす光景が見られないのは、ジルにとって惜しいことだった。

「そんな背中で歩くものではないよ」

そんなとき、すっと、ジルの頭上に傘が現れた。

「趣味が良いとは言えませんね」

「濡《ぬ》れたまま歩くのも良い趣味とは言えない。小雨だが、風邪を引く」

「あ……」

ジルはようやく、雨が降っていることに気付いた。

自分が隙を見せてしまった羞恥に、顔に赤みが差した。

「なにか、悩み事でもあるのかな」

「噂は耳にしていないんですか？　耳聡《みみざと》いあなたにしては珍しいですね」

「なんとなくは把握しているが……訳知り顔で話すのも良くない。きみの口から聞きたい」

「私のことより、あなたこそなにをしていたんですか」

「きみの店へ向かっていた。最近は客が多いようだったから、遠慮していたんだよ」

「そうですか」

ジルとイオニアは、しばし並んで歩いた。

中途半端な雨雲。曇天と雨天を繰り返す微妙な雨。

「……大した話ではありませんが」

ジルは歩きながら、昨日の会議で起きた話を語り始めた。徐々に雨脚は強くなり、二人の会話を聞く者はいなかった。

「だからそんな風に怒っていたのか」

イオニアは話を聞き終えた後に、立ち止まってぽつりと呟いた。

「え？　いや、怒ってませんけど」

ジルは、困惑しながら聞き返す。

「怒っていない？　そうは見えなかったが」

「アガサさんは私を評価してくれました。思想や立場上の問題で対立しているだけのことです」

「褒められたから怒ってない？　はは」

イオニアの笑いに、ジルは思わずむっとした顔を浮かべた。

「なにがおかしいんですか」

「おかしいとも。確かにきみは、そんな風に言われて悲しんだりはしないし、誇りさえ抱くだろう。だが怒っていないふりをしても仕方がない」

「ですから……」

「アガサという夫人の方が遠大な視線を持っていた。正しく評価する審美眼を持っていた。そして手の平で動かされた。アガサ夫人ではなく自分に怒ってしまうことはあるだろう。違うかな？」

イオニアの言葉は、すうっとジルの胸に入ってきた。ぴたりと心境を言い当てられた。ジルは、アガサではなく自分自身に腹を立てていた。

「それは……はい、そうです」

それはジルが常に抱いていた怒りだった。

どんなに他者から褒められようと、いや、褒められれば褒められるほど、過去の自分のふがいなさや弱さが浮き彫りになる。大事な人を失い、その人を馬鹿にされても反論できなかったことが今も棘《とげ》のようにジルの心に深く食い込み、痛みを疼《うず》かせる。どうして私はなにもできず、なにも言えなかったの、と。

「あの魔女を思い出したか」

「……言っていいことと悪いことがありますよ」

深い傷を弄《まさぐ》られた。

なんでそんなことを言うのですかと泣きわめくのをこらえて、イオニアを睨む。

だがイオニアの微笑の奥に、ジルは恐れと悲しみを見た。

「……あの魔女の恐ろしさは、骨身に染みて知っているよ。かすっただけで死の淵《ふち》を彷徨《さまよ》った。熱というものは一線を超えると熱さを感じない。熱さを感じるための神経さえも灼《や》かれ、冷え冷えとした欠落が体に残る。娘であるとはいえ、あの魔女と対峙《たいじ》し続けて生き延びたきみは、決して弱くなんかない」

「え……」

「恐ろしかっただろう。怖かっただろう。あの痼気だ、明日には消し炭になるかもしれない。死体さえ残すことなく消え去ってしまうかもしれない」

気付けば、傘は地面に落ちていた。

雨に濡れたままイオニアはジルを抱きしめていた。

雨の匂い。その奥からほのかに香る、炭と顔料の匂い。ここに来るまでに絵を描いていたのだろうなとジルは思った。

「生き延びることができたのは仲間が命を賭《と》してくれたからだ。恐ろしかった。なにもかも捨てて

逃げ出したかった」

「え……」

「それでも、悔しくてね。未練たらたらなまま生きてきたよ。一矢報いることはできないか。あるいは、生かしてくれた仲間になにかできやしないかと」

「イオニアさん……」

ジルは、イオニアをそっと抱き返して、呟いた。

「髪の色が戻っていますよ」

その言葉にイオニアは驚き、反射的に自分の髪を触った。だが、すぐに気付いた。

「……してやられたよ」

これは、ジルの嘘《うそ》であった。騙《だま》されたと知ったイオニアは、苦笑して地面に転んだ傘を拾い、再びジルの頭の上に差す。

「やはりあなたは、巌窟《がんくつ》騎士団のガーメントなのですね。髪は絵筆で誤魔化しているんですか?」

「どこまで思い出した?」

「どうして私があの洞窟にいたのか。そして最後どうなってしまったかは思い出せていません……どうなったのかは、なんとなく予想はつきますが」

「そうか」

恐らく自分と、目の前の男以外は、もうこの世にはいないのだ。

いや、それしか結論がないことはジルも夢を何回か見た時点で理解していた。

あるいは表面的なことを忘れてしまっただけで、恐らく自分は、ずっとそれを悲しんで泣いていた気がする。十一歳になってからの六年間、ずっと。

「戦争中、僕とコンラッドたちは戦闘の余波で落盤に巻き込まれた。だが偶然にも生き残った。落下した先が古代文明の遺跡でね。そこで僕らは食料や水、そしてこの魔法の絵筆を発見して生き延びることができた。ここを脱出するまでは国や身分の違いを超えて協力すると約定を結んだ。だが」

「だが？」

「……生活は荒《すさ》みに荒んだ。本当に洞窟を脱出できるかどうかもわからないままトンネルを掘り続ける生活の中で、諍《いさか》いが頻発した。ダスクとドーンが殺し合いに発展しそうなまでのひどいケンカをした。これではまずいとコンラッドが考えて、あるルールを提案した。ここに『俺たちが守るべき王女様がいることにする』とね」

「へ？」

その答えは、ジルのまったく予想していなかった言葉だった。

「え、えーと、それになんの意味が？」

「守るべきものがあるという使命感と、誰かに見られているという緊張感が足りなかったんだよ。あのまま生活していれば、やがてモラルを捨てて服を着ることさえ忘れただろうから。そこで架空の王女を、コンラッドが魔法の絵筆で作り出した。そのモデルは」

「私、ですか」

イオニアは、静かに頷いた。

「それは、私の模写であって、私ではない、ですよね……？」

「予想外のことが起きた。魔法の絵筆で描いた立体の君の絵姿に【悪魔】を封じ込めて『おはよう』

とか『おやすみなさい』と言うだけだったはずの君が……や、君の複製が突然動き出して、饒舌《じょうぜつ》に喋《しゃべ》り始めた」

「なんで？」

ジルのあまりに素朴な聞き方に、イオニアが苦笑を浮かべた。

「魔法の絵筆で人間を描いてそれがあまりにも精巧となると、本体が干渉を受けてしまうらしい。異国の呪術に『呪いたい人間の髪を使って人形を作り、その人形を傷つけると元となった人間も傷付く』……というものがある。人形は人間の写し身、ということだ」

呪術による昏睡《こんすい》状態。

意識や魂が肉体から遊離し、精巧な人形に宿る。

そういうことだったのかとジルの心に理解が染み渡り、喜びと悲しみが同時にやってきた。

「特にきみは、コンラッドから引き剝がされて精神が非常に不安定な状態であった。偶然に偶然が重なり、きみの魂が洞窟の中の人形に宿っていた」

喜びとは、コンラッドと、そして巌窟騎士団と過ごした最後の日々が真実であったということだ。夢の中で感じた安らぎや幸福は、決して嘘ではなかった。

「ですが、それは間違いなく呪術です。偶然とはいえ禁断の邪法と言って差し支えありません。恐らく王族や身内にそんなことをする者がいたら……そして次代の王となる人間が標的となったとしたら……口封じに掛かるでしょう」

コンラッド伯父様、そして巌窟騎士団の最期。ジルにその記憶はない。だがきっとそうだろうという確信はある。ジルの母、バザルデに、殺されたのだ。

「ああ……ああ……そういうことだったのですか……」

母がコンラッドを毛嫌いし、否定し、自分の秘技となる魔法をジルに教え込もうとした理由の一つが、これなのだろう。恐らくバザルデは、誤解したのだ。コンラッドがジルの魂を誘拐し、意のままにしようとしたのだと。ジルは記憶こそ完全に取り戻せてはいないが、今まで謎だったもののすべてが一本の線で繋《つな》がった。

「あなたは、私を見守ってくれていたんですね」

「さて、どうだろうな」

「嘘つき」

ジルは、こてんと額をイオニアの胸に預けた。

雨だけがそれを見ていた。

「……あなたのせいですよ。なんだか、ますます悔しくなってきました」

「悔しくなってきた？」

「コンラッド伯父様は、正しかった。お母様の言うことは間違ってます。惰弱な人なんかじゃありません。勇気がありました。美学がありました。この町の人は、伯父様を愛していました」

昔、バザルデはジルにこう告げた。あのような惰弱な男の考えに染まるとは情けない、と。

「ああ、どうして私はお母様が伯父様をけなしたとき、弁護できなかったんでしょうか」

「それは、誰だってそうだ」

「どこかの誰かが伯父様の弁護をしないのは仕方ないことです。でも、私が、巌窟騎士団が守り通した私が、妥協してはいけなかった。だから」

「……なにを考えている？」

「世界や常識を変える方法です」

ジルは頭を上げてイオニアの目を見る。

その目は、心配そうにジルを見つめている。

「生半可なことではない。服を変えるということは伝統を変えるということだ。本当に、その覚悟があるか？」

「コンラッド伯父様は、この町にアイスクリームを根付かせました。魔法を美食のためだけに使う背徳を、日々を生きる人が当たり前に食べられるものにしました」

「噂には聞いている」

「それを聞いたとき、ワクワクしませんでしたか？」

「……したさ。偉業だ。料理人を志す者は心が震えたことだろう」

「やってみませんか？」

「やってみるって、きみがやるつもりなのだろう？」

「いえ、私一人ではできません。少々手詰まりですから」

ジルは、イオニアの真似《まね》をするように大仰に肩をすくめた。

「おやおや」

「なにかを作ればよい……という話であればなんだってチャレンジしますが、今回ばかりはそういう話ではありませんからね。この町の住民を、ひいては天下万民を納得させるにふさわしいなにかを、巌窟騎士団が姫たるジルに献策せよと言っているのです。つまり」

そしてジルは、イオニアを指差す。

「巌窟騎士団のガーメント。私を助けて」

「お望みのままに、姫様」

気付けば雨が上がりつつある。

太陽の日差しが差し込む中、イオニアは胸に手を当てて忠誠を示す所作を取った。

「おおげさですよ」

ジルがくすくすと笑う。イオニアもつられて笑った。

不思議なほどに晴れやかな気分になった。

「さて、それじゃあ作戦を一緒に考えてくださると嬉しいです。今日はありがとうございました」

「おや？　なにを言ってるんだい。お望みのままにと言っただろう？」

「え？」

「きみはもう世界を変えたのだ。あとはそれを見せればいいだけのこと」

イオニアが蠱惑的《こわくてき》な笑みを浮かべる。この人なにを言ってるんだという疑問と、この人またなにかやらかしたなという疑念がジルの胸の内に湧き上がる。

「……なにをしでかしたんですか？」

「偶然の産物ではあるんだが、まさに今の状況にうってつけのものがある。偶然というか、運命と言った方がいいかもしれないが」

「運命？」

ジルがきょとんとするのを見て、イオニアはますます笑みを大きくした。

「舶来品にちなんだ、次期女王からの返礼の品がある。まずはそれをご覧頂いてから策を話そうか」


この日、雑貨店『ウィッチ・ハンド・クラフト』シェルランド支店は臨時休業であった。

アガサ夫人の発言によって営業縮小するという噂が広まっており、お隣夫婦は心配そうに店の扉を眺めていたが、彼らにも仕事があり、名残惜しそうに立ち去った。

そして日が沈む頃、二両の馬車が店の前に停《と》まった。

「お待ちしておりました」

ジルは扉を開けて、馬車から降りた二人の女性を出迎える。

「私たちに内密のお話があると聞いたのだけど……いったいなんなの？」

馬車から降りたアガサが、警戒心を露《あら》わにして尋ねた。

「なにかしらね。ふふ、楽しみ」

もう一人は、エミリー夫人であった。

「エミリー夫人も聞いていないのですか？」

「面白いものを見せるとは聞いているのだけど、それ以上は私も知らないわ」

エミリー夫人は、どこか状況を面白がっている様子だった。

「大変興味深いものを手に入れたのですが、迂闊《うかつ》に人に見せてよいものかどうか判断しかねるところもございまして。相談もなにもせずに行動すれば軋轢《あつれき》が出るかな、と」

「そ、それもそうね」

ジルの言葉に、アガサは頷かざるを得なかった。

店の経営、あるいはジルの思想そのものに口を出したのはアガサだ。もし招待を断れば、エミリー夫人が「そこまで口出ししながら招きに応じないのは不誠実というものよ」と断じるのは目に見えていた。

「あら……！」

店内は、昼間のときの雑多で明るい光景とはうってかわって、瀟洒《しょうしゃ》な雰囲気に彩られていた。

明かりがないわけではない。フェアリーライトは壁に掛けられて点灯している。だが直接床を照らすのではなく間接的に部屋を照らすことで、静かな気配を演出していた。

また、商品を陳列している棚を移動させて間仕切りで壁を作ることで、「廊下」を作り出している。

「さ、こちらへどうぞ」

ジルは狭い廊下を案内する。エミリーもアガサも、顔を見合わせつつジルの指示に従った。二人とも、ジルの意図を測りかねていた。

「ここをくぐれば良いのかしら？」

「ええ」

分厚いカーテンを扉のように配置している。

そこから、凄まじく眩《まぶ》しい光が溢《あふ》れた。

「えっ……？」

「これは……まるで美術館ね……？　あ、あの桔梗《ききょう》の絵、見覚えがあるわ」

暗い廊下を歩いた先にあったのは、様々な絵画であった。

花や果物といった静物画もあれば風景画もある。

「今日は、画家のイオニア氏の個展のようなものですね」

「ああ、やっぱりイオニアの絵だったのね。でもこれだけ彼の絵を飾ってあるなんてバレたら大変よ。画商が押し寄せてくるもの。ねえアガサ」

「は、はい……。まさかこのような形で見られるとは……」

エミリー夫人がくすくすと笑った。

アガサはしげしげと絵を眺めている。意外にアガサは好事家《こうずか》のようで、口を噤《つぐ》みながらじっと絵を鑑賞していた。

「それで……ジルさん。これが今日の趣向ということかしら？」

エミリー夫人が、そうではないでしょうと表情で告げている。

ジルもにっこり笑って、首を横に振った。

「もちろん。今日の目玉はこちら……画家イオニアの新作にございます」

ジルは、フェアリーライトを点灯した。ライトは、白い布に掛けられたものを照らしている。

「待ちなさい。それと私たちと、なんの関係があると言うの？　悪いけど、袖の下のようなものが通用するとは思わないで頂戴」

ジルが布を解く前に、アガサがきっと睨んで制止する。

「袖の下？」

「画家イオニアの絵は、確かに私は大ファンです。どこで知られたかは聞きませんが、新作があるならば見たい……とても見たいですわ……。ですがこのような趣向で私が籠絡されると思ったなら、無礼もここに極まれりというものです！」

ジルとエミリーは、きょとんとした顔でアガサを見た。

二人とも、アガサがそこまで絵画に執着しているなどとはまったく知らなかった。

「……だ、そうだけど？」

エミリーの言葉に、ジルは慌てて首を横に振った。

「あ、ええと、そういうのじゃないです。誤解です」

苦笑する二人に、アガサが怒った。

「じゃあなんなのよ！　風紀が乱れて非難されるからおよしなさいって言ってあげてるのに、なんでこんなものを見せてるのよ！」

「こんなもの、ですか……」

「見ればわかるわ。これは、フェアリーライトとかいうのを使えば、舞踏会はこんな風に演出できますってことでしょう？　間接的な光だけを使った廊下と、眩しく照らされるフロア。日常と非日常を区切る演出で舞踏会をより楽しませる。そういうコンセプトを見せたいってことでしょう？」

「アガサ。あなた、とっても高く評価してるじゃないの」

「ですからそうではなく……」

エミリー夫人にくすくすと笑われ、アガサは脱力した。

ジルも必死に笑いをこらえつつ、話を進める。

「ご理解ありがとうございます。確かにそういうものを見せる欲目もありましたが、本題ではありません。……驚かないでくださいね？」

「今更よ」

アガサが溜め息をつきながら頷くのを見て、ジルは絵に掛けられた布をばさりと解いた。

「さあ、これが初めてお披露目《ひろめ》する……次期女王エリンナの肖像画です」

そこにあったのは、エリンナの肖像であった。

王妃バザルデと似た雰囲気を持つ、凛《りん》として美しい顔立ち。鮮やかなオレンジ色の髪。

エミリー夫人は「ジルさんに似てて出自がバレてしまうんじゃないか」と思ったが、この肖像画のもっとも注目するべきところはそこではなかった。

「じ、次期女王が……こんな破廉恥な格好を……？」

肖像画の中のエリンナは、なんとズボンをはいていた。

純白の生地に金の糸で縁取った瀟洒なパンツルックに、上着はジルがイオニアに譲ったはずの青いアロハシャツだ。イオニアはエリンナに逆らえなかったということで譲ったと詫《わ》びていたが、これを描くためだろうなと思って許した。恐らくイオニアは、以前着たときに女性向けのズボンを見てなんとなく気付いたのだ。これが風紀や良識の問題になりかねない、と。その視点の鋭さにジルは舌を巻いた。

度肝を抜かれているアガサにジルは苦笑しながら声を掛ける。彼女もこんなものを見る羽目になるとは思っていなかっただろうと同情しながら。

「このズボンは舶来品だそうです。異国の正装ですから、決して次期女王が不調法をしたわけではありませんよ」

アガサははっとして自分の口を押さえた。不敬な発言をしてしまったと気付いたのだ。

そして更に気付いた。では次期女王がズボンをはくのは、無礼となるのかと。

「ど、どこの国の正装なの？」

「海を隔てた西方の兎国《とこく》です。最近、港町にはしきりに船がやってくるそうですよ。王都にも使者がよく来るのだとか」

「で、でも、あくまで使者をもてなすためでしょう？」

「それが、この姿で晩餐会に出たのだとか。画家のイオニア氏が笑いながら教えてくれました。上へ下への大騒ぎで、でも美術にも詳しく異国の文化にも詳しいエリンナ様のなされることだから……と、周囲の人々は納得されたそうです」

これには、エミリー夫人も流石に驚いた。

ただ奇妙奇天烈《きてれつ》な行動を取っているだけではない。まさしくエリンナからジルへのお返しであり、手助けであったからだ。女王が自由闊達《かったつ》に衣服を楽しみ、奔放な振る舞いをすればするほど、非難の矛先はエリンナへ向かう。王城から追い出されたジルに非難の矛先が向かうことは、ないとは言えないが限りなく減る。

「……わかったわ」

「はい？」

「ああ、もう！　わかったって言ったのよ！　私の負けよ！　考え直せって言ったのも撤回するわ！　この絵さえあればウチの旦那だって商工会の連中だって黙るわよ！」

アガサが怒りながら降参した。

それがなんとも奇妙で面白く、ジルは吹き出しそうになる。

「……でも、ズボン以外のことをことさら弁護しようとは思わないわ。他に問題が起きても知りませんからね」

「はい、心に刻んでおきます」

弁護してくれるだけ優しいのでは、とジルは思ったが、口には出さなかった。

「もう、素直になればいいじゃないの。あなた、絵も好きだし服だって好きじゃない。ただ自分が緩い姿勢をしたら良くないって思いつめて……。たまには気を緩めて楽しんだっていいのよ」

「エミリー夫人、それは言わないでください」

「どうせなら一枚くらい買っていったら？」

「えっ」

アガサは本気で欲しそうな顔をしていた。

「こちらは借りてるだけでして、売買交渉は本人にして頂けると……。仲介はしますので」

「そ、そう。もしかしたら頼むかもしれないわ。もしかしたら、だけど」

アガサが恥ずかしそうに絵をちらちら見ながら言った。

いっそ肖像画でも描いてもらったらどうだろうかと思ってしまう。

「じゃあアガサ。例の件、やっぱりジルさんにお願いしてみてはどうかしら」

「あ、それは……そうですね。私は異存ありません」

「ん？　なにか？」

ジルが二人の会話に首をひねった。

「覚えてないかしら。舞踏会の会場の照明の件よ」

「ああ、シャンデリアに取り付けた魔道具の調子が悪いんでしたっけ」

「調子が悪いどころか、昨日、完全に壊れちゃったみたいなのよ」

「ああ……そういうことでしたか……」

ジルが納得しながら頷いた。魔道具には寿命があり、これればかりは仕方のないことだった。

「普通の修理じゃ間に合いそうもないし、そもそも予算だって取れるか怪しいわ。だからあなたの店のフェアリーライト、ぜひ使いたいの」

「はい！」

「本番は一週間後だから、照明を組み合わせた演出をするならもの凄く大変だけど……できる？」

「あ」

ジルはここではたと気付いた。

やるべきことは簡単であっても、期日までに間に合うかどうかは、まったく別問題であった。


今日はシェルランドの町の収穫祭だ。

うだるような暑さは変わらずとも夕方や夜の冷え込みが夏の終わりを感じさせる頃に、シェルランドの町は大きな盛り上がりを見せる。

昼間の男たちはここぞとばかりに広場で歌や踊りを披露し、目端の利く者は流行の料理や菓子を屋台で出して稼ぐ。玩具や雑貨なども今日ばかりは大安売りで、子供たちは親にあれが食べたい、これを買ってとねだっている。

「あれ、今日はジルお姉ちゃんいないの？」

「あら、知らないのティナ？　ジルお姉ちゃんは舞踏会の準備で大変みたいなのよ」

「いいなぁ、舞踏会。わたしも行きたい」

「もうちょっと大人になってからね」

「……ねえ、」

忍び込んでみない？　とティナが言う気配を読み取り、アデリーンがすぐさま止めた。

「やめときなさいって、まったくもう。悪戯は卒業よ」

子供たちが楽しく話しながら、祭りを楽しんでいる。

大人たちは子供たちのために踊りや歌、楽器演奏を披露して盛り上げたりしている。昼間の主役は子供たちであった。

そして、夕暮れ時からは大人の時間となる。夜の様々な催しの中で、もっとも華やかなのが領主館の別館で開催される仮面舞踏会であった。本来は賓客をもてなすための宮殿のごとき建物だが、今日ばかりは住民のためだけに開放される特別な日だ。

「ああっ、待合室の花瓶が倒れちゃってますぅ！」

「靴箱足りてないんだけど！　どうしましょう⁉」

「照明オッケーでーす……って、前のイベントのバミリ残ってるじゃない！」

開催三時間前は凄まじい修羅場になっていた。キャロルやガルダ、そして二人のツテを使って職人の応援を呼び、本来ならば一週間は掛かるシャンデリア光源の交換工事を三日で終わらせた。

そこからジルは、金糸雀座《カナリア》のブランドンとクリスに助けを求めた。

ジル自身はエミリー夫人とアガサに見せたように、暗幕やカーテンを作って「外」と「舞踏会場」を明るさで区切り、非日常感のある会場設計を考えていた。だが舞踏会を開くような大きなホールでの照明の機微は、ジル一人で考えるには少々の無理があった。

ブランドンとクリスは忙しいながらも快く応じた。そもそもブランドンは舞踏会でエキシビション的に中央で踊る予定であったために、会場の流れを確認するついでであった。ジルが照明の段取りをすることに喜び、ブランドンとクリスからも様々なアイディアが湧き出てきた。

その結果、照明に関する問題は完全に解決した。

本番の準備時間が削られたことと引き換えに。

ジルが忙しそうだという噂を聞いて様子を見にきたウォレスとカレン夫婦も見るに見かねて手伝うことになった。そもそもジルは舞踏会に客として参加する予定でドレスも着ていたのだが、時間ギリギリまで指揮を執《と》る羽目になっていた。

しかも途中で、用意するはずのお菓子の材料が足りなくなったり、料理人が怪我《けが》をしてしまったりと、「誰かなんとかしてくれない？」というトラブルが頻発して、その度にジルは八面六臂《はちめんろっぴ》の大活躍をした。なんとか手に入れた卵白と砂糖を活用し、お茶請けにはいつぞやの森の屋敷で出したような色とりどりのマカロンを準備することができた。

とにかく足りない尽くしの舞踏会準備を乗り切り、ようやくこれから本番を迎えようとしている。

「もうすぐ開場します！　楽団の人は練習ストップ！　待機しててください！」

「控室まで誘導します！」

「飲み物までできてないでーす！」

「いいから早く！」

大ホールで流れる瀟洒な音楽が、控室に漏れ聞こえる。

男も女も仮面を付け、身分の別《わ》け隔《へだ》てなくダンスを楽しんでいる。とはいえ仮面を付けていても素性はなんとなくわかってしまうもので、ここで踊ったことがきっかけで恋愛に発展することも割とあることらしい。

結婚式で紹介される二人の馴《な》れ初《そ》めなど、「舞踏会で踊った出来事が忘れられず……」という話の枕は鉄板であった。

「だ、大丈夫ですか、てんちょお……？」

「こらこら、休ませておきなよ。あたしも流石に疲れたよ……」

はしゃぐキャロルをモーリンがたしなめた。

「意外とキャロルさん、体力ありますね……」

今回ばかりはジルも精根尽き果てた。

本来はジルも舞踏会を楽しむ予定だったが、開会の挨拶を聞いてその後一度軽く踊っただけで、後は控室に逃げ帰った。

今は体力をすべて出し尽くし、真っ白になって背もたれに体重を預けている。準備側に回ったスタッフたちも全員、疲労困憊《ひろうこんぱい》の様子だった。まさしく死屍累々《ししるいるい》といった有様だ。

「……っと、最後の曲が終わりましたよ」

キャロルが舞台袖から会場を眺めながら、小声でスタッフに告げた。

「照明も問題なし。お菓子も好評だった。大成功だよ。さあ！　あとは〆の挨拶が終わったら閉会準備！　最後のもう一踏ん張りだよ！」

モーリンの声に、スタッフがよろよろと立ち上がった。出口の方で預かった荷物や靴を返したり、盗難が起きたりしないように監視をしなければいけない。

「あ、じゃあ私も……」

「ああ、ご主人様は休んでなって。ていうか立てるかい？　三日間は動きっぱなしだったろ」

「スタッフだけの打ち上げもありますし、休んでてください」

モーリンとキャロルがそう言って、控室からしずしずと出ていく。他のスタッフも同様で、ジルに感謝を告げながら準備に舞い戻っていく。

挨拶が終わり、楽団が終了を告げる音楽を流す。参加者たちは興奮冷めやらず、今宵《こよい》の舞踏会を語り合いながら去っていく。

このときジルは少しだけ居眠りをしてしまった。

そして、幸せな夢を見た。

舞踏会で踊る夢だ。今の自分ではなく、今いる場所ではない。

十一歳の誕生日。巌窟騎士団が歌を歌う。ジル自身も歌っている。誕生日おめでとうという声が聞こえる。ありがとうと応えながらくるくると踊る。華美な管弦楽器もなく、趣向を凝らした料理もない。それでも優しさに包まれたこの洞窟がどんな場所よりも居心地が良かった。

それはいつもの過去の出来事の想起とも違い曖昧模糊《あいまいもこ》としており、ジルは自分の体験であるのか空想なのか渾然《こんぜん》としたものであった。

うっかり涙が出そうになる自分に気付き、ふとジルは目を覚ます。

「あ、しまった、寝てしまいましたね……。エミリー夫人ももう帰っちゃったでしょうか……」

半分目覚めて半分眠っているような状態でジルは呟いた。

大ホールにいた客はすべて捌《さば》けたようだ。

廊下からはまだ人々のざわめきが聞こえる。名残惜しさの雑談を交わしながら、少しずつ帰りつつある、そんな時間帯だ。今この瞬間の大ホールだけ、現実から切り離された異世界のようだ。

「綺麗だけど……寂しい」

ほんの少し前まで人の熱気が急速に去りつつある。来年はスタッフ参加はやめて完全に楽しむ側になろうとジルは内心で決意した。

「……おや？」

そのとき、一人の男性が扉を開けて入ってきた。

服装がなかなか傾《かぶ》いている。

漆黒の燕尾服《えんびふく》で、舞踏会では定番の礼服ではあるが、目を凝らせば胸元には彼の絵をモチーフとした刺繍《ししゅう》が施されている。

だがそれ以上に特徴的なのは、シャツの形状であった。なんと襟が付いている。ジルが『アカシアの書』で見かけたウイングカラーのドレスシャツによく似ていていた。

「イオニアさん」

「おいおい、ここは仮面舞踏会だよ？」

イオニアが肩をすくめる。

仮面舞踏会では名前を言い当てるのは無粋とされる。だがジルは無視して話を続けた。

「襟の形、盗みましたね？」

「ああ、盗んで、少々僕なりに改造して自作してみた。本当は店に並んでいるものを買おうと思ったのだが、サイズがなかったようでね」

「いつの間に来たんですか……まあいいです」

「そちらこそ、いつの間に現れたんだ？」

「あ、さっきまで控室で寝てました」

その言葉に、イオニアはがっくりと肩を落とした。

「い、いや、違いますよ！　私はスタッフ側ですし！」

「そういうことにしておこう」

「信じてませんね」

はぁ、とジルは溜め息をつく。しかし今日ばかりは無理やりな言い訳であることはわかっていた。ほどほどのところでスタッフに全権を任せてしまえば良かったのに、もうちょっと、あとちょっとと言い訳をしながらジルは準備に取り組んでいた。

疲労困憊にはなったし流石に来年もやってくれと言われたら断るつもりではあったが、間違いなくジルは、楽しかった。

「しかしきみのドレスが注目されなかったのは残念だな」

「注目？」

「それは、パンツスタイルのドレスだろう？」

ジルが着ているのは、白と薄めの浅葱色《あさぎいろ》を基調としたシルクのドレスだ。

以前作ったディップダイのワンピースの豪華版といった雰囲気であり、裾や首の部分には草花をモチーフとした模様を友禅染の技法を使って描いている。

上着の首周りは広く軽い仕上がりだ。そしてスカートは立体的な形状で、二重になっている。外側は大きな裾を大胆に斜めにカットした形状で、内側はプリーツのついた細長いものだ。舞踏会でのダンスをより華麗に見せるための形状……と誤認させることが目的であった。

だがこのドレスには真の目的がある。

プリーツスカートは実はスカートではなく、プリーツのついたパンツであった。プリーツ部の染めの濃淡を光の照り返しと誤認させて、ズボンだと思わせない色合いをしている。パンツスタイルのドレスの上にパレオを巻いて普通のスカートのドレスと思わせているのだった。

「……あまり見ないでください。無礼ですよ」

「すまない、淑女に対して失礼だったかな」

だがイオニアに悪びれた様子はない。

そして作法に則《のっと》って一礼し、ジルをダンスに誘った。

「お詫びと言ってはなんですが、私と踊って頂けますか？」

「人が来ますよ」

「一曲分ほどの時間はあるさ」

仕方ない、とばかりにジルはイオニアの手を取る。

すでに楽団は去っている。ホールの外の音は一切入ってこない。それでも自然と足が動いた。

ジルは歌を幻想する。

その幻想に合わせるように、イオニアが小さく歌を歌った。

「零《こぼ》れ落《お》ちる柔らかな月の光。月を見る度に厳しくも優しいあなたの横顔を思い出す……」

ああ、これはリッチーが愛した歌だ。

締め付けられるような郷愁がジルの心に満ち溢れる。

誰もいないホールが、洞窟の中であるかのような錯覚を与えた。

だがそれは、遥《はる》か昔に過ぎ去った過去だ。今この瞬間も、過ぎ去ろうとしている。

歌の終わりと共にステップを止め、ジルは弱々しい力でイオニアの袖を摑《つか》んだ。

「イオニアさん。またどこかへ旅立つのですか?」

「ああ」

「……私の安全が目的なら、もう危ないことをする必要もないでしょう」

「すまない」

ジルの言葉に、イオニアは肯定も否定もしなかった。

「少しずつ思い出したようで、自分はまだなにもわかっていないんだと思います」

「なぜ、そんなことを?」

「全部わかっていたら、あなたを説得することも簡単だったでしょうから」

きっと彼は、止まることなどないのだろうとジルは思った。

少なくとも今の自分に彼を止める言葉はない。そんな思いがジルの心に去来する。ジルは自分の記憶を完全に取り戻したわけでもなく、イオニアが今に至るまでの数年間を知らない。彼の思いに応える術がない。訳もなくジルは、寂しさを感じた。

「また戻ってくるさ」

イオニアがふと足を止めたかと思うと、そっとジルを抱き締めた。

彼の胸に抱かれる。

その暗がりの暖かさと温《ぬく》もりの懐かしさにジルは思わず泣きたくなる。

だが、涙をこらえてイオニアの顔を見ようと離れた瞬間、彼は陽炎《かげろう》のように姿を消していた。

「……ばか」

course 6

雑貨店
ウィッチ・ハンド・クラフト
本日も営業中です！

Witch Hand Craft

夏も終わりに近づき、太陽が沈みつつある今頃は肌寒さを感じる。

雑貨店『ウィッチ・ハンド・クラフト』シェルランド支店もそろそろ閉店の時刻を迎える。今日は平日であってもそれなりの客が訪れ、様々な物を買って満足気に帰っていった。

舞踏会から今日までこの店に来る客は徐々に増えており、カウンターに立っても閑古鳥《かんこどり》が鳴いて居眠りしかけていた日々が懐かしいくらいだ。

「ありがとうございました。そちらのガトーマジックはあまり日持ちしないので、なるべくお早めに食べてください」

「わかってるわよ……あ、ありがとう」

ジルを目の敵にしていた人まで、嬉《うれ》しそうにうきうきと買い物をして去っていった。

『エルネ川の集い』の会議でジルを公然と批判したアガサだ。

実は仮面舞踏会以来、ちょくちょくジルの店に顔を出している。

「アガサさんったら会議じゃジルさんを槍玉《やりだま》に挙げてたのに、今じゃ嬉しそうに服を買ってるんだもの。多分、日傘が欲しいって言ってたから出来上がったら自慢に来るんじゃないかしら」

一方で、初日からあまり変わらないこともある。常連となったお隣さんの顔だ。

店のお隣のカレンがアガサの後ろからにやにやしながら眺めており、カウンターのジルは苦笑しながら頷《うなず》いた。

「あの人のご心配ももっともでしたから。でも日傘もいいですね……。もうちょっと早めに気付けば自分で作ったんですけど、そろそろ夏物ばかりの品揃《しなぞろ》えも変えなきゃいけませんし」

「秋物を並べたりするの？　素敵ね！」

カレンは嬉しそうにしているが、一方で後ろで働いているモーリンとキャロルは苦笑を浮かべていた。またびっくりするようなものを作るに違いない、と。

「おーい、カレン」

話に花を咲かせていた頃、来客があった。

カレンの夫、ウォレスだ。丁度仕事が終わったところのようだ。

「あらあなた。お帰りなさい」

「おいおい、ここでお帰りというのも変だろう。ジルさんいつもすまないな」

「いえいえ。ところで……今からお出かけですか？」

ウォレスの出で立《い》《た》ちは妙に気合いが入っていた。シャツの上に上着を羽織り、髭《ひげ》や髪を丁寧に整えている。そしてカウンターに座るカレンも髪や身に着けているものが小洒落《こじゃれ》ている。

「ちょっとな」

「ちょっとね」

二人ともはにかみ、ジルに悪戯《いたずら》っぽい笑みを浮かべた。

「多分、結婚記念日ですね」

キャロルがジルにこそっと耳打ちした。家から出発するよりも、どこか喫茶店を待ち合わせにする方が確かに風情も出るだろうとジルは納得する。

「そうだ、ジルさん。また間違ってウチに手紙と荷物が来てたぞ」

「あ、ありがとうございます。郵便配達の人も怖がらないで届けてくれるといいんですけどねぇ」

郵便配達員は迷信深く、いまだにウォレスにジル宛の配達物を押し付けてくる。ジルはそろそろ直談判《じかだんぱん》して、ちゃんと店まで届けるよう頼もうかと思っていたところだった。

「こっちこそ世話になってるし気にしないでくれ。じゃあまた」

ウォレスとカレンは腕を組み、嬉しそうに店を発《た》った。

沈みかけた太陽の赤々とした光が差し、いつまでも新婚のような二人の後ろ姿の影が落ちる。

それが本日最後の来客であった。

「ところで、誰からの荷物なんだい？」

モーリンに促され、ジルは手紙の差出人を見る。

そこに書かれていた親しみ深い名前に、ジルはあっと喜びの声を上げた。

「なんだ兄貴か。ご主人様がトラブル続きだってのに、どこをほっつき歩いてるんだか」

「まあそう言わないでください。私から頼んだことでもありますし」

「どうだかねぇ。兄貴は旅が好きだから、ご主人様こそ気にしなくていいんだよ」

やれやれとモーリンが肩をすくめる。

ジルは苦笑しながらも手紙の内容をあらためた。季節の挨拶から始まり、ジルの店はきっと繁盛していることでしょうという信頼と呑気《のんき》の混ざった文章が綴《つづ》られ、そして次に自分の旅や商売の調子が記されていた。

「あー、エリンナお姉ちゃん、本気でやったんだ……」

「ん？　ジルさん、お姉さんがいるんですか？」

「ああ、従姉《いとこ》です。少々奇抜な人でして。舞踏会にズボンをはいて出たみたいなんです」

以前イオニアが語ったように、どうやらエリンナは本気でパンツルックで宴席や舞踏会に顔を出したらしい。保守層やファッションに一家言ある貴族などに散々苦言を呈されたようだが、エリンナはその度に舌鋒《ぜっぽう》鋭く反論した。

あるときは古典を引用し、あるときは異国の風習について語り、またあるときは倫理・哲学の面で本当に悪徳なのかを検証し、誰もがエリンナとの論戦に敗北した。結局エリンナは自分の流儀を貫き通したらしい。

（……なんとも、凄《すご》い人ですね）

またなにか贈り物でも作ってあげないとな、とジルはしみじみと感謝の念を抱いた。

同時に、マシューが帰ってくるのが待ち遠しいと思った。さぞかし王都での騒動や珍事を楽しんでいることだろう。ジルはマシューの様子を想像しながら、楽しげに手紙を読み進めていく。

だが、ある一文を見て手が止まった。

『コンラッド様が亡くなったと思《おぼ》しき戦場跡を発見しました』

行きたい、という思いがジルの胸に湧き上がる。

だが続く文章を見て、すぐに冷静さを取り戻した。道は険しく、徒歩で行くのは容易な場所ではないようだ。旅慣れた者や護衛を雇い、入念な準備をするようにと忠告がある。更には具体的な場所はマシュー自身が町へ戻ってから直接伝えると書いてあった。

「……なんだか最近、身の回りに意地の悪い男性が多い気がします」

ジルの独り言に、キャロルとモーリンが目を合わせた。

イオニアとマシューを指しているのは明白で、二人ともくすくすと忍び笑いを漏らす。

「おほん！　はい、お客様も帰ったことですし、店仕舞《みせじま》いですよ！」

ジルは気恥ずかしさを誤魔化《ごまか》すように手を叩《たた》く。

「はいはい、わかったよ」

「意地悪されるのも大変ですねぇ」

二人とも微笑《ほほえ》みを浮かべたまま仕事に戻る。

ジルは気にしないふりをして、手紙を丁寧に便せんに戻して仕舞う。

恥ずかしさが落ち着いた後にジルの心に残ったのは、切ないほどの感謝であった。どうして自分の周りの人たちはこんなにも優しいのだろうと、温かい気持ちが湧き上がる。

ジルは涙が零《こぼ》れそうになるのをこらえながら、「開店中」と書かれた看板をひっくり返そうと店の扉を開ける。いつの間にか太陽は西の果てに去っていた。その代わりにあったのは青と黒の溶け合った薄明の空だ。だがそれも黒一色の夜空へと姿を変え、星々が輝き始めた。

そのとき、空を見上げるジルの前に、大きな影が現れた。「もう帰る？」とうずうずと待ち構えていたカラッパの姿だった。最後の客が去ったのを見て、本日の営業終了を悟ったのだろう。

切なくなるような夕暮れさえも、カラッパがいるだけで明るく面白おかしいものに見える。ジルは微笑みを浮かべながらカラッパに語りかけた。

「そろそろ屋敷に帰りましょうか」

太陽が去り夜が訪れ、夏が去り秋が訪れようとしている。それでも残り香のような温《ぬく》もりは消えることなく、ジルの心を抱き締めていた。

MFブックス

ウィッチ・ハンド・クラフト ~追放された王女ですが雑貨屋さん始めました~ 2

2021年10月25日　初版第一刷発行

著者　富士伸太
発行者　青柳昌行
発行　株式会社KADOKAWA
〒102-8177　東京都千代田区富士見2-13-3
0570-002-301（ナビダイヤル）
印刷・製本　株式会社広済堂ネクスト
ISBN 978-4-04-680837-0 C0093

企画　株式会社フロンティアワークス
担当編集　齋藤 傑／齊藤かれん（株式会社フロンティアワークス）
ブックデザイン　AFTERGLOW
デザインフォーマット　ragtime
イラスト　珠梨やすゆき

ファンレター、作品のご感想をお待ちしています

宛先
〒102-0071　東京都千代田区富士見2-13-12
株式会社 KADOKAWA　MFブックス編集部気付
「富士伸太先生」係「珠梨やすゆき先生」係

二次元コードまたはURLをご利用の上
右記のパスワードを入力してアンケートにご協力ください。

https://kdq.jp/mfb
パスワード
hajnf

● PC・スマートフォンにも対応しております（一部対応していない機種もございます）。
●お答えいただいた方全員に、作者が書き下ろした「こぼれ話」をプレゼント!
●サイトにアクセスする際や、登録・メール送信時にかかる通信費はご負担ください。